KB262349

고검무산

허 담 新무협 판타지 소설

FANTASTIC ORIENTAL HEROES

고검추산 3

허담 新무협 판타지 소설

초판 1쇄 찍은 날 § 2007년 10월 10일
초판 1쇄 펴낸 날 § 2007년 10월 20일

지은이 § 허담
펴낸이 § 서경석

편집장 § 문혜영
편집책임 § 이재권
편집 § 유경화 · 심재영 · 김규진

펴낸곳 § 도서출판 청어람
등록번호 § 제1081-1-89호
등록일자 § 1999. 5. 31
어람번호 § 제2-1312호

주소 § 경기도 부천시 원미구 심곡1동 350-1 남성B/D 3F (우) 420-011
전화 § 032-656-4452 팩스 § 032-656-4453
http://www.chungeoram.com
E-mail § eoram99@chollian.net

ⓒ 허담, 2007

ISBN 978-89-251-0951-0 04810
ISBN 978-89-251-0913-8 (세트)

고검추산

3

암옥(暗獄)의 제왕(帝王)

허담 新무협 판타지 소설
FANTASTIC ORIENTAL HEROES

도서출판 책람

目次

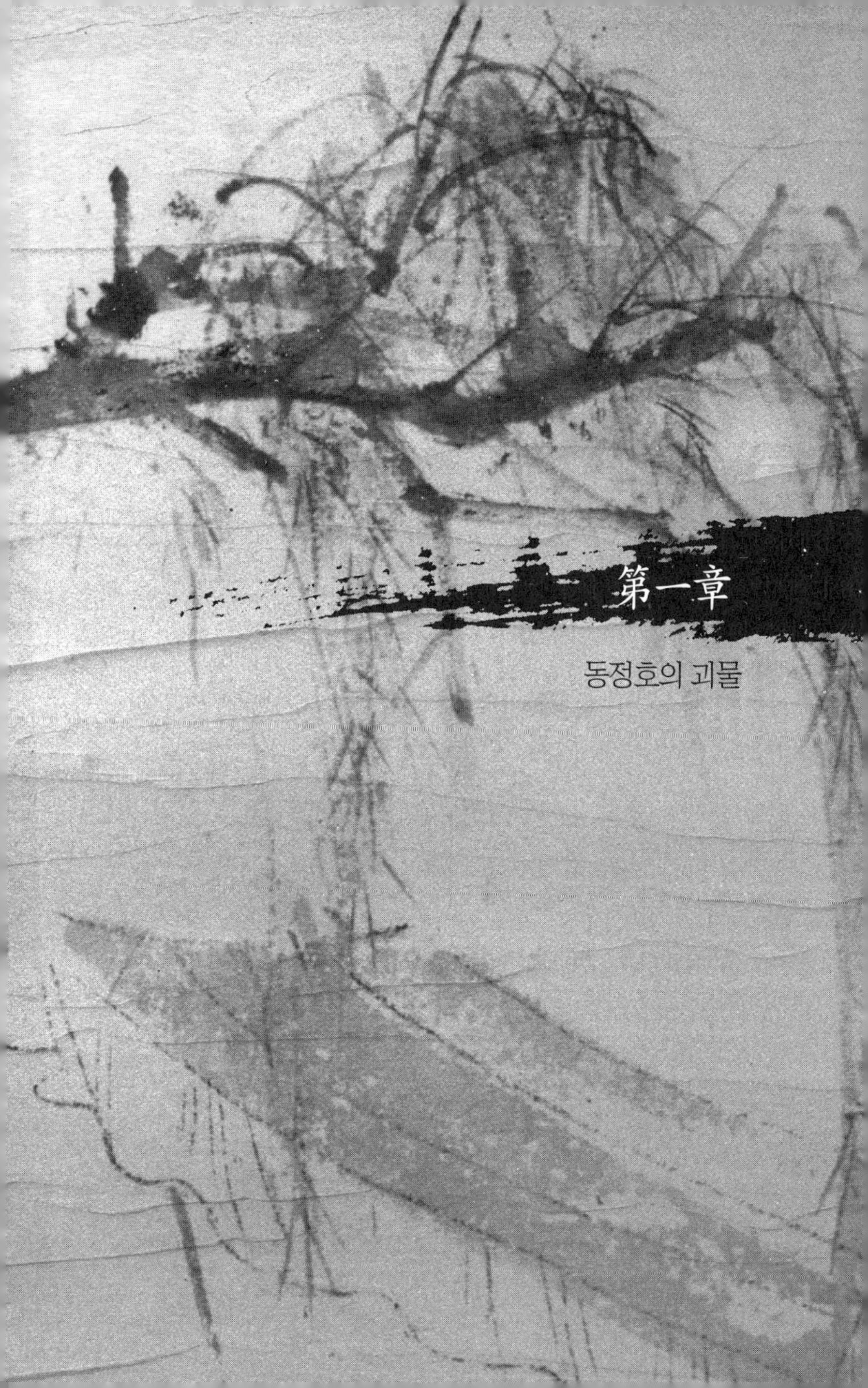

第一章

동정호의 괴물

　　삼십 전후의 남녀 한 쌍과 이십대 초반의 청년이 개봉성으로 이어지는 관도를 따라 말을 타고 유람하듯 걷고 있었다. 긴 겨울이 지나고 어느새 봄이 찾아와 관도 주변은 초록으로 물들어가고 있었다.

　　관도 위 삼 인의 용모는 강호에서 보기 드물게 뛰어나 지나쳐 가는 행인들마다 흘낏흘낏 그들에게 시선을 돌리곤 했다. 그중에서도 특히 여인의 아름다움이 출중하여 고개를 한 번 돌리거나 손을 한 번 드는 것만으로도 완숙한 아름다움 묻어 났다. 더군다나 두 사내와는 달리 그녀의 옷차림은 어느 고관 대작의 부인 못지않게 화려했기에 그녀의 미모는 더욱 두드러지는 것이었다.

"이제 거의 다 와가네요. 휴, 무불장을 석 달이나 비워놓았으니 그동안 무슨 일이나 없었는지 모르겠어요."

"한 총관께서 계시니 별일은 없었을 게다. 더군다나 사제도 알다시피 무불장의 식구들이야 무슨 일이든 혼자의 힘으로 처리할 능력이 있는 사람들이 아니더냐?"

"헤헤, 그렇긴 해요. 그나저나 무불장의 식구들이 모두 깜짝 놀라겠어요."

"뭣 때문에 놀란단 말이냐?"

"흐흐, 그거야 당연히 사형께서 사저와 혼인을 하신 일 때문이지요. 사저께서 무불장에 나타나면 아마 그 무표정한 조 노사조차도 화들짝 놀랄걸요?"

"그들도 이미 능 매에 대해서는 알고 있단다."

"사형과의 관계도요?"

"아마도……."

"하지만 이번에 사형이 설연장에 가서 혼인을 올릴 것이라고는 생각지 못했을걸요?"

"그야 그렇겠지……."

관도를 따라 말을 몰고 있는 사람은 고검과 추산 두 사형제와 천검 능운백의 큰딸인 능천화였다. 마혼령의 일이 끝나고 설연장에 들른 고검은 드디어 능천화와의 십오 년여에 이르는 미묘한 관계를 끝내고 혼인을 올렸던 것이다.

"그나저나 사저, 아니, 이제는 형수님이라고 불러야겠네. 형수님!"

"형수님은 무슨… 그냥 사저라 불러. 왜 내게 할 말이라도 있어?"

능천화가 추산을 보며 말했다.

"무불장에 가서는 제발 씀씀이 좀 줄이세요."

추산의 말에 능천화의 눈꼬리가 말려 올라갔다.

"그게 무슨 말이니? 마치 내가 무불장을 말아먹기라도 할 것 같단 말투구나?"

"뭐, 지금처럼 써대면 그럴지도 모르죠. 무불장에서 벌어들이는 수입의 대부분은 설연장으로 간단 말이에요. 그러니 무불장에선 설연장에 계실 때처럼 금전을 쓰면 안 돼요."

"흥, 마치 무불장의 재물을 추산 네가 관리하는 것처럼 말하는구나. 하지만 걱정 마. 내 몫을 빼고 설연장에 보내면 되잖아."

"제가 걱정하는 것은 그게 아니에요."

"그럼 뭘 걱정하는 건데?"

"전 혹여나 무불장의 식구들과 사저의 관계가 불편해질까 봐 하는 말이에요. 금자를 벌어오는 사람들은 바로 그들이니까요."

"나의 낭군님은 놀고 있다든?"

능천화가 고검을 가리키며 말했다.

"물론 사형이 가장 많은 돈을 벌죠. 하지만 사형이 버는 돈은 모두 설연장으로 간다고요. 무불장을 운영하는 돈은 다른 사람들이 벌어오는 돈으로 충당하고요. 더군다나 무불장의 재정을 관리하는 분은 한단 총관님인데 무척 꼼꼼하시단 말씀이에요. 동전 한 푼 허투루 쓰지 않으시죠. 성격도 직설적이라서 잘못하면 사저께서는 한 총관께 좋지 않은 소리를 들으실 수도 있어요."

그러자 능천화가 콧방귀를 꼈다.

"흥, 난 무불장을 만든 천검의 딸이고 당금 무불장주의 부인이야. 그런데 감히 누가 내게 뭐라 한단 말이니?"

"아이구, 무불장에 가선 제발 그런 말씀일랑 하지 마세요. 무불장은 어느 한 사람의 것이 아니라니까요? 나도 처음에는 무불장을 사부님의 것으로만 생각했었는데 지내고 보니 그렇지가 않더라고요. 무불장의 식구들은 누구의 명을 듣고 사는 사람들이 아니에요. 그렇죠, 사형?"

그러자 고검이 고개를 끄덕였다.

"천화, 그건 추산의 말이 맞소. 무불장은 사부님이나 나의 것이 아니라오. 무불장의 식구들은 그저 무불장의 이름 아래에서 각자 청부를 수행하는 사람들일 뿐이오. 그러니 그들을 아랫사람 대하듯 하면 안 되오."

"그런 걱정은 말아요. 나도 그 정도 눈치는 있는 사람이라고요. 하지만 그래도 장주의 부인으로서 품위는 지켜야 하지 않겠어요?"

그러자 고검이 가볍게 미소를 지었다.

"설연장에서만큼은 아니지만 적지 않은 금자를 맡길 테니 천화가 잘 관리하며 쓰면 그리 부족하진 않을 거요."

그러자 능천화가 만족한 미소를 지으며 추산을 바라봤다.

"추산, 네가 벌어오는 돈도 나에게 맡기는 것이 어떻겠니? 이 사저가 잘 관리해 줄게."

"고양이에게 생선을 맡기지……."

"뭐라고?"

"아, 아니에요, 사저. 제 돈은 제가 관리할게요. 이래 봬도 천하의 대상(大商)을 꿈꾸는 나랍니다."

"흥, 알았다. 네가 번 돈이니 네 마음대로 하거라. 하지만 가끔 이 사저에게 몇 푼 정도 생활비를 내놓기는 하겠지?"

"생활비는 한 총관께 드려야죠."

"그러니까 결국 내게는 한 푼도 주지 못하겠다는 말이구나?"

능천화의 눈이 표독스러워졌다. 그러자 추산이 얼굴을 찌푸리며 대답했다.

"알았어요. 가끔 선물을 사드리도록 할게요."

"호호호, 알았어. 그래야 내 사제지."

능천화의 맑은 웃음소리가 관도 위를 떠다녔다.

개봉성에 들어선 세 사람은 성내 북쪽에 위치한 무불장을 향해 말을 몰았다. 볕 좋은 봄날이라 성내 시가지에는 제법 많은 사람들이 북적이고 있었다.

"생각보다 사람들이 많네요?"

능천화가 고검을 보며 물었다.

"개봉은 천하의 산물이 모여드는 대도읍이라오. 더군다나 과거 몇몇 왕조가 도읍을 정했던 곳이기도 하고……."

"흐흐, 한마디로 돈이 도는 곳이고, 장사하기 딱 좋은 곳이란 말도 되죠."

추산이 고검의 말에 덧붙였다.

"그런데 사제, 사제는 무슨 장사를 할 생각이야?"

능천화가 갑자기 궁금한 듯 추산을 보며 물었다.

"아직은 결정하지 않았어요. 뭐, 아직 밑천이 턱없이 부족하니 몇 년 사형의 일을 도우면서 금자를 마련한 뒤 결정해야죠. 그런데 요즘은 배에 관심이 가네요."

"배? 상선 말이야?"

"예. 저번에 마혼령 일을 처리할 때 마혼령에서 이곳 개봉까지 배를 타고 이동하면서 든 생각이에요. 천하는 넓은데 강은 천하 각지로 연결되어 있지요. 그 물길을 따라다니며 각지의 특산물을 사고팔면 금세 큰 재물이 모일 거예요."

"하지만 그런 상선을 운영하려면 튼튼한 재력과 단단한 조직이 있어야 한다. 황하든 장강이든 큰 물길에는 언제나 위험이 도사리고 있으니 말이야. 그리고 대부분의 물길은 이미 중원의 큰 상인들이 장악하고 있기도 하고……."

고검의 말에 추산이 고개를 끄덕였다.

"알고 있어요, 사형! 하지만 그렇게 따지면 세상천지에 위험하지 않은 일이 어디 있고, 누군가 손대지 않은 장사가 어디 있겠어요? 장사도 어차피 경쟁이니 경쟁에서 이겨내야겠지요."

"그런 생각을 하고 있다면 다행이다. 녀석, 역시 넌 장사에 재질이 있는 모양이구나."

"호호호, 글쎄, 사형의 노후는 걱정하지 말라니까요."

"그럼 난?"

능천화가 재빨리 물었다.

"사형의 노후가 곧 사저의 노후지요."

"호호호! 아이구, 기특한 사제 같으니라구. 정말 아버지가 제자들은 똑 소리 나게 고르셨다니까."

능천화가 만족스런 눈빛으로 추산을 바라보며 웃음을 흘렸다. 그런데 바로 그때 갑자기 그들의 뒤쪽에서 요란한 소란이 일어났다.

두두두두!

"아앗! 뭐야, 이건!"

"아이구, 내 물건 다 망가지네."

고검 등 세 사람의 시선이 자연스럽게 소란이 일어난 곳으로 향했다. 그러자 거친 말 호흡 소리와 함께 다섯 필의 말이 성의 북쪽으로 이어지는 대로를 따라 달려오는 것이 눈에 들어왔다. 소란은 다섯 필의 말이 거칠 것 없이 달리는 통에 대로(大路) 주변 상인들이 펼쳐 놓은 물건들을 뒤집으며 일어난 것이었다.

"뭐야, 저놈들은?"

추산이 인상을 구기며 중얼거렸다. 한눈에 보기에도 안하무인의 무리들, 더군다나 차림새로 보건대 명문가의 식솔들이 분명해 보였다.

두두두!

멀리서 들려오던 말발굽 소리가 금세 세 사람의 면전에 다다랐다. 덕분에 세 사람은 말을 모는 자들의 모습을 자세히 살필 수 있었다. 화려한 의복을 차려입은 다섯 명의 중년인, 그중 삼 인은 허리에 검을 패용한 것으로 보아 무인이 분명했다.

"길을 열어주자꾸나."

고검이 조용한 어조로 말했다. 그들 또한 말을 타고 있었으므로 이대로 있다가는 달려오는 다섯 필의 말과 정면으로 충돌할 상황이었다.

"칫, 자기들이 비켜가겠죠."

"괜한 분란 만들지 말자꾸나."

추산의 빈정거림을 무마시키며 고검이 먼저 말을 몰아 한쪽 옆으로 비켜섰다. 그러자 능천화가 고검의 뒤를 따랐고, 추산도 어쩔 수 없다는 듯 고검과 능천화 곁으로 다가갔다.

두두두!

그리고 세 사람이 막 길을 열어주는 순간 그들이 있던 자리를 다섯 필의 말이 바람처럼 스치고 지나갔다.

"망할 놈들! 고맙다는 말도 하지 않네."

"그런 말을 할 자들이면 저렇게 안하무인으로 말을 몰겠어?"

"하긴 그래요. 그 정도 예의가 있는 자들이면 저렇게 말을 몰지는 않겠지요."

"뭔가 급한 일이 있는 모양이지."

고검이 별일 아니라는 듯 말했다.

"어이구 마음씨도 좋은 우리 사형 같으니라구. 이럴 때 보면 그 험한 청부 일들을 어떻게 그렇게 단호하게 처리하시는지 알다가도 모르겠다니까."

"난 단지 나서야 할 때와 나서지 않아도 될 때를 구분할 뿐이다."

"역시 우리 낭군님은 현명한 분이서. 추산 너도 네 사형을 좀 보고 배우려무나."

"흥, 이 추산은 아무리 사소한 일이라도 절대 손해 보고 살지는 않지요. 손해를 보지 않는 것이 바로 장사꾼의 첫 번째 소임 아니겠어요? 그나저나 저자들은 제법 지체 높은 집안의 식솔들인 모양이에요. 차려입은 것도 그렇고… 이 개봉성의 시가지에서 저렇게 거칠게 말을 몰고 다니는 것을 보니 말이에요."

그러자 고검이 뭔가 떠오른 듯 입을 열었다.

"개봉에 있는 가문들의 식솔은 아닌 것 같구나."

"어, 아시는 사람들이에요?"

"글쎄다. 저들이 입고 있던 대죽이 그려진 금포장삼은 악양의 대재력가(大財力家) 기련장(起聯莊)의 복식 같은데……."

"기련장(起聯莊)이요?"

추산이 되묻자 고검은 고개를 끄덕였다.

"사형이 알 정도면 기련장도 강호에서 무척 유명한 곳인가 보죠?"

"유명하지. 기련장(起聯莊)은 남련의 한복판인 악양에서도 남련에 들지 않고 독자적으로 상단을 운영하는 대상가(大商家)다. 중원 남쪽의 재물은 모두 기련장으로 모인다는 말이 돌 정도지. 또한 비록 남련에 정식으로 가입한 곳은 아니지만 남련과도 밀접한 관계를 맺고 있어 천하의 누구도 기련장의 인물들을 함부로 대하지 못하지."

"흐흥, 그래서 저들이 저렇게 안하무인으로 행동하는군요."

"하지만 이상한 일이구나. 이 개봉은 비록 천하사패 중 어느 한곳의 지배를 받는 곳은 아니지만 북천무맹의 세력이 강한 곳인데 이곳에 기련장의 인물들이 나타나다니, 그것도 벌건 대낮에 저렇게 소란을 일으키며 말이다."

"어디로 가는 길일까요?"

"글쎄다. 대낮에 이렇게 무리하게 움직이는 것을 보면 무척 다급한 일이 생긴 모양이다만……."

그러자 곁에서 고검과 추산의 이야기를 듣고 있던 능천화가 지루한 듯 하품을 하며 말했다.

"이제 그만 가요, 가가. 그들 나름대로 무슨 사정이 있겠지요."

"그렇군. 우리가 굳이 그들의 일에 관심을 가질 필요는 없지. 이제 무불장에 거의 다 왔으니 조금만 참아, 능 매!"

고검이 빙긋 웃음을 지으며 능천화의 말에 답했다. 그러자 추산이 아니꼬운 표정으로 중얼거렸다.

"칫, 언제부터 가가니 능 매니 하고 지냈다고… 늙어서 혼인을 했으면 부끄러운 줄 알아야지."

"지금 뭐라 그랬니, 추산?"

"아니에요. 어서 가기나 하자고요."

추산이 능천화의 추궁에 흠칫하고는 재빨리 두 사람에 앞서서 말을 몰기 시작했다.

개봉성 북쪽, 야산 지대로 접어드는 어귀에 한 채의 고즈넉한 장원이 자리 잡고 있다. 장원이 생긴 것은 벌써 이십여 년… 세월의 무게를 더한 장원은 이제 주변의 풍광에 완전히 동화되어 언제부터인가 그곳에 없어서는 안 될 존재가 되어 있었다. 바로 천검 능운백이 세운 강호제일청부사들의 장원, 무불장이었다.

"디 왔네요."

앞서 가던 추산이 고개를 돌리며 말하자 고검이 고개를 끄덕였다.

"그렇구나. 그나저나 능 매는 처음이지?"

"네, 가가. 아버지가 무불장을 세운 지 십오 년여가 흘렀는데 이곳에 와보는 것은 처음이에요."

"어휴, 그러니 사저가 매일 욕을 먹는 거예요. 이 무불장에서 나오는 금자를 일 년에 몇백 냥씩 써대면서도 어떻게 십오 년 동안 한 번도 와보지 않았어요?"

그러자 능천화의 눈에 쌍심지가 켜졌다.

"뭐야? 추산 너 아까부터 계속 내 심기를 긁는데 정말 한번

해보자는 거야?"

"아, 됐어요. 뭐, 말이 그렇다는 거죠. 자자, 어서 들어가자고요. 점심을 굶었더니 배가 고프네요. 어서 발 닦고 밥이나 먹어야지."

추산이 손을 젓고는 냉큼 장원의 정문을 넘어 들어갔다.

"조 녀석이!"

능천화가 그런 추산을 얄미운 듯 노려봤다.

"능 매, 녀석이 장난을 치는 걸 가지고 뭘 그래. 원래 그런 녀석인 줄 알고 있었잖아."

"하지만 얄밉잖아요. 설연장에서도 어머니를 믿고 얼마나 얄밉게 구는지… 이곳에서 반드시 버릇을 고쳐 놓겠어요."

"하하하! 글쎄, 과연 사제의 버릇을 고칠 수 있을까?"

"흥, 두고 보세요. 반드시 고분고분 말을 듣게 고쳐 놓을 테니까."

"하하하, 조용하던 무불장이 시끄러워지겠구만. 하지만 나도 두 사람이 벌이는 승부가 어떻게 결말날지 궁금한데?"

"가가는 누구 편이에요?"

"편이 어딨어. 한 명은 하나밖에 없는 사제고, 한 사람은 하나밖에 없는 부인인데……."

"그런 말이 어딨어요? 당연히 제 편을 들어주셔야 하는 것 아니에요?"

"난 중립이야. 사제도 만만한 녀석이 아니니 잘해보라구, 능 매!"

고검이 말을 하며 추산을 따라 재빨리 무불장의 정문을 넘어섰다.

"흥, 좋아. 누구의 도움도 필요없어. 이 능천화 혼자의 힘으로 추산 네 녀석을 무릎 꿇리고 말 테다."

능천화가 전의를 불태우며 고검의 뒤를 따라 무불장으로 들어섰다. 그런데 막 무불장으로 들어서던 두 사람의 발걸음이 장원에 들어서자마자 그 자리에 멈춰졌다. 생각지 못했던 일이 그들을 기다리고 있었던 것이다.

"사형, 우릴 찾아왔다네요."

안으로 들어서는 고검을 보며 추산이 황당한 표정으로 말했다. 장원 안에는 일곱 사람이 모여 있었다. 그중 둘은 고검과 추산이 당연히 아는 얼굴이었고, 나머지 다섯은 생소한 얼굴이었다.

"장주, 오셨군요!"

무불장의 총관 한단이 반가운 얼굴로 고검을 맞이했다.

"별일없었습니까?"

고검이 가볍게 미소를 지으며 물었다.

"오늘까지는 특별한 일은 없었습니다만 지금 막 일이 생기려는 찰나였습니다."

"청붑니까?"

"그렇습니다. 하지만 아직 저도 자세한 이야기는 듣지 못했습니다. 손님들을 안으로 모시지도 못한 상태니까요."

"알겠습니다. 일단 조용한 곳으로 모셔주십시오. 옷을 갈아

입고 나오겠습니다.”

“알겠습니다, 장주! 자, 이리들 오시지요.”

한단이 가볍게 고개를 끄덕이고는 무불장을 찾아온 손님들을 한쪽으로 안내하기 시작했다. 다섯 명의 손님은 고검에게 무슨 말인가를 건네고 싶어하는 표정이었지만 이미 고검이 자신의 거처가 있는 쪽으로 걸음을 옮기고 있었으므로 어쩔 수 없이 한단을 따라 장원 안으로 사라졌다.

“기련장 사람들이라고 하더군요.”

한단과 함께 무불장의 손님을 맞이하던 미심이 고검을 따라붙으며 말했다.

“알고 있습니다.”

“그들을 만난 적이 있으신가요?”

“성내에서 잠시 스쳐 지나쳤습니다. 무척 급하게 말을 몰더니 결국 무불장을 찾아온 것이었군요.”

고검의 설명에 미심이 고개를 끄덕였다. 그러다간 문득 뒤에서 따라오고 있는 능천화를 보고는 이내 얼굴에 미소를 지으며 말했다.

“혼인을 하실 줄은 몰랐어요.”

그러자 고검의 얼굴에 겸연쩍은 미소가 깃들었다.

“마혼령의 일을 겪으면서 결정을 했었습니다.”

“설연장으로 가실 때는 그런 내색을 하지 않으셨지요. 만약 장주께서 혼인을 올릴 줄 알았다면 무불장의 모든 식구가 설연장으로 갔을 겁니다.”

“하하하, 그게 번거로워 알리지 않았던 겁니다.”

“호호, 번거로움을 싫어하는 장주의 성정이야 이미 잘 알고 있지요. 그나저나… 날 기억하시겠는가?”

미심이 몸을 돌려 뒤에 오는 능천화를 보며 물었다. 그러자 능천화가 제법 공손한 표정으로 고개를 끄덕였다.

“그럼요. 제가 어릴 때 어머님을 찾아 설연장에 오셨던 미 부인이시죠?”

“호호, 단 한 번 보았을 뿐인데 기억하고 있었군.”

“어찌 잊겠어요. 어머니를 제외하고는 제가 보았던 사람 중 가장 아름다운 분이셨는데요.”

“내가 보기엔 우리 장주님의 부인이야말로 보기 드문 미인 이지. 나 같은 나이 든 노물이야 어디 비교나 하겠는가? 그나 저나 이제부터는 이 무불장에서 머물게 되신다고?”

“네, 아버님과 어머님께서 여자는 남편을 따라가야 한다고 해서…….”

“당연한 일이지. 앞으로 잘 지내보세.”

“많이 가르쳐 주세요.”

“호호호, 가르칠 게 뭐 있겠는가? 나야 이곳에서 들어오는 청부나 수행하는 한 명의 청부사일 뿐인데… 그나저나, 장주, 어서 옷을 갈아입고 나오시지요. 기련장 사람들이 몹시 급한 모양입니다.”

“알겠습니다. 미 부인께서는 최근 기련장에 어떤 일이 있었 는지를 알아봐 주시기 바랍니다.”

“그 일이라며 이미 소식을 듣고 있었지요. 장주께서 나오시면 그들을 만나러 가는 동안 설명을 드리지요.”

“흐흠, 이미 무림에 알려진 일이군요?”

“워낙 요란하게 벌어진 일이라서…….”

“알겠습니다. 그럼 곧 나오지요.”

고검이 미심의 말에 대답을 하고는 서둘러 자신의 처소로 들어갔다.

고검과 추산이 자신들의 거처를 나와 기련장 사람들이 기다리는 연못 중앙의 정자에 도착한 것은 이각여가 지난 뒤였다. 서둘러 나오면 이각이나 걸릴 일이 아니었지만, 오는 동안 미심에게서 최근 기련장에서 일어난 해괴한 일을 듣느라 자연히 걸음이 늦어졌던 것이다.

“괴물이라니… 무슨 딴 세상 이야기도 아니고…….”

추산이 중얼거렸다.

“사람이 살지 않는 오지에는 가끔 괴물이 출현했다는 이야기가 들리기도 해요. 추 소협.”

미심이 웃으며 말했다.

“하지만 동정호는 사람이 살지 않는 오지가 아니지요. 오히려 천하의 모든 풍류객들이 모여드는 곳이란 말이에요. 지금껏 동정호에 괴물이 나타나 사람을 잡아먹었다는 소리는 들어본 적이 없어요.”

세 사람의 대화는 연못 중앙의 정자로 이어지는 돌다리에 이르러 끊겼다.

　"기다리게 해서 죄송합니다. 무불장을 맡고 있는 고검이라 합니다."

　정자로 올라서며 고검이 정중하게 자신을 소개했다. 기련장에서 나온 오 인의 중년인은 자신들을 기다리게 한 고검의 처사에 심기가 불편해졌는지 냉막한 표정으로 고검의 인사를 받았다.

　"기련장에서 총관 일을 맡고 있는 환현(煥賢)이라 하오. 명성이 자자한 무불장의 장주를 뵙게 되어 영광이외다."

　말속에 뼈가 있음이 느껴지는 말투, 하지만 고검의 표정에는 아무런 변화가 없었다. 조금은 무표정한, 하지만 어찌 보면 가벼운 미소를 미금은 듯한 고검의 표정이었다.

　"악양에서 개봉까지는 제법 먼 길인데 오늘 기련장의 영웅들께서 이 무불장을 찾은 이유가 궁금하군요."

　고검이 상대의 기분에 상관 않고 바로 본론을 꺼내들었다. 그러자 환현의 얼굴이 좀 더 차갑게 굳어졌다. 하지만 이것이 고검의 방법이었다. 상대로 하여금 청부하고자 하는 일 자체에만 집중하게 하는 것, 그래야 모든 일을 냉정하게 판단할 수 있을뿐더러 상대로 하여금 청부에 대한 모든 일들을 가감없이 털어놓게 할 수 있었다.

　"과연 악양에서 개봉까지는 무척 먼 길이더이다. 그리고 우리 오 인이 그 먼 길을 달려 무불장을 찾은 이유야 당연히 청부를 맡기고자 함이오. 천하제일의 청부사라는 무불장을 찾은 이유가 청부 이외에 다른 것이 있을 수 있겠소?"

"무엇을 도와드리면 되겠습니까?"

고검이 잠시의 틈도 주지 않고 물었다. 그러자 환현이 가만히 고검을 바라보다 고개를 저으며 대답했다.

"우린… 사람을 찾고자 하오."

그러자 고검이 고개를 갸웃거렸다.

"괴물을 잡는 것이 아니고… 사람을 찾고자 한단 말입니까?"

그러자 환현의 눈이 번뜩였다.

"고 장주께서는 이미 본 장에 일어난 일을 알고 있었구려."

"동정호에 사람을 잡아먹는 괴물이 나타났다는 소문은 이미 강호에 파다하지요. 그 피해자가 기련장 장주님의 금지옥엽이시라는 사실 또한 말입니다."

"그렇구려. 이미 강호의 호사가들 사이에 파다하게 퍼진 소문이니 아무리 개봉이 악양과 멀리 떨어져 있다 하더라도 바람보다 빠른 소문이 전해지지 않았을 리 없지요. 장주의 생각대로요. 우린 장주님의 영애를 찾고자 하오."

"괴물이 나타난 지가 이미 보름이 되어가는데 과연 아직까지 육 소저께서 살아 있겠습니까?"

고검의 질문은 상대의 심정을 고려치 않은 질문이었다. 어찌 보면 무척 냉혹한 질문이기도 했다. 하지만 고검의 질문은 지금 상황에서 꼭 필요한 질문이기도 했다. 괴물에게 잡혀갔으면 그 즉시 잡아먹혔거나 최소한 죽었을 것인데 보름이나 지난 지금 그녀를 찾아달라고 무불장을 찾아온 것은 확실히 이치에 맞지 않는 행동이었다.

"우리도 처음에는 육 소저가 살아 있으리란 기대를 하지 않았소이다. 괴물이 배 위의 사람을 물어갔으면 죽는 것이 당연한 일이지요. 그런데……."

환현이 약간 목소리를 낮췄다.

"그런데 육 소저가 타고 있던 배를 조사하던 중 우린 어쩌면 육 소저가 살아 있을지도 모른다는 생각을 하게 되었소."

"이유가 뭡니까?"

"왜냐하면 그 배 위에서 한 가지 특이한 물건을 발견했기 때문이오."

환현의 밀에 고검이 눈으로 그 특이한 물건이 무엇인지를 물었다. 그러자 환현이 품속에서 비단 천에 싸인 한 가지 물건을 꺼내 들었다. 그리곤 그 물건을 고검에게 건넸다.

"이건……?"

"장주께서도 보시다시피 그것은 쇠로 만든 것이오. 처음에는 괴수의 몸에서 떨어진 비늘로 생각했었는데 자세히 살펴보니 분명 사람의 손으로 만든 쇠 비늘이었단 말이외다. 그러니 우리가 어찌 육 소저가 살아 있을 거란 기대를 하지 않을 수 있겠소."

"괴물에 물려간 것이 아니라 누군가가 납치를 했단 말입니까?"

"확신할 수는 없소. 당시 현장을 보았던 모든 사람들은 분명 괴물의 실체를 눈으로 확인했기 때문이오. 또한 육 소저를 입에 문 괴물이 유유히 수면 아래를 가로질러 동정호를 건너간 것 또한 대부분의 사람들이 보았소이다. 그러니 비록 우리가 이 비늘을 발견했다고 해서 육 소저를 데려간 게 괴물이 아니라고 말할 수도 없는 상황이오. 해서 이렇게 무불장을 찾아온 것이오. 육 소저를 데려간 것이 괴물이면 그 괴물을 반드시 죽일 것이고, 만약 누군가의 음모에 의해 육 소저가 납치된 것이라면 우린 반드시 육 소저를 구할 거외다."

환현의 눈에 강한 의지가 드러났다.

"우리의 청부를 받아주시겠소?"

환현이 형형한 눈빛으로 고검에게 물었다. 그러자 고검이 잠시 눈을 감고 무엇인가를 생각하다 잠시 후 질문을 던졌다.

"어디까지가 우리 무불장에서 맡아야 하는 일입니까?"

그러자 환현이 재빨리 대답했다.

"아시다시피 본 기련장은 강호의 일반 무림문파가 아닌 상가외다. 해서 비록 본 장에도 고수란 말을 듣는 무인이 제법 있기는 하지만 절정고수의 숫자는 그리 많지 않소이다. 그래서 우린 이번 일이 모두 마무리될 때까지 장주께서 우리의 힘이 되어주셨으면 하오. 또한 무불장의 청부사들은 모두가 강호의 절정고수란 말을 들었소이다. 가능하다면 무불장의 전 고수들을 초빙하고 싶소."

"본 장의 청부금은 비싸지요."

"금전이라면 걱정하지 마시구려. 재물이라면 중원 어느 문파에도 뒤지지 않을 기련장이외다."

"알겠습니다. 본 장은 이번 기련장의 청부를 수락합니다. 다만, 동정호에 가는 것은 나와 나의 사제, 그리고 여기 계신 미 부인, 이렇게 세 사람이 전부입니다. 다른 사람들은 이미 각자 청부를 맡아 강호에 나가 있는 상태지요. 혹여 일이 진행되는 동안 다른 사람들의 청부가 끝나면 기련장으로 부르도록 하겠습니다."

"무불장의 모든 고수 분들을 모시지 못하는 것은 아쉬우나 천하에 위명이 자자한 장주께서 가신다니 그나마 다행이외다. 먼 길을 온 보람을 찾은 듯하오."

"청부사가 청부를 거절할 수는 없는 법이지요."

고검이 가만히 미소를 짓고는 이내 총관 한단을 돌아보며 말했다.

"일단 먼 길을 오신 분들이니 식사 준비를 해주십시오. 오늘 하루는 이곳에서 지내시고 내일 아침 일찍 떠나도록 하시지요. 괜찮겠습니까?"

고검이 환현에게 물었다. 그러자 환현이 고개를 끄덕였다.

"그게 좋을 것 같소이다. 사실 우리도 악양에서부터 쉬지 않고 달려왔더니 더 이상 움직일 힘이 남아 있지 않은 상태외다."

"알겠습니다. 그럼 그리 준비하지요."

고검의 대답이 끝나기도 전에 한단은 이미 자리에서 일어나 정자를 벗어나고 있었다.

“저도 가겠어요.”

능천화가 눈을 동그랗게 뜨며 고검에게 말했다.

“안 되오.”

고검이 단호하게 고개를 저었다.

“왜 안 된다는 거예요?”

능천화가 지지 않고 따져 물었다.

“청부란 항상 위험이 뒤따르는 일이오. 그런 곳에 능 매를 데려갈 수는 없소.”

“이것 봐요, 고 장주님. 제가 이래 봬도 천검 능운백의 딸이라고요. 제 한 몸은 충분히 지킬 수 있어요.”

“물론 능 매의 무공이 자신을 지킬 만큼 충분히 강하다는 것을 모르는 바는 아니오. 하지만 내가 말하는 것은 무공의 고하가 아니라, 청부라는 일의 특성에 대한 것이오. 청부는 무공으로는 피해갈 수 없는 위험이 곳곳에 도사리고 있단 말이오. 그런 곳에 능 매를 데려갈 수는 없소. 또한…….”

“또 다른 이유가 있나요?”

“능 매는 이제 방금 무불장의 안주인이 된 사람이오. 그러니 당연히 나를 따라 청부에 나서는 것보다는 무불장의 대소사를 익혀두는 게 급선무란 말이오. 그러니 내가 악양에 다녀오는 동안 한 총관님께 무불장의 일을 배워두시고, 또 청부를 마치고 돌아오는 무불장의 식구들과 안면을 익혀두시오. 그게 지금 무불장의 안주인으로서 능 매가 해야 할 일이오.”

고검이 말끝마다 무불장의 안주인이란 말을 덧붙이자 능천화의 표정이 조금 달라졌다. 아마도 고검의 말에 자못 기분이 좋아진 모양이었다.

"휴, 알았어요. 제가 뭐 정말 청부 일을 하고 싶어서 따라가겠다고 한 것은 아니에요. 우린 이제 겨우 혼인을 올린 사인데 또다시 한동안 떨어져 있어야 한다고 하니 해본 말이에요. 하지만 어쩌겠어요. 무불장의 안주인이 되었으니 그에 맞는 일을 하긴 해야겠지요."

"내 말을 이해해 주니 고맙구려, 능 매. 나중에 능 매가 무불장에 익숙해지면 그때 함께 강호 곳곳을 다녀보도록 하십시다. 그러니 이번 일은 능 매가 양보하시구려."

"알았어요. 그렇게 할게요."

두 사람의 의견이 그렇게 조율되어 갈 때 방문 밖에서 추산의 목소리가 들려왔다.

"사형, 벌써 해가 중천에 떴어요. 아무리 신혼 재미가 좋다고 해도 손님들을 기다리게 하시면 안 되지요."

순간 능천화의 눈이 표독스러워졌다.

"아니, 추산 저 녀석이 정말!"

순간 고검이 웃음을 터뜨리며 밖으로 뛰어나가려는 능천화의 소매를 잡아끌었다.

"하하, 그만두시구려. 능 매가 추산 저 녀석의 말에 그렇게 발끈하는 것은 오히려 녀석의 기를 살려주는 일이라오. 아직 그걸 모르겠소?"

그러자 능천화가 숨을 크게 들이쉬며 고개를 끄덕였다.

"가가의 말이 맞아요. 흥, 내가 추산 네 녀석의 장단에 놀아날 수는 없지."

"자, 이제 그 이치를 알았다면 그만 나갑시다. 녀석의 말이 아니더라도 늦기는 늦은 모양이오."

고검이 능천화를 데리고 방문 밖으로 나서자 추산이 멀찍이 서서 경계의 눈빛으로 두 사람의 방을 바라보고 있다가 미소를 지으며 나오는 능천화를 보고는 실망한 기색으로 중얼거렸다.

"별일일세. 사저가 화를 내지 않다니……."

추산의 실망한 표정을 본 능천화가 득의의 미소를 지으며 부드럽게 말했다.

"추산, 먼 길 조심해서 다녀오거라. 그리고 무불장 밖에서는 지금처럼 출싹대지 말거라. 괜히 장주께서 청부 일을 처리하는 데 방해가 될 일은 하지 말란 말이다. 알겠느냐?"

준엄하게 훈계하듯 타이르는 능천화의 모습을 추산이 멍한 눈으로 바라보다가 이내 머리를 흔들며 대답했다.

"아니, 사저… 사저께서 언제 이렇게 점잖은 분이 되셨지요?"

"나도 이제 무불장의 안주인인데 언제까지 너와 같은 어린 애와 장난이나 치고 있을 수 있겠느냐? 어쨌든 행동거지 조심하고 잘 다녀오너라."

"어이구, 무불장의 안주인이 하시는 말씀인데 이 추산이 어찌 따르지 않을 수 있겠어요. 알았어요, 사저. 하지만 저도 한 가지 당부할 말이 있네요."

“응, 말해보거라.”

능천화가 여유있는 표정으로 대답하자 추산이 회심의 미소를 지으며 입을 열었다.

“제발 부탁하건대, 사형과 제가 없는 동안 무불장의 재물에는 손을 대지 마세요. 우리가 돌아왔을 때 무불장의 창고가 텅 비어 있을까 봐 당최 걱정이 돼서 이 사제의 발걸음이 차마 떨어지지가 않네요.”

순간 능천화의 눈에서 파란 안광이 번쩍였다.

“이……!”

능천화가 막 화를 터뜨리려다가 어렵게 화를 참고는 애써 웃음을 지으며 대답했다.

“호호호! 이 녀석아, 아직도 내가 예전의 능천화인 줄 아느냐? 이제 무불장의 안주인이 되었으니 당연히 무불장의 재물을 불리면 불렸지 털어 쓰지는 않을 것이다. 이곳 일을 나에게 맡기고 넌 장주님을 잘 모셔야 한다. 알겠느냐?”

능천화의 대답에 추산이 힘이 빠진 듯 대답했다.

“칫, 이러면 너무 재미가 없잖아요. 알았어요. 잘 다녀올게요. 사형, 그만 가죠?”

추산의 말에 고검이 고개를 끄덕였다.

“오냐, 이제 그만 가자꾸나. 두 사람의 싸움은 악양에 다녀와서 계속 보기로 하고… 자, 능 매 난 그만 가보겠소. 나오지 마시구려.”

“알았어요. 가가, 부디 무사히 돌아오세요.”

"걱정 마시구려."

고검이 가볍게 능천화의 손을 잡아주고는 이내 추산과 함께 밖으로 걸어나갔다. 그러자 능천화가 맑고 깊은 눈으로 두 사람을 지켜보며 중얼거렸다.

"어쩌면 평생 저 사람이 나에게 청혼하는 날이 오지 않을지도 모른다고 생각했었는데… 이제 저 사람의 어린 날 상처도 어느덧 아문 것인가? 어쨌든 고마운 일이야. 이제라도 나에게 와줘서 말이야."

그녀의 목소리에는 현재의 행복과 지난 세월에 대한 회한이 뒤섞여 묻어나고 있었다.

고검과 추산이 장원의 정문에 이르자 이미 기련장의 고수 다섯과 미심이 길 떠날 준비를 마치고 두 사람을 기다리고 있었다. 고검과 추산이 도착하자 여덟 명의 고수가 즉시 말 위에 올랐다.

"그럼 잘 다녀오십시오, 장주!"

한단이 고검에게 작별 인사를 했다.

"장원을 부탁드립니다. 그리고… 혹여 능 매가 실수를 하더라도 너그럽게 이해해 주십시오."

고검의 말에 한단이 평소에 드러내지 않던 웃음을 지었다.

"능 부인에 대해서는 저도 이미 잘 알고 있지요. 어려서부터 보아왔지 않습니까? 걱정 마십시오."

"그리 말씀해 주시니 안심하고 다녀오겠습니다. 자, 그럼!"

고검이 한단을 향해 가볍게 고개를 숙여 보이고는 이내 말을 몰아 나가기 시작했다.

"이럇!"

"핫!"

두두두두!

몇 마디 기합성이 터져 나오고 이내 여덟 필의 말이 먼지를 일으키며 장원에서 멀어졌다.

"동정호의 괴물이라… 이번에는 또 어떤 일들이 무불장의 고수들을 기다리고 있는 것일까?"

한단이 아련한 시선으로 사라지는 고검 등을 바라보며 중얼거렸다.

무불장을 떠난 고검 일행은 그날로 개봉성을 벗어나 남쪽으로 길을 잡았다. 남쪽으로 내려갈수록 봄기운이 완연해 여행을 하기에는 더할 나위 없이 좋은 날씨였다.

덕분에 일행은 무척 빠른 속도로 악양을 향해 질주했다. 굳이 다른 곳에 신경을 쓸 일도 없거니와 기련장의 다섯 고수가 워낙 서두르는 바람에 길 위에서 노숙을 하며 움직인 여정은 무불장을 떠난 지 채 열흘이 지나지 않아 땅 위의 바다라 불리는 동정호에 이르러 있었다.

第二章

흔적(痕迹)

늦은 봄을 즐기려는 자들로 가득 차 있어야 할 호수에는 쓸쓸한 봄바람만이 물결을 일으키고 있었다. 계절이 뒤바뀌어 추운 겨울로 접어드는 황량한 늦가을의 풍경, 하지만 인적이 끊긴 호수는 그래서 더욱 아름다웠다.

"말로만 듣던 동정호군요. 정말 대단하네요."

추산이 연신 감탄사를 연발했다. 고검과 기련장 고수들은 동정호 변을 따라 난 관도를 이동하고 있었다. 고검은 악양에 도착하자 기련장에 들르는 대신 먼저 사건이 벌어진 호수를 보고자 했다.

기련장의 총관 환현은 망설이지 않고 고검의 제안에 동의했다. 그로서야 이리저리 시간을 허비하는 대신 무불장의 고수들이 즉시 일에 착수해 주는 것을 외려 바라던 바였다.

"천하의 풍류객들로 넘쳐 나야 할 동정호가 삭막하게 변했군요."

미심이 무언지 모를 깊은 감정이 깃든 시선으로 텅 빈 동정호를 바라보며 추산의 말을 받았다.

"사건이 일어난 이후 벌어진 상황이외다. 그저 소문이라면 모를까, 수많은 사람들이 괴물이 나타나 육 소저를 낚아채는 것을 목격했으니 웬만한 강단이 있는 자가 아니면 이 와중에 동정호에서 물놀이를 하지는 못할 거외다."

환현이 고검 등에게 근자의 상황을 침중한 목소리로 설명했다.

"하지만 사람이 아주 없는 것은 아니군요."

환현의 말에 고검이 고개를 들어 굽이굽이 이어진 호숫가의 숲들을 바라보며 말했다.

"사람이 있나요?"

추산이 호기심이 인 표정으로 고검이 바라본 쪽을 살피며 물었다.

"호수에서 물놀이를 즐기는 사람은 없어도 호숫가의 숲에 몸을 숨기고 있는 자들은 꽤 있어 보이는구나."

고검이 대답하자 환현이 씁쓸한 미소를 지으며 말했다.

"고 장주께서 정확하게 보셨소이다. 기실 지금 이 동정호 주변에는 수많은 무림인들이 몰려 있소이다. 그중에는 스스로 영웅호걸을 자처하는 자들도 있고, 또 현상금을 쫓는 강호의 낭인들도 있지요. 그리고… 아마도 남련의 고수들도 이곳 어딘가에 모습을 감추고 있을 겁니다."

"오호라. 괴물을 잡아보겠다는 사람들인 모양이군요?"

추산이 묻자 환현이 고개를 끄덕였다.

"그렇다네, 추 소협. 모두들 이 동정호에 나타났다는 괴물을 목표로 몰려든 자들이지."

"하여간 무림인들이란… 뭔 일만 생겼다 하면 개미처럼 모여든다니까."

추산이 투덜거리자 환현이 정색을 하며 말했다.

"그렇게만 볼 게 아닐세. 사실 작금에 이르러서는 육 소저를 납치한 괴물은 괴물이 아니라 보물이 되어버린 형국일세."

"예? 괴물이 아니라 보물이 되어버렸다니요?"

"추 소협, 현재 그 괴물에게 걸려 있는 현상금이 얼마나 되는 줄 아시는가?"

"현상금이라뇨? 기련장에서 괴물에 현상금을 걸었단 말인가요? 그 말씀은 없지 않았습니까? 그리고 현상금까지 걸었으면 왜 특별히 우리 무불장을 찾아오셔서 청부를 한 거죠?"

추산이 이해할 수 없다는 표정으로 물었다.

"현상금을 건 사람은 우리 기련장이 아닐세."

"기련장이 아니라뇨? 그럼 누가……?"

"휴, 그 괴물은 우리 기련장에만 피해를 입힌 것이 아닐세. 보시게. 풍류객들로 가득 차 있어야 할 이 호수에 지금은 뱃놀이꾼이라고는 눈을 씻고 봐도 찾아볼 수가 없는 형국일세. 하루 이틀도 아니고 벌써 근 한 달여를 계속 이런 상태일세. 그렇다면 그 피해가 누구에게 돌아가겠는가?"

그러자 추산이 눈빛을 반짝였다.

"아하, 그렇군요. 동정호를 기반으로 장사를 하는 사람들이 죽을 맛이겠군요. 그래서 그들이 동정호의 괴물을 잡아 없애는 것에 현상금을 걸었구요."

"그렇다네. 그들이야 육 소저가 죽든 살든 별 관심은 없을 걸세. 단지 자신들의 생계가 달린 일이기에 가만히 앉아 있을 수는 없었던 게지. 어쨌든 지금 이 동정호의 괴물에게 걸린 현상금만 금자 오백 냥이 넘는다네. 동정호를 기반으로 사업을 벌이는 상인들이 모아 만든 금액이지. 그리고 시간이 지날수록 현상금은 더욱 늘어날 걸세."

"오호, 이건 정말 생각지도 않은 일이군요. 사형, 만약 우리가 그 괴물을 잡게 된다면 기련장에서 받는 청부대금 말고도 금자 오백 냥의 웃돈이 생기겠는데요."

추산이 입맛을 다시며 고검을 바라봤다.

"욕심이 나면 네가 한번 잡아보려무나."

"물론 제 눈앞에 괴물이 나타난다면 현상금을 포기할 이 추산이 아니지요."

그러자 고검이 주변을 둘러보며 말했다.

"아마 이 주변에 모습을 감추고 있는 강호의 고수들 중에는 너보다 강한 자들이 적어도 열 명 이상은 될 거다. 그런데 네가 과연 그들을 제치고 괴물을 잡을 수 있겠느냐?"

“흥, 본래 보물을 손에 넣는 자는 무공이 강한 자가 아니라 운이 좋은 자라고요. 나라고 괴물을 잡지 못하리란 법은 없죠.”

“그래? 알겠다. 그럼 어디 이번에 네 운을 시험해 보자꾸나. 그나저나 어디쯤입니까?”

고검이 환현을 보며 묻자 환현이 손을 들어 도화꽃이 만발한 호수의 한쪽 면을 가리켰다.

“바로 저기요.”

“도화꽃이 무성한 곳 말입니까?”

“그렇소이다. 동정호에서도 이름난 명소외다.”

“가까이 가보도록 하죠.”

고검의 말에 일행이 서둘러 환현이 가리킨 곳으로 움직였다.

사방에서 불어오는 바람이 꽃잎을 눈송이처럼 흩날렸다. 일대장관의 기경이 펼쳐지는 호숫가의 꽃 숲, 고검과 일행은 도화(桃花) 속에서 짙푸른 호수의 물결과 마주 섰다.

“무릉도원이 따로 없군요.”

추산이 황홀한 표정을 지으며 허공에 흩날리는 도화꽃을 손으로 잡아챘다.

“추 소협의 말대로 이곳은 도원(桃園)이라 부른다오.”

“하하, 정말 그렇군요. 그럼 신선은 어디 있나?”

추산이 장난스레 주변을 돌아보며 농을 했다.

"놀러 온 것이 아니다."

"알아요, 사형. 물론 우린 이곳에 놀러 온 것은 아니지요. 하지만 이런 풍경을 눈앞에 두고 즐기지 않는다면 어찌 풍류를 아는 사람이랄 수 있겠어요."

"주변을 살펴 이 일의 단서가 될 만한 것이 없나 찾아보거라."

"알았어요."

고검의 말에 추산이 삐죽 입술을 내밀고는 이내 도화나무 사이로 사라졌다. 그러자 고검이 환현을 보며 물었다.

"일을 당한 곳은 정확히 어딘지요?"

"바로 저기 저 지점쯤 되오이다. 뭍에서 겨우 이십여 장 정도밖에 떨어져 있지 않은 곳이라오. 괴물은 서북쪽 방향에서 나타나 육 소저를 납치한 후 다시 온 방향으로 사라졌다고 하오."

고검은 환현이 가리키는 방향으로 시선을 주었다. 끝없이 펼쳐진 수면이 눈에 들어왔다. 혹자는 동정호를 내륙의 바다라 부른다. 호수는 바다라는 명칭이 어색하지 않을 만큼 광대했다.

"이렇게 봐서는 어디에서 와서 어디로 사라졌는지 도저히 감을 잡을 수가 없군요."

"그게 이번 사건의 최대 난제요. 이 넓은 호수에서 괴물의 흔적을 찾는 것은 거의 불가능하니까 말이외다."

"배는 어디 있습니까?"

"기련장에 있소이다."

"일단 현장은 확인했으니, 이제 기련장으로 가서 배를 살펴 보지요."

"그럽시다. 그런데… 추 소협은?"

환현이 아직 돌아오지 않은 추산을 찾아 주변을 돌아보며 말할 때 도화꽃 사이에서 추산이 불쑥 모습을 드러냈다. 그런 데 혼자 사라졌던 추산의 뒤쪽에 몇 사람의 무림인이 뒤따르 고 있었다.

"이분들이 환 총관님을 만나고 싶다고 해서요. 그래서 제 가……."

추산이 의아한 눈으로 자신을 바라보고 있는 고검에게 서둘 러 입을 열었다. 그런데 미처 추산의 말이 끝나기도 전에 새로 등장한 사람들을 본 환현이 서둘러 앞으로 나서며 아는 척을 했다.

"상관 공자가 아니오이까?"

그러자 추산의 뒤를 따르던 오 인의 무림인 중 화려한 무복 을 입은 이십대 후반의 젊은 고수가 앞으로 나서며 가볍게 포 권을 취했다.

"오랜만에 뵙는군요, 환 총관님!"

"근 삼 개월 만인가요?"

"겨우 세 달밖에 지나지 않았습니까? 저로서는 참으로 긴 시간처럼 느껴졌는데……."

그러자 환현이 어두운 안색으로 대답했다.

“어찌 그렇지 않았겠소이까? 육 소저에 대한 상관 공자의 마음은 기련장의 모든 사람들이 잘 알고 있소이다.”

“일이 이렇게 되고 보니 후회가 되는군요. 애초에 일을 좀 더 서두를 것을 그랬다는 생각이 듭니다.”

“그야, 상관 공자의 잘못이 아니지요. 육 소저가 그때까지 마음을 못 정하고 있었기에 일이 이렇게 된 것이외다. 음… 하지만 역시 그것도 운명이지 않겠소이까?”

환현이 달래듯 말하자 젊은 고수가 무거운 얼굴로 고개를 끄덕였다.

“그런데… 이곳엔 어쩐 일로……?”

환현이 묻자 젊은 고수가 눈빛을 빛내며 대답했다.

“비록 육 소저는 잃었지만 이 일을 일으킨 괴물은 반드시 제 손으로 잡을 생각입니다. 동정호에 도착한 지 이미 여러 날이 지났습니다. 배를 타고 호수를 돌아다녀 보기도 하고… 하지만 괴물은 꼬리도 보이지 않는군요.”

“그러셨구려. 하지만 상관 공자께서 이 일에 너무 매달리는 것을 노가주께서는 탐탁지 않게 생각하실지도 모릅니다.”

“아버님께 사정을 해서 두 달의 시간을 얻었습니다. 그 안에 반드시 괴물을 잡아 육 소저의 원한을 풀어준 뒤 세가로 돌아갈 생각입니다.”

“노가주께서 허락을 하셨습니까?”

“아버님께서도 허락하신 일입니다. 아버님께서도 육 소저를 상당히 마음에 들어하셨을 뿐 아니라, 본 가와 기련장 간의 관계도 있고, 또 본 남련의 안방이랄 수 있는 동정호에서 발생한 일이라 련의 어른들도 이 일에 무척 관심이 많아 허락을 받을 수 있었습니다.”

“남련에서는 사람이 나오지 않았소이까? 장주께서 남련에도 사람을 보냈을 것인데…….”

“아마도 지금쯤 기련장에 사람이 나와 있을 겁니다. 풍운당의 고수들이 움직인 것으로 알고 있습니다.”

“풍운당이라… 남련의 어른들이 제법 신경을 써주셨구려.”

환현이 고개를 끄덕였다.

“남련으로서도 기련장의 일을 모른 척할 수는 없지요.”

“그럼, 상관 공자께서도 풍운당의 고수들과 함께 움직이실 생각이시오?”

“아무래도 그렇게 해야 되지 않겠습니까? 풍운당이라면 남련 최고의 추격의 달인들로 이루어진 조직입니다. 괴물의 흔적을 찾아내는 일을 그들만큼 잘해낼 인물들은 없을 겁니다.”

청년 고수의 말에 환현이 고개를 끄덕였다.

“그렇겠지요.”

“그런데… 이분들은 누구신지? 이 젊은 소형제에게 환 총관께서 이곳에 계신다는 말씀을 들었지만 보아하니 기련장의 형제들은 아닌 듯합니다만…….”

젊은 고수가 고검과 추산, 그리고 미심을 재빨리 훑어보며 물었다. 아마도 추산과 대화를 나누긴 했으나 아직 추산 등이 무불장의 인물인지는 모르고 있는 모양이었다. 그러자 환현이 고검을 돌아보며 먼저 젊은 고수를 소개했다.

"고 장주, 이쪽은 상관세가의 후계자이신 상관홍 대협이시오. 그리고 이쪽은 무불장의 고 장주이외다."

환현의 소개를 받은 고검이 먼저 상관홍에게 가볍게 포권을 해 보였다.

"무불장의 고검이라 합니다. 만나뵙게 되어 반갑소이다."

그러자 상관홍이 눈을 가늘게 뜨고 고검을 바라보며 마주 포권을 해 보였다.

"그 유명한 무불장의 고 장주셨군요. 상관세가의 상관홍이라고 합니다. 그런데… 이 동정호에는 어쩐 일로……?"

"기련장의 청부를 받았습니다."

순간 상관홍의 얼굴에 의미를 알 수 없는 감정의 빛이 스치고 지나갔다. 그리고 그의 시선이 자연스럽게 환현에게로 향했다.

"청부라면……?"

"손을 놓고 있을 수만은 없었지요. 그래서 무불장에 청부를 넣었습니다."

"괴물을 잡는 일 말입니까?"

상관홍의 말에 환현이 고개를 끄덕였다. 그러자 상관홍의 표정이 일그러졌다.

"남련과 상관세가가 나선 일인데… 부족했나 보군요?"

상관홍의 내심을 알아차린 환현이 천천히 고개를 저었다.

"남련과 상관 공자를 못 믿어서가 아니외다. 단지, 본 문의 일을 그저 타인에게 맡겨놓고 있을 수만은 없었기 때문이외다. 물론 지금도 남련과 상관 공자가 이 일을 해결할 수 있는 능력이 충분하다는 것은 믿고 있소이다. 다만, 본 문도 무엇인가를 해야 했을 뿐이외다. 본 문의 행보를 오해하지 마시기 바라오이다."

그러자 상관홍이 금세 안색을 회복하며 고개를 끄덕였다.

"오해할 일이 뭐 있겠습니까? 기련장주님의 마음은 충분히 이해할 수 있습니다. 애지중지하던 무남독녀를 잃으셨으니 지푸라기라도 잡아보고 싶은 심정이셨겠지요. 하지만 결국 괴물은 본 남련의 손에 잡힐 겁니다. 동정호는 본 련의 호수가 아닙니까?"

"당연한 말이외다. 더군다나 남련의 풍운당이라면 역시 동정호를 수색하는 데에 따를 지가 없을 거외다. 자, 우린 이제 장원으로 돌아갈 터인데 상관 공자께서도 같이 가시겠소이까?"

환현이 묻자 상관홍이 무엇인가를 생각하는 듯하다가 이내 고개를 저었다.

"아닙니다. 전 좀 더 이곳을 지켜보겠습니다. 본시 일을 벌인 자는 반드시 일을 벌인 곳에 다시 나타나는 법이라지요? 그러니 일을 벌인 것이 괴물일지라도 이 도원에 다시 나타날 가능성은 충분할 겁니다."

"풍운당의 고수 분들은……?"

"제가 이곳에 있다는 것을 알면 연락이 올 겁니다. 천천히 만나지요.”

“알겠소이다. 그럼 우린 이만 가보겠소이다. 본 문의 일로 노고를 끼쳐 죄송하외다.”

“마음 쓰지 마십시오. 동정호의 괴물은 더 이상 기련장만의 문제가 아니니 말입니다. 그리고… 육 소저의 원한은 꼭 제 손으로 갚아주고 싶군요.”

“상관 공자의 마음 장주께서도 무척 고마워할 거외다. 그럼……!”

환현이 상관홍을 한번 바라보고는 이내 몸을 돌려 걸음을 옮기기 시작했다. 그러자 고검과 추산, 미심 역시 환현을 따라 도원을 벗어났다.

“홍, 감히 남련의 앞마당에 황금충을 끌어들이다니……!”

고검 일행이 사라지자 상관홍이 차가운 눈빛을 발하며 중얼거렸다.

“그러게 말입니다. 본 련을 믿지 못하겠다는 말이 아닙니까?”

상관홍의 뒤에 있던 무사 한 명이 그의 말을 받았다.

“그렇다 한들 겨우 청부업으로 돈이나 긁어 모으는 황금충 세 명이 무엇을 할 수 있단 말인가? 기련장주가 무척 다급했던 모양이군.”

“하지만 무불장이라면 강호무림에서 첫손에 꼽는 청부사들의 집단이지요. 특히나 저 고검이란 젊은 장주는 이미 강호인들 사이에서 절정고수로 인정받고 있는 사내입니다.”

“흥, 그래 봐야 황금충일 뿐이야. 그가 정식으로 강호의 강자와 대결했다는 이야기는 들어본 적이 없다. 그저 좀도둑 몇 잡아 명성을 얻은 것뿐이다. 기회를 보아 그가 겨우 황금충에 지나지 않는다는 것을 강호에 확인시켜 줄 필요도 있겠어.”

“하지만 그는 천검 능운백의 제잡니다.”

“흥, 그가 천검 능운백의 제자라면 난 남련십육문 중 하나인 대상관세가의 후계자다. 황금충 따위와 견줄 바가 아니란 말이다. 그건 그렇고, 일단 풍운당에 따로 연락을 넣어라. 황금충들과 동행하기 싫어 기련장에 동행하지 않았지만 괴물을 찾으려면 풍운당과 함께 움직여야 할 게다.”

“알겠습니다, 공자!”

“흐흠, 강남제일미와 기련장의 재물을 손에 넣을 기회를 잃은 것은 아쉽지만, 덕분에 제법 좋은 기회를 얻었어. 괴물을 내 손으로 제거하게 된다면 이 상관홍의 이름이 남련십육문의 후기지수들 중 가장 앞에 서리라.”

“반드시 그리될 것입니다, 공자님!”

“하하하, 물빛 한번 맑구나!”

상관홍의 호탕한 웃음소리가 도원에 울려 퍼졌다.

“망할 자식, 우리가 겨우 지푸라기에 지나지 않는다는 거야!”

추산이 방금 떠나온 도원을 돌아보며 투덜거렸다. 기련장 총관 환현이 듣고 있든 말든 신경 쓰지 않는 추산이었다.

“강호에서 청부사로 살아가기 위해선 수없이 들어야 하는 말들이니 마음 쓰지 말거라.”

“흥, 하지만 그 상관 공자라는 녀석의 무공은 사형의 발끝도 따라오지 못할걸요?”

“그는 남련십육문 상관세가의 후계자다. 어찌 그를 가볍게 보느냐?”

고검이 정색을 하며 추산을 나무랐다. 무림에서 가장 조심해야 할 것이 자만심과 상대를 낮춰보는 것이었다. 무공의 고하에 상관없이 그것이야말로 스스로의 목숨을 위태롭게 하는 가장 큰 위험 요소임을 알고 있기에 고검으로서는 추산이 상관홍을 낮춰보는 것을 나무라지 않을 수 없었다.

“아아, 사형, 물론 그자의 무공이 제법 강하리라는 것을 모르진 않아요. 단지, 전 그자의 무공이 절대 사형의 위는 아니라는 거죠. 그러니 그자에게는 사형을 포함해 무불장의 식구들을 무시할 자격이 없다는 거예요.”

“그가 우리를 무시한다면 그건 그에게 독이 되는 일이다. 그러니 네가 그리 흥분할 필요는 없다.”

“하지만 기분 나쁜 것은 사실이잖아요.”

추산이 여전히 투덜거리자 앞서 가던 환현이 굳어졌던 얼굴에 미소를 드리우며 입을 열었다.

“사실 상관 공자는 명문대파에서 성장해 자존심이 무척 강할 뿐 아니라 사람을 좀 낮춰보는 경향이 있소이다. 그의 말에 마음이 상했다면 내가 대신 사과하리다.”

"아니, 뭐 총관님께서 사과하실 일은 아니지요. 그나저나 기련장주님께서는 정말 그를 사위로 맞아들이실 생각이었나요?"

"그건 왜 묻는 건가?"

"그런 자를 사위로 맞아들여서 기련장에 좋을 게 없을 것 같아서요."

"후후, 상관홍 그는 어떨지 몰라도 상관세가는 기련장에 많은 도움을 줄 수 있는 곳일세."

"정략적인 혼인을 생각했었다는 말이군요."

"세상에는 가끔 한 개인보다 집단이 우선시될 때가 많은 법일세."

"육 소저도 장주님의 생각에 동의했었나요?"

"만약 육 소저가 동의했다면 지금쯤 두 사람은 부부가 되어 있었을 걸세. 장주는 육 소저를 설득하는 중이었다네."

환현의 말에 추산이 고개를 끄덕이며 중얼거렸다.

"역시 세상은 공평하단 말이야. 기련장 같은 부잣집에 태어나 호강하며 자랐지만 자신의 인생을 스스로 결정할 수 없는 처지였다니. 그런 것을 보면 사형과 저는 제법 운이 좋은 거예요?"

"뭐가 말이냐?"

"비록 우린 어린 시절이 불행했다고는 해도 사부님을 만나서 우리의 의지대로 자유롭게 세상을 살 수 있게 되었으니 말이에요. 괜히 명문가에 태어나 가문의 이익에 따라 이리저리

쓸려가며 살아가는 것보다야 황금충으로 살아가는 게 낫지 않 겠어요?"

그러자 고검이 미소를 지으며 물었다.

"그럼 이제 그에게서 멸시받은 것에 대한 화는 풀린 것이 냐?"

"풀리긴요. 만약 나중에라도 기회가 오면 제대로 골탕을 먹 여주겠어요. 하지만 어쨌든 기분은 괜찮아졌어요."

"누군가에 대한 분노를 가슴에 오래 품고 사는 것은 좋은 일 이 아니다. 스스로를 망칠 수 있어."

그러자 추산이 입술을 비쭉였다.

"칫, 그래서 사형은 그렇게 어두운 성격인 거예요?"

그러자 고검이 씁쓸한 미소를 지었다.

"그렇구나. 확실히 그 말은 내가 주제넘었구나. 나 자신조 차도 어린 시절의 기억으로부터 자유롭지 못한데 말이다. 하 지만 그래도 넌 내 사제니까 나와 같은 어두운 성격이 되지 말 기를 바라서 하는 말이니 새겨들어라!"

"알았어요, 사형. 사형이 아니면 누가 절 생각해 주겠어요."

그렇게 일행이 뒤섞여 대화를 나누는 와중에 그들은 어느새 동정호를 벗어나 악양성을 눈앞에 두고 있었다.

*   *   *

멀리 동정호가 내려다보이는 악양성의 남서쪽 언덕에 거대한 장원 한 채가 자리 잡고 있었다. 천하 물산과 풍류객들의 집결지인 악양에서도 드물게 볼 수 있는 이 웅장한 장원은 평소 하루에도 수백에 이르는 천하각지의 상인들이 드나드는 곳이었다. 악양 최대의 부호로 꼽히는 기련장, 천하의 대상을 꼽으라면 언제나 열 손가락 안에 들어가는 기련장의 본거지가 바로 이 웅장한 장원이었다.

그런데 최근 들어 언제나 분주하던 기련장의 분위기가 사뭇 달라져 있었다. 여전히 기련장을 드나드는 사람들의 숫자는 많았으나 장원의 분위기는 침울했다. 거금이 오가는 거래를 성사시키는 곳이라 알 수 없는 흥분이 감도는 기련장에 한 달 전부터 음울한 그림자가 드리워져 있었다.

더불어 기련장을 드나드는 상인들조차도 평소와 달리 무척 행동을 조심하고 있었다. 그것은 이미 악양을 벗어나 강호에 파다하게 퍼진 한 가지 소문 때문이었다.

기련장주 육사확의 무남독녀 육초초의 실종, 그것도 벌건 대낮에 뱃놀이를 나갔다 정체 모를 괴수에 물려갔다는 이 충격적인 사건은 근 한 달이 지난 지금까지도 악양성을 발칵 뒤집어놓고 있었다.

사건이 일어나자 천하 각지에서 동정호의 기경을 찾아 모여들던 풍류객들은 발길을 끊었고, 대신 악양은 강호무림인 천지가 되어버렸다. 악양에 찾아든 무림인들 중에서도 괴수에 걸린 현상금을 쫓아 악양을 찾아든 낭인무사들이 대부분이었기에 악양의 인심은 흉흉해졌고, 상인들은 밥벌이에 극심한 어려움을 겪고 있었다.

시간이 흐르자 악양에서 풍류객을 상대로 밥벌이를 하는 소상인들의 시선은 기련장으로 향했다. 왜냐하면 당금의 상황을 마무리 지을 만한 힘을 가진 곳은 바로 괴수에게 직접적인 피해를 입은 기련장밖에 없었기 때문이었다.

그리고 기대대로 얼마 지나지 않아 기련장에는 강호무림에서 이름 높은 무인들이 모여들기 시작했다. 며칠 전에는 남련의 고수들까지 기련장에 들었다는 소문도 들려왔다.

천하의 고수들이 모여들자 사람들은 동정호의 괴물을 잡는 것 자체는 이제 시간문제라고 말들 하곤 했다. 그 대신 관심은 자연히 누가 그 괴물을 잡을 것인가에 쏠리고 있었다. 왜냐하면 괴수를 제거하는 자는 강호무림의 일대영웅으로 이름을 떨치게 될 것이 분명할 뿐만 아니라, 동정호를 기반으로 살아가는 상인들이 십시일반으로 모아 만든 막대한 현상금을 손에 넣을 수 있을 것이기 때문이었다.

고검과 그 일행이 이 소란의 중심지 기련장에 도착한 것은 해가 저물 무렵이었다.

"총관 어른, 먼 길에 수고하셨습니다."

이른 저녁부터 횃불을 밝힌 기련장의 정문 앞, 다섯 명의 경비무사가 환현을 향해 허리를 숙였다.

"수고들 하는군. 그래, 장원에는 별일없었겠지?"

"특별한 일은 없었습니다. 하지만 원체 많은 사람들이 찾아와 현재 장원에 빈방을 찾기가 어려울 정돕니다."

"그래? 얼마나 왔는가?"

"오늘까지 장원에 든 무림고수가 도합 오십여 명입니다. 장원에 들 사람들을 가려 받아도 그 정도니 악양의 객잔에 머무는 고수들까지 하면 못해도 족히 수백은 될 것입니다."

"듣자 하니 남련 풍운당에서도 사람이 나왔다던데……?"

"그렇습니다. 모두 열 명의 고수가 찾아왔습니다."

"그들은 어디 있는가?"

"장주께서 특별히 맞아들인 고수 다섯 분과 함께 별채에 머물고 있습니다."

"알겠네. 그럼 수고하시게. 난 장주를 뵈러 가야겠네. 그리고 혹여 장원을 찾아오는 사람 중 장원에 들이지 못할 사람들에게도 정중하게 대하도록 하게나. 이번 일로 기련장의 인심이 박하다는 소문이 나면 안 될 걸세."

"명심하겠습니다, 총관 어른!"

"자, 안으로 들어갑시다."

환현이 고검을 보며 말하고는 자신이 먼저 성큼성큼 장원 안으로 걸음을 옮겼다.

"정말 대단한 장원이군요."

고검과 함께 환현의 뒤를 따르던 추산이 나직한 목소리로 고검에게 속삭였다.

"기련장은 강남 제일의 상가다. 강호의 부를 따질 때 항상 열 손가락 안에 들어가는 문파지."

"흐흠… 척 보아도 돈 냄새가 물씬 풍기네요. 정원을 좀 보세요. 온갖 기화이초로 가득 차 있잖아요. 제길, 나도 나중에는 반드시 이런 장원을 가지고 말 테다."

"너라면 충분히 그리할 수 있을 것이다."

"헤헤, 역시 사형은 절 알아주시는군요."

"물론, 그래야 나도 노년을 편하게 보낼 수 있으니까."

고검과 추산이 두런두런 말을 주고받는 사이 일행은 어느새 한 채의 화려한 건물 앞에 당도해 있었다.

"총관님!"

깨끗한 청색 무복을 입은 두 무사가 건물을 지키고 있다가 환현을 보고는 정중하게 허리를 굽혔다.

"잘들 있었는가?"

"저희야 별일있겠습니까? 총관께서 수고하셨습니다."

"수고는 무슨, 장주께서는 안에 계시는가?"

"오셨다는 기별을 받고 안에서 기다리고 계십니다."

"알겠네. 그럼 수고하시게들!"

말을 마친 환현이 두 명의 경비무사를 지나 건물 안으로 들어섰다. 건물 안으로 들어서자 작은 정원과 잇대어 있는 넓은 대청이 눈에 들어왔다. 그리고 그 대청 위에 네 명의 노인들이 넓은 탁자를 가운데 두고 앉아서 안으로 들어서는 고검 일행을 바라보고 있었다.

"장주, 다녀왔습니다."

환현이 대청 아래에서 대청 위 노인 중 한 명을 보며 정중하게 허리를 굽혔다.

"어서 오시오, 환 총관. 생각보다 훨씬 빨리 도착했구려. 노고가 많았소이다."

환현의 인사에 자리에 앉아 있던 노인들이 자리에서 일어나 일행을 맞이했는데 그중 금포장삼을 화려하게 차려입은 노인이 대청 아래까지 내려와 환현을 맞이했다.

"하루가 급한 일이니 어찌 서두르지 않을 수 있겠습니까?"

"딸자식의 일로 환 총관께 고생만 시키는구려."

"고생이라니요. 장원의 일을 처리하는 게 어찌 고생이겠습니까?"

"그렇게 말씀해 주시니 고맙구려. 그래… 가셨던 일은?"

"다행히 무불장에 청부를 넣을 수 있었습니다. 이분이 무불장의 장주를 맡고 있는 고검 대협입니다."

환현이 몸을 비키며 고검을 기련장주에게 소개했다. 그러자 기련장주 육사확과 고검의 시선이 자연스럽게 허공에서 마주쳤다.

"무불장의 고검이라 합니다. 육 대인을 뵙게 되어 영광입니다."

그러자 기련장주 육사확이 지긋한 눈으로 고검을 보며 고개를 끄덕였다.

"나도 천검 어른의 제자이며 강호 제일의 청부사라 알려진 고 장주를 만나게 되어 반갑소. 다행히 고 장주가 이렇게 본장의 부탁을 거절하지 않고 달려와 주니 무척 고맙구려. 자, 위에 올라가서 자세한 이야기를 나누도록 합시다."

육사확이 부드러운 움직임으로 고검과 일행을 대청 위로 이끌었다.

'허, 정말 대단한 노인이군. 딸이 괴물에게 물려갔는데도 저렇게 여유가 있다니… 과연 강남의 상권을 손에 쥐고 흔든다는 사람답구나. 저런 배포가 있어야 사업도 크게 하는 것이지.'

추산이 내심 육사확의 풍모에 감탄하며 고검을 따라 대청 위로 올라갔다. 대청 위에는 탁자를 중심으로 십여 개의 의자가 놓여 있었다.

"자, 다들 앉읍시다."

육사확이 손을 들어 사람들에게 자리에 앉기를 권한 후 자신이 먼저 탁자 중앙에 있는 의자에 앉았다. 그러자 대청에 있던 세 명의 노인과 환현, 그리고 고검을 비롯한 추산과 미심이 차례로 탁자에 자리를 잡고 앉았다.

"자, 올 사람은 다 온 것 같으니 이야기를 나눠봅시다. 환 총관, 그 철 비늘을 고 장주께 보여주셨소?"

"그렇습니다."

육사확의 물음에 환현이 고개를 끄덕였다.

"그럼 그 물건을 이리 주시겠소? 여기 계신 세 분께도 그 물건을 보여 드려야겠소."

육사확의 말에 환현이 품속에서 거무스름한 철 비늘을 꺼내 육사확에게 건넸다. 육사확은 철 비늘을 받아서 다시 그의 오른쪽에 앉아 있는 세 명의 노인에게 건넸다. 그러자 세 명의 노인이 눈빛을 빛내며 철 비늘을 살피기 시작했다. 세 노인이 철 비늘을 살피는 사이 장내가 잠시 침묵에 빠져들었다.

“누군지 아시겠어요?”

추산이 나직한 어조로 고검에게 물었다. 추산의 시선은 철 비늘을 살피는 세 노인을 향해 있었다.

“한 사람은 알겠구나.”

“그래요? 누구죠?”

“육 장주와 가장 가까이 있는 사람이 바로 남련 풍운당의 부당주를 맡고 있는 구환승이라는 사람이다. 사람들은 독심(毒心)이라 부르기도 하지.”

“심계가 깊은 인물인가 보군요.”

“당연히 그렇다. 남련 풍운당은 북천무맹의 묵천성과 자웅을 겨룰 수 있는 조직이다. 그곳에 속한 인물들 하나하나가 절정고수일 뿐 아니라 모두 심중에 깊은 귀계를 품고 있는 인물들이지.”

“그렇군요. 그럼 나머지 두 사람은요?”

“글쎄다, 그건 나도 모르겠구나.”

고검이 고개를 젓자 곁에 있던 미심이 역시 조용한 목소리로 입을 열었다.

“가운데 앉은 사람은 풍권 도광 같고, 그 곁에 있는 사람은 아무래도 무림공자 유순인 듯하군요.”

그러자 고검의 눈에 이채가 서렸다.

"정말 그들이란 말입니까?"

그러자 미심이 고개를 끄덕였다.

"과거에 저들을 본 적이 있어요."

그러자 고검이 놀란 눈빛으로 두 사람을 보며 중얼거렸다.

"저들이 미 부인께서 말씀하신 대로 풍권과 무림공자 이 인이라면 정말 기련장의 저력은 대단하다고 할 수 있군요. 저들이 강호의 일에 끼어드는 것은 극히 드물다고 알고 있는데……."

"이곳에 오기 전 기련장에 대해 알아보니 저들 두 사람과 기련장주 육사확은 오래전부터 친분이 있었던 것 같더군요. 아마도 그 때문에 이 일에 나선 것일 겁니다."

"그렇군요. 평소의 인연이 없었다면 재물만으로 저들을 움직일 수는 없었겠지요."

고검이 고개를 끄덕이는 사이 세 사람이 철 비늘 살피는 것을 끝내고 고개를 들었다. 그런데 철 비늘을 살핀 세 사람 중 남련 풍운당의 부당주라고 고검이 지목한 노인이 기련장주 육사확이 아닌 고검을 향해 불쑥 입을 열었다.

"고 장주, 오랜만에 보는구려."

그러자 고검이 가볍게 미소를 지었다.

"오 년 만인가요?"

"벌써 그리되었나. 허허, 시간이란 참으로 빠르군. 고 장주와 장강의 이무기를 쫓을 때가 엊그제 같은데……."

노인이 잠시 시선을 허공으로 돌렸다.

"장강의 이무기라뇨? 언제 또 괴물 잡기에 나선 적이 있으
셨어요?"
추산이 그사이 재빨리 고검에게 물었다.
"그가 말한 장강의 이무기란 괴물이 아니라 한 사람을 일컫
는 말이란다."
"그가 누군데요?"
"나중에 말해주마."
고검이 재빨리 말을 끊었다. 잠시 뜸을 들이던 풍운당의 부
당주 구환승이 다시 고검에게로 시선을 돌렸기 때문이다.
"고 장주도 이 철 비늘을 보셨다고 했소?"
구환승의 말에 고검이 고개를 끄덕였다.
"고 장주의 생각을 들어볼 수 있겠소?"
"아직은 말씀드릴 것이 없군요."
고검의 대답에 구환승이 묵묵히 고개를 끄덕였다. 그러다가
이번에는 고개를 돌려 기련장주 육사확에게 물었다.
"장주께서는 괴물이 아니라 사람의 짓이라고 생각하십니
까?"
구환승의 갑작스런 질문에 육사확이 잠시 생각에 잠겼다가
천천히 고개를 끄덕였다.
"철로 된 비늘은 오직 사람만이 만들어 사용하는 것이지
요."
"두 분의 생각은 어떠신지요?"
구환승이 미심에 의해 풍권과 무림공자라고 지목된 노인들

에게 물었다. 그러자 그중 무림공자 유순이라는 노인이 입을
열었다.

"살아 있는 괴물이 철로 된 비늘을 달고 다닐 수는 없는 법
이 아니겠소?"

"무림공자께서도 그리 말씀하시니 그럼 이 일은 괴물을 잡
는 것이 아니라 괴물을 만들어낸 사람을 찾는 것이 되겠군요."

그러자 환현이 말을 덧붙였다.

"그보다도… 육 소저를 찾아내는 것이 급하겠지요."

"그렇군요. 괴물이 아니라 사람이라면 아직 육 소저가 살아
있을 가능성이 크겠군요."

환현의 말에 구환승이 고개를 끄덕였다. 하지만 그는 여전
히 육초초보다는 괴물을 만든 인물에 더 관심이 있는 듯했다.
그때 육사확이 진중한 어조로 입을 열었다.

"여기 계신 분들은 모두 강호 경험이 풍부한 고수 분들이시
오. 제가 본 장을 찾은 수십 명의 무림 대협 중 여기 세 분과 고
장주를 모신 것은 풍부한 강호 경험을 지니신 여러분께서 혹
이런 철 비늘을 사용하는 자를 보거나 아니면 그런 인물에 대
한 소문을 들은 적이 있나 해서입니다."

그러나 육사확의 말에 대답하는 사람은 없었다. 누구도 이
런 비늘로 괴물을 만들어 움직였다는 이야기를 들어본 경우가
없었던 것이다.

"으음… 이곳에 모인 분들이 모르신다면 강호에 이 비늘의
정체를 아는 사람은 전무하다고 보아야겠군요."

　육사확이 실망스런 표정으로 중얼거리자 구환승이 이내 육사확의 말을 받았다.

　"우리가 알고 있는 자가 아니라 하더라도 이미 괴물이 사람의 손에 의해 만들어진 것을 알았으니 추적을 시작하면 반드시 꼬리가 잡힐 겁니다. 그러니 장주께서는 너무 심려치 마십시오."

　"하지만 사람이 만든 괴물이든 진짜로 존재하는 괴물이든 동정호 속으로 사라져 버린 괴물을 어디에서 찾는단 말입니까?"

　"본 풍운당의 당원들은 추적의 달인들입니다. 내일부터 저희들이 나서보지요."

　그러자 육사확이 가볍게 포권을 해 보였다.

　"풍운당의 영웅들께 기대를 걸어보겠습니다."

　그러자 구환승이 가볍게 미소를 지으며 대답했다.

　"물론 풍운당은 이번 일을 해결하는 데 최선을 다할 생각입니다. 비록 기련장에서 벌어진 일이긴 하나 동정호는 남련의 호수, 남의 일이라 생각지 않습니다. 하지만… 전 오히려 여기 계신 고 장주께 더 기대를 하게 되는군요."

　그러자 사람들의 시선이 자연스럽게 고검에게 쏠렸다. 그 와중에 구환승의 말이 이어졌다.

　"고 장주의 능력은 강호에 알려진 것보다 훨씬 대단하지요. 과거 장강의 이무기를 잡을 때에도 우리 남련의 풍운당원 스무 명이 동원되었음에도 고 장주보다 한발 늦었었지요. 해서 이번에 이 철 비늘을 사용하는 괴물을 잡는 것도 우리 풍운당보다는 오히려 고 장주께 더 기대를 하시는 것이 좋을 듯합니다. 물론, 고 장주의 명성을 익히 아시기에 청부를 넣었을 테지만 말입니다."

그러자 고검이 가볍게 미소를 지으며 응대했다.

"강호의 명성이란 항상 부풀려지게 마련이지요. 제가 아무리 열심히 움직인다 하더라도 어찌 남련 풍운당을 당할 수 있겠습니까? 장강의 이무기를 잡을 때에는 그저 제 운이 좋았을 뿐이지요."

"하하하, 어찌 강호의 모든 일이 운으로만 결정되겠소. 운도 실력이 있어야 따르는 법이외다. 어쨌든 이번에 다시 하나의 목표를 쫓게 되었으니 서로 최선을 다해봅시다. 우리 풍운당에서도 이번만큼은 고 장주께 목표를 양보하지 않기 위해 최선을 다할 생각이오."

"누가 먼저 괴물을 잡느냐는 중요한 것이 아니지요. 그저 육소저가 무사하길 바랄 뿐입니다."

"하하하, 그렇소이까? 이거 괜히 나만 공이나 다투는 속 좁은 사람이 되어버렸구려. 장주! 전 이만 물러가도록 하겠습니다. 가서 당원들과 앞으로 괴물을 추격하는 일을 상의해 봐야겠습니다."

구환승이 너털웃음을 터뜨리며 말하자 육사확이 가볍게 고개를 끄덕였다.

"서둘러 주신다면 저야 고마울 따름이지요. 부디 풍운당의 고수 분들이 초초를 구해주시길 바라겠습니다."

"노력하지요. 그럼 전 이만!"

구환승이 말을 마치고는 훌쩍 일어나 다른 사람들에게 가볍게 포권을 해 보이고 이내 대청에서 사라졌다. 그의 움직임은 남련 풍운당의 부당주의 신분에 어울리지 않을 정도로 신속했다. 그가 사라지자 무림공자 유순이 미소를 지으며 입을 열었다.

"과거에 남련의 풍운당과 무불장의 고 장주 사이에 무슨 일이 있었는지 모르겠지만 일은 무척 잘된 듯하군요. 그가 고 장주에게 경쟁심을 느끼고 있으니 말입니다. 남련의 풍운당이 전력을 다해 움직인다면 아무리 은밀히 움직이는 흉수라 하더라도 곧 그 실체가 드러날 겁니다. 하하하, 결국 이건 고 장주의 딕이구려."

"제가 아니더라도 어찌 남련에서 이 일을 가볍게 처리하겠습니까? 그나저나 인사드립니다. 강호의 명사이신 풍권, 무림공자 두 분 어른을 뵈니 큰 영광입니다."

고검이 자리에서 일어나 풍권 도광과 무림공자 유순에게 포권을 해 보이자 두 사람이 천천히 고개를 끄덕였다.

"우리도 고 장주를 만나게 되어 무척 반갑구려. 사람들은 무림의 다음 세대를 가늠할 때 천하사패의 후예들을 주목하고 있으나 강호의 사정을 잘 아는 사람들은 언제나 천검의 제자이신 무불장의 고 장주를 주목하고 있지요."

"과찬이십니다. 저야 그저 한낱 청부사에 지나지 않습니다."

"껄껄껄… 한낱 청부사라… 물론 본인은 그렇게 말할지 모르겠으나 아는 사람은 모두 알고 있다오. 만약 천검이 움직이면 강호의 판세가 달라질 것이라는 것을, 그리고 그 천검의 저력은 지금 고 장주에게 전해져 있지요. 그나저나 남련과 무불장의 도움을 받게 되었으니 이 늙은이들은 할 일은 없을 듯하오, 장주!"

유순의 말에 육사확이 미소를 지으며 대답했다.

"모든 일이 순조롭게 끝나길 바랄 뿐입니다. 자, 그럼 오늘은 이만 쉬시도록 하시구려. 먼 길 오시느라 피곤들 하실 터인데……."

육사확의 말을 끝으로 육사확과 고검의 짧은 첫 만남이 끝났다. 고검과 추산, 그리고 미심은 환현에 의해 기련장 뒤쪽의 작은 별채로 안내됐다. 기련장에서의 첫날 밤이 그렇게 지나가고 있었다.

第三章

암옥귀선(暗獄鬼船)

땅땅땅땅!

고요한 호수에 어디서 시작되었는지 모를 요란한 종소리가 터져 나왔다. 괴물의 등장 이후 동정호를 유람하는 풍류객들은 씨가 말랐으나 목구멍이 포도청인 어부들은 괴물에 대한 두려움에도 불구하고 간간이 호수에 배를 띄우고 그물을 드리우고 있었다. 그런데 종소리가 울리자 목숨을 걸고 배를 띄웠던 어부들이 던지던 그물을 그대로 놓아둔 채 황급히 뭍으로 배를 몰기 시작했다.

그렇게 인간의 자취가 순식간에 사라진 호수 위에 어느 순간부터 알 수 없는 한기가 몰려들기 시작했다. 그러나 이 급작스런 한기는 실체가 없는 것이었다. 호수에는 어떤 변화도 일

어나지 않았다. 그렇다면 이 실체 없는 한기란 어디에서부터
시작된 것일까.

뭍으로 배를 몰아 황급히 몸을 숨긴 어부들은 고개를 빼꼼
히 내밀고 호수의 저쪽 편을 응시하고 있었다. 그리고 잠시 후
수평선 저쪽에 하나의 검은 점이 나타났다. 그 검은 점은 점점
그 크기를 키워가더니 어느 순간 거대한 한 척의 배로 변했다.

"암옥귀선이야."

호숫가 숲 속에 몸을 숨긴 어부 한 명이 두려운 음성으로 입
을 열었다.

"제길, 괴물에 암옥귀선에… 이제 당분간 고기 잡기는 글렀
군."

또 다른 어부가 낙심한 음성으로 투덜거렸다.

"하지만 어쩌겠나. 괴물이야 내 눈으로 보지 못했으니 그러
려니 해도 암옥귀선이 나타나면 귀선이 동정호를 떠날 때까지
고기잡이를 중지하는 것이 오랜 전통이 아니었나. 어쩔 수 없
는 일이지. 이렇게 된 거 그만 돌아가세. 가서 탁주라도 한잔
걸치세."

"집구석에는 밥 지을 보리쌀 한 되 없는데 탁주라니……."

"껄껄, 본래 밥 지어 먹을 쌀은 없어도 술 담글 쌀은 어떻
든 만들어내는 곳이 세상사 아니겠는가? 가세. 내가 사지."

"정말?"

"나야, 뭐 처자식이 있는 것도 아니고."

"아이구, 고마우이. 이거 몇 달 만에 맛보는 탁주 맛인

가……."

　종소리와 함께 호수를 벗어났던 어부들은 그렇게 하나둘 호수를 떠났다. 인적이 사라진 호수에는 거대한 한 척의 흑선만이 덩그러니 떠 있었다.

＊　　　＊　　　＊

　"이것 보세요, 사형"

　추산이 고검을 불렀다. 실종된 육초초가 타고 있던 배 위에서 괴수의 흔적을 살피던 고검이 훌쩍 몸을 날려 배의 옆면을 살피고 있던 추산 곁으로 내려섰다.

　"뭘 발견했느냐?"

　고검이 다가서며 묻자 추산이 배의 한쪽 면을 가리켰다.

　"최근에 생긴 흠집 같아요."

　고검이 추산이 가리킨 곳으로 시선을 주자 과연 배의 표면을 따라 십여 개의 흠집이 두 개의 열을 만들며 나란히 모습을 드러냈다.

　"언제 생긴 흠집일까?"

　고검이 손으로 흠집을 만지며 중얼거렸다.

　"글쎄요. 멀쩡한 배에 이런 흠집을 만들 리는 없고, 그 괴수가 나타났을 때 생긴 것 아닐까요? 그전에 생긴 것이라면 기련장 같은 곳에서 이 흠집을 그냥 놓아두었을 리 없잖아요. 바로 수리를 했겠죠. 하지만 괴물이 나타난 이후에는 누구도 이 배에 손을 대지 않았다고 했어요. 그러니 이 흠집은 괴물이 나타났을 때 생겼을 가능성이 커요."

추산의 말에 고검이 고개를 끄덕였다.

"괴물이 남긴 흔적이란 말이지?"

"뭐, 그럴 가능성이 많다는 거죠."

"마치 돌을 깨는 정으로 찍어놓은 듯하구나."

"또한 무척 매끄럽게 제련된 물체였을 거예요. 흠집의 깊이가 제법 깊은데 그 표면이 깨끗하잖아요."

"정말 그렇구나. 마치 용의 발톱으로 찍어낸 듯……. 아마도 육 소저를 납치하기 위해 배 위로 솟구치면서 만들어진 흔적 같구나."

"호호, 혹시 우리의 예상이 빗나가 나타난 괴물은 사람이 만든 것이 아니라 정말 용이 아니었을까요? 동정호에 사는 용이 강남제일미 육초초의 미모에 반해 물 밖으로 나왔을 수도 있잖아요?"

추산이 장난스레 말을 하자 고검이 빙그레 미소를 지었다.

"정말 그렇다면 그 철 비늘은?"

"혹시 알아요? 용의 비늘은 철로 되어 있을지……."

"잘도 가져다 붙이는구나."

"헤헤헤, 말이 그렇다는 거예요. 그나저나 이젠 어떻게 하실 거죠?"

그러자 고검이 흠집을 살피느라 굽혔던 허리를 펴며 대답했다.

"미 부인을 돌아오길 기다려야지. 최근 이 악양 주변에서 일어난 일들을 하나하나 살피다 보면 이번 일과 관련된 사실을 찾아낼 수 있을 것이다. 본래 인간이 하는 일이란 반드시 어떤 형태로든 그 흔적을 남길 수밖에 없는 법이거든!"

"흉수들이 아직 동정호 인근에 있을 거라고 생각하세요? 벌써 한 달이나 지났는데."

"그들이 없더라도 그들의 흔적은 남아 있을 게다. 미 부인이 그 흔적들을 찾아오길 바래야지."

그러자 추산이 고개를 갸웃거리며 물었다.

"그런데 미 부인은 어떻게 무불장에 들어온 거죠? 무불장의 고수들은 모두 제각기 특별한 사연을 지니고 있는 듯하지만 그중에서도 미 부인은 조금 더 특별한 것 같아요."

"어떤 면에서?"

"예를 들면 다른 사람들은 과거야 어쨌든 무불장에 들어온 이후에는 자신의 과거와 단절된 삶을 살아가잖아요. 뭐, 대부분 과거가 그리 행복하지는 않았겠죠. 그래서 황금충으로 살아가는 것일 테고 말이에요. 그런데 미 부인은 무불장의 청부사로 살아가면서도 여전히 다른 사람들과 항상 교류를 하고 있으니까요. 미 부인이 얻어오는 정보들… 미 부인 혼자 얻을 수 있는 것은 아니잖아요?"

추산의 말에 고검이 고개를 끄덕였다.

"네 말이 맞다. 미 부인은 비록 무불장의 청부사로 있기는 하지만 또 다른 조직의 일원이기도 하지."

"그 또 다른 조직이 어딘데요?"

그러자 고검이 미소를 지으며 고개를 저었다.

"그건 말해줄 수가 없는데……."

"왜요?"

"왜냐하면 그녀가 다른 사람이 자신의 정체를 아는 것을 원치 않으니까."

"칫, 사제인 저한테도 비밀로 해야 하는 거예요?"

"물론, 넌 이 사형이 다른 사람과 한 약속을 저버리는 사람이 되길 바라는 것은 아니겠지?"

"알았어요. 하지만 어쨌든 미 부인은 무불장이 아닌 다른 곳과도 여전히 관계가 있다는 말이죠?"

"그렇단다. 그리고 그런 미 부인의 신분이 우리 무불장에 무척 큰 도움이 된단다. 그녀 덕에 우린 강호에서 가장 빠른 정보를 얻을 수 있으니까."

"하! 그런 미 부인이 도대체 어떻게 무불장에 들어오게 된 거죠?"

"모르고 있었느냐? 미 부인은 바로 사모님의 추천으로 본 장에 들어온 것이란다."

"어? 사모님께서요? 사모님과 친분이 있는 상태였군요?"

"그렇단다. 미 부인은 사실 이십대 중반의 나이에 무불장에 들어왔단다. 내가 무불장을 맡기 전에 이미 무불장에 계셨던 분이지. 한 총관님과 함께 말이다. 사부님께 듣기로 미 부인이 무불장에 들어오게 된 이유는 두 가지 때문이라고 하더구나."

"어떤 이윤데요?"

"하나는 사부께서 칠마를 제거하시고 무불장을 세운 후 체계적으로 청부를 수행하기 위해 강호의 소식을 빠르게 전해줄 사람이 필요했기 때문이지. 그래서 사람을 찾고 있던 중 사모께서 평소에 알고 지내던 미 부인을 추천했던 것이란다."

"그렇군요. 그럼 두 번째 이유는요?"

"흐흠… 그건 말이다."

고검이 나직하게 목소리를 낮췄다. 그러자 추산이 고검의 입에서 뭔가 대단한 비밀이 흘러나올지도 모른다는 기대에 눈을 반짝이며 고검의 입을 주목했다.

"바로 사부님을 감시하기 위해서였지."

그러자 추산이 놀란 눈으로 고검을 바라봤다.

"사부님을 감시하디뇨? 누가요?"

"누구긴 누구겠느냐? 미 부인을 사부께 추천한 사모님이지."

"아니, 왜 사모님이 사부를 감시하죠?"

"무불장을 세운 후 사모님은 설연장에 사부님은 무불장에 머물게 되셨지. 물론 사부께서는 일 년에 반은 설연장에서 보내시긴 했지만 말이다. 그래서 사모께서는 사부님 곁에 자신에게 사부님의 동태를 전해줄 사람을 두셨던 것이다."

"왜요? 사부님이 바람이라도 날까 봐요?"

추산이 말도 되지 않는다는 듯한 표정으로 되물었다. 추산의 반응은 어찌 보면 당연한 것이었다. 비록 천검 능운백이 과거의 강호제일미 교교와 혼인을 올리긴 했지만 그건 정말로 기적과 같은 일이었기 때문이다.

천검 능운백은 무공에 있어서는 등봉조극의 경지에 올랐을지 몰라도 외모는 여전히 추레하여 어떤 여인도 그에게 정을 주기가 쉽지 않았다. 따라서 그의 부인인 교교가 능운백을 다른 여인으로부터 감시했다는 것은 쉽게 믿을 수 없는 이야기였다.

"절대 그런 일은 없을 거란 말이냐?"

"사실 사부님이 누구와 바람이 날 만큼 잘생긴 분은 아니죠."

"사제, 넌 이걸 알아야 한다. 남자란 그 외모로 여인을 끌어들이는 것이 아니란 사실 말이다."

"사부께 제가 모르는 매력이 있다는 건가요?"

"그건 나도 모르겠다. 하지만 어쨌든 사부님은 천하제일미의 마음을 얻은 분이다. 그러니 다른 여인이라고 사부님께 마음을 주지 말란 법이 있겠느냐?"

고검의 말에 추산이 곰곰이 생각에 잠기더니 이내 고개를 끄덕였다.

"듣고 보니 그렇군요. 사모님의 입장에서는 불안하실 수도 있었겠어요. 자신께서 사부님께 마음을 주셨으니 다른 여인이라고 그러지 않으리라 자신할 수 없었겠지요. 그래서 미 부인을 무불장에 보냈군요."

그러자 고검이 고개를 저었다.

"아니, 내 말은 사부님에게도 남들이 모르는 여인의 마음을 끌 수 있는 장점이 있을 거란 것이고, 사모님께서 미 부인을 무불장에 들여보내 사부님을 감시하게 한 것은 그런 이유 때문은 아니란다."

"어? 그럼 뭣 때문이에요?"

"그거야 너도 곰곰이 생각해 보면 쉽게 알 수 있는 일이다."

그러자 추산이 다시 생각에 잠겼다. 하지만 결국 추산은 고개를 젓고 말았다.

"전 잘 모르겠는데요?"

"하하하, 사제, 사모님이 가장 좋아하는 게 뭐냐?"

"그야 당연히… 아! 이제 알았다. 사모님께서는 사부께서 청부로 벌어들인 금자를 어디다 빼돌리지 않을까 그걸 걱정했던 거군요?"

"맞았다."

"하하히, 정말 사모님도 대단하시네요. 그렇지 않아도 일 년에 수백 냥의 금자를 쓰고 계셨으면서……."

고검과 추산이 서로를 마주 보고 한바탕 웃음을 터뜨렸다. 그리고 잠시 후 고검이 정색을 하며 말을 이었다.

"이런 말이야 그저 우스갯소리로 하는 말이고… 미 부인이 무불장에 있게 된 것은 역시 그녀의 정보력 때문이란다. 사모님은 사부를 돕고자 했던 것이지."

"그렇군요. 그 정보들이 어디서 나오는지 모르겠지만요."

"너도 나중에 알게 될 때가 있을 게다."

"생각보다 미 부인께선 무척 중요한 분이셨군요."

"물론, 도검을 들고 나가 싸움을 하는 것이야 다른 사람들도 남들에게 뒤지지 않을 테지만 강호에 떠도는 소문을 전해주는 것은 미 부인이 아니면 힘든 일이지."

"그리고 우리의 귀하신 분께서 막 또 다른 정보를 가지고 오셨네요."

추산이 고검의 어깨 너머로 시선을 주며 말했다. 추산의 말에 고검이 고개를 돌리자 그의 뒤쪽에서 미심이 모습을 드러냈다.

"두 분, 무슨 이야기를 그렇게 재밌게 나누세요?"

미심이 두 사람에게 다가오며 묻자 고검과 추산 두 사람이 서로 마주 보다 추산이 얼른 입을 열었다.

"이 배에서 발견한 흔적들에 대해 이야기를 나누고 있었어요."

"호호, 그런 것 같지는 않은데… 설마 제 이야기를 하고 있었나요?"

미심이 미소를 지우지 않고 추궁했다. 그러자 추산이 어쩔 수 없다는 듯 대답했다.

"뭐, 미 부인께서 어떤 소식을 가져오실까 그 이야기도 하긴 했지요."

"호호호, 다른 이야기는 하지 않고요?"

"헤헤, 그럴 리가요."

"알았어요. 그럼 궁금해하시는 소식들을 전해 드리죠."

미심의 말에 고검이 입을 열었다.

"쓸 만한 소식이 있습니까?"

그러자 미심이 천천히 고개를 갸웃거렸다. 그녀 스스로도 자신이 가져온 정보가 괴수를 잡는 데 큰 도움이 될지 확신하지 못하는 표정이었다.

"전 괴수가 나타난 날 전후로 악양을 거쳐 간 사람들에 대해 알아봤어요."

"벌써 한 달이나 지난 일인데요?"

추산이 묻자 미심이 살짝 미소를 머금었다.

"한 달이 지난 일이라 힘들긴 해도 만약 누군가 특별한 것을 보았다면 충분히 기억할 만한 시간이지요."

"뭔가 알아낸 것이 있습니까?"

이번에는 고검이 물었다.

"한 달 전, 그러니까 기련장의 육 소저가 괴수에게 당하던 그 전날 동정호 북쪽에 있는 조그만 유곽에 몸담고 있는 어린 기녀가 수상한 자들을 목격했다고 하더군요."

"수상한 자들이라면……?"

"그 기녀는 고된 하루를 보내고 잠시 동정호의 밤 풍경을 보려고 북쪽 호숫가를 거닐고 있었다고 하더군요. 그런데 그때 십여 명의 인물들이 검은색 배를 타고 은밀히 이동하는 것을 목격했답니다."

"그게 뭐 이상한 일인가요? 동정호에는 수백 척의 배가 떠 있는데……?"

"물론 단지 열 명의 사람이 흑선을 타고 동정호를 가로지르는 것은 그리 이상한 일이 아니지요. 그런데……."

"그런데요?"

추산이 호기심이 가득한 눈으로 미심의 말을 재촉했다.

"당시 그들이 타고 있던 배의 생김새가 워낙 특이했다고 하더군요. 마치 배의 모든 부분이 물에 잠긴 것 같았다더군요. 덕분에 깊은 밤이라면 멀리서는 도저히 배를 발견할 수 없었을 텐데 기녀는 마침 배가 호수 변을 스치고 지나갈 때 그들을 발견해 배를 볼 수 있었답니다. 그런데 더욱 놀라운 일은 그 배가 어느 정도 호수를 가로질러 전진하더니 이내 물속에 잠겨들더라는 거예요."

"물속으로 들어갔단 말인가요?"

추산이 놀라며 물었다.

"글쎄요. 그 배가 물속으로 완전히 들어간 것인지 아니면 워낙 낮게 가라앉아 움직이던 배라 거리가 멀어지자 그렇게 보인 것인지는 모르겠어요. 어쨌든 그렇게 배는 호수 안쪽으로 사라졌다고 합니다."

"정말 신기한 일이네요. 이번 일과 관계가 있는 자들일까요?"

추산이 고검을 보며 물었다. 그러자 고검이 뭔가를 곰곰이 생각하더니 미심에게 물었다.

"달리 특별한 것은 기억하고 있지 않던가요?"

그러자 미심이 잠시 망설이다 입을 열었다.

"확실치는 않지만 배의 앞머리에 기이한 형상의 장식이 달려 있었다고 하더군요."

"어떤 문양입니까?"

"어두워서 자세히는 확인하지 못했다고 하더군요. 단지…
평소 저잣거리에서 보던 아수라상 같아 보였다고…….'

"아수라상이라…….'

고검이 다시금 생각에 잠겼다. 그러자 미심이 그런 고검을
향해 조심스럽게 말을 꺼냈다.

"그리고… 돌아오는 길에 한 가지 소식을 더 들을 수 있었어
요."

미심의 말투가 워낙 조심스러웠기에 고검과 추산이 의아한
눈으로 미심을 바라봤다.

"어제 한 척의 배가 동정호에 출현했다고 하더군요."

"도대체 어떤 배가 나타났기에 미 부인께서 그렇게 긴장하
시는 거죠?"

추산이 고개를 갸웃거리며 물었다.

"추 소협은 혹시 암옥귀선이란 말을 들어봤나요?"

"암옥귀선(暗獄鬼船)이요?"

"그래요. 암옥귀선…….'

미심의 질문에 추산은 고개를 갸웃거리며 기억을 더듬었지
만 그의 머릿속에 암옥귀선에 대한 기억은 존재하지 않았다.
그래서 추산이 막 암옥귀선에 대해 다시 미심에게 물으려고
고개를 드는 순간 그의 눈에 심각한 표정을 짓고 있는 고검이
들어왔다.

'사형은 암옥귀선에 대해 알고 있는 모양이군. 그런데 도대

체 암옥귀선이 무엇이기에 사형의 표정이 저리 심각한 것이
지?

추산이 의아한 눈으로 고검을 바라볼 때 고검이 무거운 음
성으로 입을 열었다.

"암옥귀선이 출현했다는 말입니까?"

고검의 질문에 미심이 천천히 고개를 끄덕였다.

"그렇답니다, 장주. 참으로 미묘한 시기에 암옥귀선이 모습
을 드러냈어요."

"정말 그렇군요. 그렇다면 괴물을 추격하는 일에도 어려움
을 겪을 수밖에 없겠군요."

"들어오다 보니 이미 기련장에도 소식이 전해졌는지 동정
호에 나가 있던 기련장 식솔들과 기련장을 방문한 무인들이
하나둘 기련장으로 돌아오고 있더군요."

"도대체 그 암옥귀선이란 것이 뭐예요?"

추산이 궁금증을 참지 못하고 두 사람의 대화에 끼어들었
다. 그러자 고검이 진중한 음성으로 입을 열었다.

"암옥귀선이란 암옥으로 강호의 죄인을 실어 나르는 배를
일컫는 말이다."

"결국 죄수 운반선이란 말이군요. 그런데 그 배가 나타난 게
왜 이렇게 심각한 문제가 되는 거죠?"

"왜냐하면 암옥귀선이 출현하면 귀선이 나타난 지역의 반
경 이십여 리 안에는 다른 배가 뜰 수 없기 때문이란다."

"반경 이십여 리 안에는 다른 배가 뜰 수 없다고요?"

“그렇다.”

“아니, 뭐 그런 황당한 경우가 다 있어요?”

“그것은 수십 년 전부터 강호의 불문율로 정해져 내려온 규칙이다. 따라서 동정호에 나가 괴수의 뒤를 쫓고 있는 기련장의 식솔들이나 강호의 고수들은 암옥귀선이 동정호를 떠날 때까지 그 활동이 극히 제약될 것이다. 당연히 괴물을 쫓는 일도 어려움을 겪게 되겠지.”

“그 규칙이 남련의 풍운당에도 적용되는 것인가요?”

“천하사패도 암옥귀선에 대한 강호의 규칙에서 자유로울 수 없다.”

“도대체 그 암옥귀선이 얼마나 무서운 존재이기에 천하사패도 그 규칙을 따라야 한다는 거죠?”

“무서워서 그들에게 물길을 내줘야 하는 것은 아니다.”

“그럼요?”

“그 규칙을 만든 주역이 바로 천하사패이기 때문이다.”

“예? 암옥귀선 앞에서는 물길을 내줘야 한다는 규칙을 만든 자들이 바로 천하사패라고요?”

“그렇단다. 바로 그들이 만든 규칙이므로 그들조차도 그 규칙을 어길 수 없는 것이지.”

“이건 정말 흥미로운 일인데요? 그 암옥귀선에 대해 점점 더 궁금해지는군요. 설명해 주실 거죠?”

추산이 호기심 가득한 눈으로 고검을 바라봤다.

“앞으로 강호에서 청부업자로 살아가기 위해선 암옥귀선에 대해 알아둬야 할 필요가 있지. 꼭 앞으로의 일이 아니더라도 이번 일에도 연관이 있을 수 있으니 설명을 해주도록 하마.”

고검이 고개를 끄덕이며 대답을 하고는 조용한 목소리로 미심이 전한 암옥귀선에 대한 옛이야기를 풀어내기 시작했다.

이십오 년 전 천하사패 시대의 오대혈전 중 하나인 전쟁이 벌어졌다. 훗날 세인들이 백마혈전이라 부르는 전쟁이었다. 이 백마혈전은 아주 특이한 방식으로 전개되었는데 그건 오대혈전 중 유일하게 천하사패가 모두 관여한 전쟁일 뿐 아니라 그들이 서로 적이 아니라 동지로 뭉친 유일한 전쟁이라는 사실이었다.

난을 일으킨 것은 당시 강호에서 가장 강하다고 알려진 일백 명의 마인, 천하사패 시대의 종식을 외치며 일어난 백대마인은 무소불위의 힘을 발휘하며 순식간에 강호를 장악해 갔다. 당시에도 여전히 서안과 개봉 등 천하사패 어느 곳의 세력권에 포함되지 않은 거성(巨城)들이 채 한 달도 되지 않아 백마의 수중에 떨어지고, 천하사패의 위세에 밀려 어둠 속으로 숨어들었던 천하의 마인들이 백마의 품으로 몰려들었다.

그리하여 백마가 천하사패 타도를 외치며 강호에 등장한 지 반년이 지나지 않아 그들은 천하사패 한곳의 힘으로는 도저히 감당할 수 없는 전력을 갖추게 되었던 것이다. 바야흐로 천하가 사패가 아닌 오패의 시대로 접어들려는 순간이었다.

그러나 사패는 새로운 강자의 출현을 용납하지 않았다. 강호무림의 쟁패를 위해 피 튀기는 경쟁을 하고 있던 사패가 백마의 난을 종식시키기 위해 힘을 합쳤던 것이다. 그리고 다시 육 개월의 피비린내 나는 전쟁이 벌어졌다.

그리고 육 개월 후 백마혈전의 결과는 백마의 몰락이었다. 비록 천하를 일거에 쓸어버릴 듯한 기세로 일어난 백마였지만 천하의 지배자 사패가 힘을 합치자 도저히 그 위세를 당해낼 수 없었던 것이다.

백마의 난을 일으킨 일백 마인 중 죽은 자가 오십, 사로잡힌 자가 삼십, 그리고 도주한 자가 스무 명이었다. 또한 백마 아래로 구름처럼 모여들었던 마인들은 다시 강호의 음지로 숨어들었다.

난이 끝나자 사패는 일백 마인 중 사로잡은 서른 명의 처리에 고심했다. 사패 중 어느 한곳이 그들을 데려가는 것은 사패 모두 원치 않았다. 비록 지금은 사로잡힌 죄인이지만, 사패 중 한곳에서 그들을 데려갈 경우 언제든지 그들을 자파의 전력으로 이용할 수 있기 때문이었다.

그래서 싸움이 끝난 후 사패의 수뇌들은 한동안 사로잡은 마인들의 처리에 고심할 수밖에 없었다. 그런 고민 끝에 탄생한 것이 바로 암옥(暗獄)이었다.

백마혈전에 참여한 강호의 고수 중 귀왕 마천이란 인물이 있었다. 그는 백마혈전이 일어나기 전에는 강호에 거의 알려지지 않은 인물이었다. 그러나 백마혈전이 끝났을 때 그는 천하팔대고수의 지위에 올라 있었다.

　그가 선보인 가공할 무공과 한 치의 망설임도 없는 단호한 손속, 그야말로 마인들을 주살하기 위해 태어난 신장과도 같은 인물이었다. 그가 백마혈전에서 벤 백마의 숫자만도 일곱, 백마혈전에 참여한 그 누구보다도 많은 숫자였다.

　그리하여 싸움이 시작될 무렵 무명에 가까웠던 귀왕 마천은 백마혈전이 끝날 무렵 강호에서 가장 유명한 인물 중 하나가 되었던 것이다. 그리고 유명세를 타기 시작하자 귀왕 마천의 신상에 대한 소문도 하나둘 강호에 떠돌기 시작했다.

　하지만 귀왕 마천에 대한 소문은 모두 뜬구름 같아 그 진위를 파악하기 어려웠다. 혹자는 귀왕 마천이 일백 마인과 싸우기는 했으나 실제는 마공을 익힌 마인이라고 했고, 혹자는 곤륜에서 검을 수련한 일대의협이라고도 했다. 하지만 그 어느 것도 확실한 것은 없었다.

　그런데 이 귀왕 마천의 이름이 다시 한 번 강호를 진동시켰다. 바로 그가 천하사패가 백마 중 포로로 잡은 마인들을 가둘 목적으로 만들어낸 암옥(暗獄)의 옥주로 결정되었기 때문이다. 백마혈전에서 사로잡은 삼십 명의 마두를 가두어두기 위해 만들어진 암옥(暗獄), 그 암옥을 관장할 사람으로 결정된 귀왕 마천, 사람들은 어떤 이유로 그가 암옥의 옥주로 결정되었는지 궁금해하기 시작했다.

　"그가 암옥의 옥주가 된 이유가 뭐죠?"

추산이 당시 강호인들이 가졌던 궁금함을 고검에게 물었다.

"몇 가지 이유가 있다. 그중 중요한 것만을 꼽아보자면 첫째 그의 무공이 천하팔대고수로 꼽힐 만큼 강했기 때문이다. 비록 사로잡힌 마인들이지만 그들은 백마의 일원이었다. 또한 그들을 가두어둔 암옥은 언제라도 그들을 추종했던 마인들로부터 공격을 받을 위험에 노출되어 있었다. 결국 절정의 고수가 암옥을 지킬 필요가 있었던 것이지."

"두 번째 이유는요?"

"두 번째 이유는 바로 암옥이 설치된 장소 때문이다. 암옥이 설치된 곳은 앙천곡이란 곳인데 이 동정호의 물길에서 벗어나 장강을 따라 상류로 올라가다 등천협을 지나면 나오는 절대의 험지다. 그런데 이 앙천곡은 본래부터 귀왕 마천의 거처가 있었던 곳이었지."

"그러니까. 자신의 본거지가 있던 곳에 마두를 가두어둘 옥을 만든 것이군요?"

"그렇다. 그리고 세 번째 이유는 그가 이들 백마혈전에 참여한 마인들을 극도로 증오했기 때문이다. 그가 앙천곡에서의 칩거를 깨고 백마혈전에 참여한 이유가 뭔지 아느냐?"

"제가 알 리가 없죠."

"하하, 그렇구나. 그가 앙천곡에서의 은거를 깨고 백마혈전에 참여한 이유는 바로 그의 아들 때문이었다."

"그의 아들이요?"

"그래, 그에게는 나이 차이가 꽤 나는 두 명의 아들이 있었는데 그중 장자(長子)가 강호에 나왔다가 백마혈전에 휘말려 죽음을 당했던 것이지. 그래서 그는 강호로 나와 백마혈전에 참전했고, 천하팔대고수가 된 것이다.”

“백마로서는 정말 벌집을 건드린 꼴이었네요.”

“그렇지. 만약 그의 아들이 죽지 않았다면 그의 존재는 강호에 드러나지 않았을 것이다.”

“그럼 애초에 그는 명예나 권력을 탐하는 인물은 아니었겠군요? 그런 무공을 가지고도 은거의 삶을 살고 있었으니까요.”

“아마도 그랬겠지. 어쨌든 이런 이유로 그는 백마의 생존자들을 자신의 근거지에 가두는 것에 동의했고, 암옥의 옥주가 된 것이다. 천하사패로서도 바라던 바였지. 그는 마인들을 가두어둘 충분한 능력이 있는 인물일뿐더러 천하사패 어디에도 속하지 않는 인물이었으니 말이다.”

“그야말로 적임자를 찾은 거네요.”

“그렇다고 할 수 있지.”

“그럼 암옥귀선은 뭐예요?”

“암옥귀선은 바로 암옥에서 암옥사자들이 강호로 나올 때 사용하는 배를 일컫는 말이다.”

“암옥사자요?”

“백마혈전이 끝나고 암옥이 만들어진 이후 세월이 흐르자 암옥의 용도도 변화하기 시작했다. 최초에 암옥에 갇힌 것은 백마의 난을 일으킨 삼십 인의 마인이었지만, 시간이 지나자 암옥은 천하의 거마들을 가두는 금옥으로 변해갔던 것이지.”

“백마 말고 다른 마인들도 갇혔단 말이군요.”

“그렇다. 시작은 역시 백마의 난에서 살아남아 도주한 이십 인의 마인들을 추격하는 것에서부터였다. 강호의 누군가가 그들을 제압하면 암옥주 귀왕 마천이 암옥귀선을 타고 강호로 나와 그들을 암옥으로 데려갔다. 그리곤 언제부터인가 그 이십 인의 마인 말고도 강호의 극악한 마인들은 암옥으로 끌려가기 시작했지.”

“흐음, 암옥귀선은 바로 그런 용도의 배였군요. 그런데 왜 사람들이 암옥귀선의 반경 이십 리 안에 접근하지 못하는 거죠?”

“거기에는 그럴 만한 이유가 있다. 처음 암옥귀선으로 강호의 마인들을 암옥으로 이송할 때 극악한 마인들이 귀선에 갇힌 동료들을 구하기 위해 암옥귀선을 공격하는 일이 비일비재했단다. 물론 그들은 모두 귀왕 마천의 검에 수중고혼이 되었지만 말이다. 하지만 마인들을 암옥으로 데려갈 때마다 그런 공격을 받을 수는 없는 일, 해서 만들어진 규칙이 바로 암옥귀선이 항해할 때 귀선의 이십 리 안에서는 배를 띄우지 못한다라는 것이다. 이 규칙은 천하사패의 동의하에 만들어진 것이므로 강호의 그 누구도 이 규칙을 어길 수 없었다. 만약 규칙을 어기고 암흑귀선에 다가가는 배가 있다면 그 순간 사패의 공적이 되는 것이니까.”

“정말 아무도 다가갈 수 없나요?”

"물론 암옥주의 허락이 있으면 다가갈 수 있지. 하지만 암옥주의 허락을 얻어내는 일은 결코 쉽지 않다. 그는 백마혈전이 끝난 이후 몇 년간 암옥귀선을 타고 강호로 나왔지만 어느 때부터인가는 자신의 모습을 강호에 보인 적이 없으니 말이다. 대신 암옥사자들이 그를 대신해 강호에서 활동하기 시작했지."

"암옥의 사자들이란 어떤 자들이죠?"

"백마혈전이 끝난 이후 강호의 젊은이들이 하나둘 암옥주 귀왕 마천을 찾아갔다. 왜냐하면 그에게는 천하팔대고수의 반열에 오를 만큼 고절한 무공이 있었기 때문이지. 처음에는 제자를 받아들이던 것을 꺼려하던 마천도 암옥을 유지하기 위해서는 사람이 필요하다는 것을 깨닫고 암옥의 식구를 늘려가기 시작했다. 제자로 입문한 자도 있고, 또 마천의 초빙에 의해 암옥에 들어간 사람도 있지. 암옥사자들은 바로 그들 중에서 고르고 고른 고수들로 구성된 고수들을 일컫는 말로 암옥귀선을 타고 강호의 마인들을 이송하는 일을 맡고 있는 자들이란다."

"흐음… 그 암옥이란 곳, 생각보다 강한 세력이겠는데요?"

"물론, 암옥의 저력은 상상 이상이지. 하지만 귀왕 마천은 절제력이 있는 사람으로 알려져 있단다. 결코 암옥을 유지하는 데 필요한 것 이상의 세력을 키우진 않는다는 말이다. 그리고 그것이 천하사패가 안심하고 암옥의 행사에 협조하고 암옥의 독자적이 행보를 존중하는 이유이기도 하다."

"그렇군요. 어쨌든 그 암옥귀선이 이 동정호에 나타났단 말이죠?"

"무척 공교로운 때에 나타났구나."

"기련장의 힘으로도 암옥귀선의 규칙에서 자유로울 수 없
나요?"

"기련장뿐 아니라 천하사패도 그 규칙에서 자유롭지 못하
다."

"에구… 그럼 동정호에서 괴물을 찾는 일은 암옥귀선이 사
라질 때까지 중지해야겠군요?"

"아마도 그럴 게다."

"그럼 이제 우린 뭘 하죠?"

"괴물을 쫓는 것은 꼭 호수에서만 하는 일은 아니지. 더군다
나 그 괴물이 인간에 의해 만들어진 것이라면 우린 호수가 아
니라 땅 위에서도 할 일이 제법 많단다."

고검의 말에 추산은 의아한 눈으로 고검을 바라봤으나 고검
은 그저 가만히 미소를 지을 뿐이었다.

*　　　*　　　*

고검과 추산은 동정호를 따라 난 작은 숲길을 걷고 있었다.

"정말 대단하네요."

추산이 감탄사를 흘려냈다. 그의 시선은 멀리 수면 위에 웅
장하게 떠 있는 한 척의 배에 고정되어 있었다. 배 밑에서부터
돛 끝까지 온통 묵빛으로 칠해져 있는 흑선, 암옥에서 나온 암

옥귀선이었다. 추산의 말에 고검도 발걸음을 멈추고 암옥귀선에 시선을 주었다.

"강호에 저런 배를 가지고 있는 곳은 거의 없을 것이다."

"저건 완전히 전선(戰船)이잖아요. 보세요. 곳곳에 수전(水戰)을 위한 무기들이 설치되어 있어요."

"암옥귀선의 과거를 말해주는 것들이지. 과거에 수많은 마인들이 저 배에 실려 암옥으로 이송되는 동료를 구하기 위해 공격을 했었으니까. 하지만 저 무기들이 사용되지 않은 지 이미 십수 년이 지났을 것이다. 작금에 이르러서는 암옥귀선이 공격당했다는 소문을 들어본 적이 없구나."

"그나저나 이번엔 누굴 데려가려고 나타난 걸까요?"

추산이 고개를 갸웃거리며 물었다.

"어젯밤 기련장주가 하는 말을 들으니 남련십육문 중 금마문에서 최근 마명(魔名)을 떨치던 광동육마를 제압했다고 하더구나."

"광동육마요?"

"그래, 광동 지역에서 수년간 활동하던 마인들인데 육 개월 전인가 금마문의 문도를 공격해 셋을 살해한 후부터 강호인들의 관심을 끌기 시작한 자들이지."

"간덩이도 크네요. 금마문과 같은 거대 문파의 문도를 공격하다니……."

"그래서 결국 암옥에 들어가는 신세가 된 것이지."

"금마문에선 왜 그들을 살려둔 거죠?"

"금마문도를 살해한 자들은 광동육마 중 넷이었다고 하더구나. 그들은 금마문의 고수들에게 죽임을 당했고, 그 일에 관여되지 않은 나머지 두 명은 그마나 목숨을 살려주었다고 하더구나. 대신 그들은 암옥에서 평생을 살아야 하겠지."

"에휴, 차라리 죽는 것이 낫겠네요."

"글쎄, 그건 사람마다 생각하는 게 다르겠지."

"어쨌든 저 암옥귀선이 그 광동육마 중 살아 있는 두 놈을 태우러 왔다는 거군요?"

"그렇다는구나. 이곳 동정호까지는 금마문의 고수들이 육로로 두 사람을 데려와 이곳에서 인계를 할 모양이더구나."

"흐흐, 그럼 이번에 금마문의 고수들도 볼 수 있겠네요?"

추산의 말에 고검이 씁쓸한 미소를 지었다.

"아미도 기련장에 있으면 그들을 볼 수 있을 게다. 금마문과 기련장은 서로 왕래가 잦은 편이라 그들이 악양에 오면 기련장에 머물 것이라 기련장주가 말하더구나."

"그럼 기련장에 암옥사자들도 오나요? 그 마인들을 인수하려면……."

추산의 눈이 동그랗게 떠졌다.

"그렇진 않을 게다. 암옥사자들이 뭍으로 내려오는 경우는 극히 드물거든. 아마도 호수 변에서 두 마인을 인계받겠지."

"쩝, 그럼 그들을 볼 기회는 호수 변에서 두 마인이 인계될 때밖에 없겠군요."

"그것도 쉽지 않을 게다. 아마도 양측은 일반인의 접근을 철저히 막을 테니까.”

“그래도 멀리서 볼 수야 있겠죠. 사형, 동정호 근방의 나루터를 뒤지는 일은 잠시 미루고 그들을 구경하는 게 어때요? 쉽게 있는 기회가 아닌데…….”

“글쎄다. 흔히 볼 수 있는 구경거리는 아니다만…….”

“왜요? 뭐 걸리시는 게 있어요?”

“두 마인을 끌고 온다는 금마문의 고수들 중 만나기 껄끄러운 사람이 있어서…….”

“아시는 사람이 있단 말인가요?”

그러자 고검이 천천히 고개를 끄덕였다.

“그게 누군데요?”

“육화운이라고 이번에 금마문에서 오는 고수들의 인솔자가 있다. 그런데 그는 나와 과거에 한 번 마주친 적이 있단다.”

“그래요? 불편한 관계였던 모양이죠?”

“불편한 관계라면 불편한 관계지. 내가 처음 사부님을 따라 청부에 나섰을 때 그와 검을 한 번 섞은 적이 있으니까.”

“엇! 정말요?”

“그래, 혹시 기억나느냐? 우리가 처음 만났던 때를…….”

“히히, 그럼요. 아직도 어제 일처럼 기억하고 있지요. 천자산에서 길을 찾아 헤매고 있었잖아요?”

“그건 네가 만들어놓은 함정 때문이 아니었더냐?”

“제가 만든 건 아니죠. 제 첫 번째 사부님이 만들었던 거죠.”

"아무튼, 그때가 나의 첫 번째 강호행이었단다. 널 만나기 바로 전 우린 혈사평에서 그를 만났지."

"당연히 사형이 이겼겠네요?"

"왜 내가 이겼을 거라고 생각하느냐?"

"그야. 절 만날 당시 사형은 아무런 부상도 당하지 않았었으니까요."

"녀석, 역시 넌 머리가 좋아."

"이겼군요?"

"그래, 당시 난 그를 이겼지. 그리고 그 때문에 그는 나에 대해 좋지 않은 감정을 가지고 있을 것이다."

"흥, 자기 실력이 모자라서 졌으면 깨끗하게 인정을 해야지요."

"사람의 마음이 어디 그렇게 쉽게 정리가 된다더냐? 더군다나 그 육화운이란 인물은 당시에도 금마문에서 손꼽히는 고수였단다. 물론 지금은 더욱 발전해 있겠지만… 더군다나 자존심 또한 무척 강해 어떤 일에서든 양보가 없는 인물로 알려진 사람이었지."

"사형도 그 당시와는 차원이 다른 경지에 올랐잖아요. 제가 생각하기에 그는 영원히 사형을 이길 수 없을 거예요."

"넌 이 사형을 너무 높게 평가하는구나."

"사실이니까요. 그나저나 그자를 만나는 게 싫어서 암옥사자들을 구경하러 가지 않겠다는 것인가요?"

"꼭 그것 때문만은 아니다. 우리에겐 해야 할 일이 있기 때문이지."

"이렇게 동정호 변의 나루터를 하나하나 살피고 다니는 일 말이에요?"

"만약 그 기녀가 보았다는 괴선의 흔적을 찾을 수 있다면 우린 기련장의 육 소저를 납치해 간 자들의 꼬리를 잡을 수 있을 게다. 우리에겐 중요한 단서야."

"하지만 그자들이 사람들의 이목이 머무는 나루터를 이용했을까요?"

"기녀의 말에 의하면 그 배의 크기는 그리 큰 것이 아니었다고 했다. 그런 배로 이 넓은 호수에 오랫동안 떠 있을 수는 없을 것이다. 사람의 이목이 닿지 않는 곳에 정박을 했을 수도 있지만, 사람의 인적이 드문 작은 나루터를 이용했을 수도 있을 것이다. 동정호에 떠 있는 배는 평시에도 수백 척이니 누가 그들을 눈여겨보지는 않을 테니까."

"휴우, 하지만 못 찾을 수도 있겠네요."

"본래 이런 일을 할 때는 항상 일 할의 가능성도 놓쳐서는 안 되는 거란다."

"알겠어요, 사형. 그만 가죠."

추산이 멀리 떠 있는 암옥귀선을 흘깃 보며 고검에게 말했다.

"그러자꾸나. 나루터를 다 돌아보려면 바쁘겠구나."

고검이 고개를 끄덕이며 다시 발걸음을 옮기려는 순간 추산이 고개를 갸웃거리며 입을 열었다.

"그런데 저 암옥귀선의 옆구리에 달려 있는 건 뭐죠?"

"뭘 말하는 거냐?"

"저기 저거요?"

그러자 고검이 눈을 가늘게 뜨고 추산이 가리키는 곳으로 시선을 주었다.

"저건, 작은 배 같은데……?"

"배요?"

"그래. 자세히 보거라. 비록 배 밑 부분이 기형적으로 크긴 하지만 작은 배가 분명하지 않느냐? 보통 저렇게 큰 배에는 한두 척은 작은 배가 있게 마련이지. 큰 선박은 작은 포구엔 정박하기가 쉽지 않거든, 그럼 저렇게 넓은 물 위에 배를 세워놓고 작은 배를 이용해 뭍으로 왕래하는 경우가 종종 있단다."

그런데 추산은 고검의 말을 듣고 있지 않았다. 그는 어느새 몇 걸음 앞으로 걸어나가 뚫어지게 암옥귀선에 매달려 있는 작은 소선을 살피고 있었다. 작은 소선 역시 먹칠을 한 듯 검은 배여서 암옥귀선과 구분이 잘 가지 않았으므로 그 모양을 살피는 데에는 상당한 노력이 필요했다.

그런 추산의 뒤로 고검이 다가들었다.

"도대체 왜 저 소선에 관심을 두는 것이냐?"

그러자 추산이 심각한 목소리로 입을 열었다.

"사형, 사형은 저 소선에서 이상한 것을 발견하지 못하셨어요?"

"뭐가 말이냐?"

“자세히 한 번 보세요. 암흑귀선에 파묻혀 있어 쉽게 그 모양이 드러나지 않지만 사형의 공력이라면 소선의 모양에서 분명 무엇인가를 발견할 수 있을 거예요.”

추산의 말에 고검의 표정이 바뀌며 암옥귀선에 매달려 있는 소선을 주시하기 시작했다. 그리고 약간의 시간이 흐른 뒤에 서서히 고검의 표정이 변하기 시작했다.

“저건…….”

“맞아요. 저 소선의 앞머리가 기녀가 보았다던 그 흑선 앞머리에 있었다던 아수라상과 너무 닮아 있잖아요?”

第四章

의혹(疑惑)

　의혹이란 것은 한 번 머릿속에 자리 잡기 시작하면 좀체 그 자리를 떠나지 않는 존재다. 오히려 작은 씨앗이던 것이 순식간에 자라 머리 전체를 지배하는 것이 의혹이란 놈의 특징이다.

　암옥귀선을 떠나 동정호의 여러 포구들을 살펴보려던 고검과 추산의 계획은 그들의 머릿속에 자리 잡은 작은 의혹에 의해 틀어졌다. 그들은 여전히 동정호 푸른 물결 위에 위압적으로 떠 있는 암옥귀선을 바라보고 있었다.

　아니, 어느 순간부터 암옥귀선이 천천히 움직이기 시작하자 그들의 발걸음도 암옥귀선을 따라 동정호 변을 걷기 시작했다. 그렇게 한 시진 정도의 느린 산보가 끝날 즈음 두 사람은 악양으로 이어지는 관도와 맞닿아 있는 포구를 바라고 있었다.

오른쪽으로 너른 백사장을 끼고 있는 포구는 평소 풍류객들로 넘쳐 나는 곳이었지만 지금은 개미 한 마리 찾아보기 어려울 정도로 조용했다.

그 포구에서 수십여 장 떨어진 곳에서 암옥귀선이 움직임을 멈췄다. 그러자 자연스럽게 고검과 추산의 걸음도 정지했다.

"어떡하죠?"

추산이 물었다.

"어쩌면 좋겠느냐?"

"뭐, 제 마음 같아서는 암옥귀선을 한 번 조사해 보고 싶지만… 쉽지 않은 일이겠지요?"

"백주대낮에 귀선을 좀 조사해야겠소 해서 될 일은 아니고……."

"그럼?"

"은밀히 귀선에 들어가 봐야겠지."

"너무 위험한 일 아닌가요? 만약 발각이라도 되면……."

"목숨 정도는 걸어야 할걸?"

"히유!"

추산이 휘파람을 불며 고검의 시선을 피했다.

"녀석, 걱정 마라. 귀선을 조사하게 된다 해도 널 시키지는 않을 테니까."

"뭐 제 걱정을 하는 건 아니에요. 그런 위험한 일은 시켜도

안 할 거니까요. 제가 걱정하는 것은 바로 사형이죠."

"날 걱정한다고?"

"그럼요. 왜냐하면 사형은 한 번 결심이 서면 반드시 그대로 행동하는 사람이니까요."

"내가 저 귀선에 들어가 볼 것 같으냐?"

"아마도……."

그러자 고검이 미소를 지었다.

"녀석, 나와 함께 지내더니 어느새 이 사형을 속속들이 파악하고 있구나."

"정말 들어가실 거예요?"

추산이 걱정스런 표정으로 물었다.

"네 녀석이 그리 말하지 않았더냐?"

"말은 그래도 너무 위험한 일이잖아요?"

"청부를 수행하려면 간혹 이런 위험도 감수해야 하는 것이다."

"휴, 이래서 난 청부업보다 장사가 좋다니까. 장사야 안 되면 손해만 보면 그만인데, 청부업은 종종 목숨을 걸어야 한단 말이야."

추산이 고개를 저으며 중얼거렸다.

"하지만 청부업은 밑천이 없어도 될뿐더러, 제대로 일을 처리하면 한 번에 큰돈을 만질 수도 있지."

"돈이 아무리 좋아도 사람 목숨만 하겠어요? 개똥밭에 딩굴어도 이승이 좋다잖아요."

"호오? 돈이라면 사족을 못 쓰는 사제가 그런 말을 하다니 의외인걸?"

"저도 뭐가 더 중한지는 아는 사람이라고요. 그나저나 그럼 오늘 바로 귀선에 들어가 보실 생각이세요?"

그러자 고검이 고개를 저었다.

"아마도 귀선은 한동안 이곳에 머물 것이다. 아직 광동의 금마문이 기련장에 도착하지 않았으니 말이다. 그동안 좀 더 귀선 주변을 조사해 보자꾸나. 미 부인이 다른 소식을 알아올 수도 있고… 그리고 잠입이란 상대가 가장 방심할 만한 시간에 하는 것이 정석이란다."

"저들이 가장 방심할 만한 시간이 언젠데요?"

"그야 당연히 모든 일을 끝내고 이곳을 떠나갈 때지."

"그럼……?"

"저들이 금마문으로부터 광동육마를 넘겨받고 이곳을 떠날 때가 바로 그때지."

고검이 추산에게 말을 하고는 깊은 눈으로 암옥귀선을 응시했다.

잠시 후 두 사람은 동정호를 떠나 기련장으로 향했다. 아마도 지금쯤이면 미심이 다른 소식을 가지고 그들을 기다리고 있을 터였다.

그런데 고검과 추산 두 사람이 암옥귀선에서 시선을 거두고 기련장으로 향하자 그들이 서 있던 자리에 한 명의 노인이 모습을 드러냈다. 노인은 회색무의를 단정하게 차려입고 있었는데 어딘지 모르게 조금 음울해 보이는 기운을 지니고 있었다.

노인은 암옥귀선과 사라진 고검과 추산을 번갈아 바라보다 한숨을 내쉬며 나직이 중얼거렸다.

"참으로 어리석구나. 오 년 만의 강호출도가 겨우 이런 일을 벌이기 위해서였더란 말인가? 하지만 이미 누군가의 시선은 귀선을 향하고 있으니 마 공자 그대는 과연 이 사태를 어찌 감당하려오."

*　　　*　　　*

기련장 육초초의 실종 사건으로 어수선한 악양 일대가 다시금 소란스러워졌다. 지난 몇 년간 남방무림을 어지럽힌 광동 육마가 금마문에 의해 제압되었다는 소문과 함께 그중 살아남은 두 마인이 금마문의 고수들에 의해 암옥으로 넘겨지기 위해 악양으로 향하고 있다는 소문이 흘러들어 왔기 때문이다.

그리고 소문이 악양에 흘러들어 온 지 하루 만에 동정호에는 암옥귀선이 출현했고, 이후 삼 일 만에 금마문의 위풍당당한 행렬이 악양으로 들어섰다.

두두두두!

이십여 필의 말이 화려한 치장을 한 채 악양 성문을 통과했다. 말들은 성문을 통과한 기세 그대로 성 북쪽으로 난 대로를 따라 시가지를 내달았다.

이십여 필의 말이 지축을 뒤흔드는 통에 시가지 양옆에 난

전을 벌여놓고 손님을 상대하고 있던 상인들이 황급히 몸을 피해 길옆으로 물러났다.

그러나 상인들은 이 한 떼의 불청객들을 탓하지 않았다. 오히려 그들은 호기심 가득한 눈으로 고개를 빼들고 불청객들이 사라진 방향을 주시하는 것이었다.

"요란하게도 등장하네?"

추산이 혀를 차며 중얼거렸다.

"금마문은 남련의 중추 세력이다. 또한 악양은 남련의 세력이 가장 강성한 곳이지. 자기 집 안방에서 조심스러워할 금마문이 아니다."

"쳇, 아무리 그렇더라도 대단한 위세네요. 옷차림도 화려하기 그지없고. 그런데 저들 중 누가 광동육마 중 살아남은 이인(二人)이죠?"

"보지 못했느냐?"

"사형은 보셨어요?"

"일행의 중간에 한 필의 말에 두 명씩 앉은 자들이 있었지. 아마도 금마문의 고수들이 광동육마를 데리고 말을 몰았을 것이다."

"역시 사형은 눈이 밝네요. 전 미처 보지 못했는데. 그런데 그럼 그 사형과 껄끄러운 관계라는 육화운이라는 노인은 보셨어요?"

추산의 질문에 고검이 천천히 고개를 끄덕였다.

"누군데요?"

“일행의 가장 앞에서 말을 몰던 노인을 보았느냐?”

그러자 추산이 고개를 끄덕였다.

“네, 백발이 성성하고 눈이 가늘고 길게 찢어진 노인 말이죠?”

“호? 네 눈도 제법 밝구나?”

“사실은 처음부터 그 노인이 우두머리 같아서 자세히 보았지요. 덕분에 광동육마 둘의 모습을 찾지 못한 거고요.”

“그래, 정확히 보았다. 그가 바로 금마문의 육화운이다.”

고검의 대답에 추산이 의미심장한 표정으로 고개를 끄덕였다.

“역시… 확실히 날카로워 보이긴 하더군요. 사형이 껄끄러워할 만해요. 척 보기에도 뒤끝 있게 생겼더라구요. 분명 아직도 사형에게 당한 패배를 잊지 못하고 있을 거예요.”

“그러니 가급적 금마문의 고수들과는 마주치지 않는 것이 좋겠지.”

“하지만 그들이 기련장에 머문다면 어찌 만나지 않을 수 있겠어요?”

“물론 한두 번 정도야 마주치겠지. 그거야 어쩔 수 없는 일이고… 어쨌든 그들을 만나거든 가급적 그들과 불필요한 대화를 주고받지 말거라. 이곳이 그들의 세력권임을 명심해야 한다.”

“알았어요, 사형.”

“자, 그럼 이제 우리도 기련장으로 가자꾸나.”

두 사형제가 앞서 간 금마문 고수들의 뒤를 따라 북쪽으로
이어진 대로를 천천히 걷기 시작했다. 어느덧 하늘은 석양으
로 물들고 두 사형제의 그림자가 길게 늘어져 있었다.

고검과 추산이 어스름한 저녁빛 속에 기련장에 도착했을 때
기련장은 오랜만에 분주하게 움직이고 있었다. 기련장 곳곳에
서 환한 횃불들이 타오르고 있었고 검을 든 기련장의 무인들
이 수시로 장원을 순시하며 주변을 경계하고 있었다. 육초초
의 실종으로 한껏 가라앉아 있던 기련장이 어제의 그늘을 뒤
로하고 활기를 되찾고 있었다.

그 활기 속에 고검과 추산은 오히려 낯설음을 느끼며 조심
스런 움직임으로 자신들의 숙소로 발걸음을 옮겼다.

"이건 마치 못 올 집에 온 기분인데요?"

추산이 장원의 뒤편에 조촐하게 지어진 숙소로 들어서며 씁
쓸한 목소리로 말했다.

"본래 강호의 청부사란 항상 환대받지 못하는 존재지."

"하지만 자신들의 필요에 의해 부르잖아요?"

"물론 그렇긴 하지만 오늘 이 기련장에 모인 인물들은 모두
강호명사들이니 어디 우리 황금충의 무리를 달가워하겠느냐?
자, 그러니 우린 숙소에 파묻혀 이번 일에 대해 궁리나 하도록
하자꾸나."

고검과 추산이 숙소에 들어서자 예상대로 미심이 두 사람을
기다리고 있었다.

"이제 오시는군요."

"조금 늦었습니다."

"소득은 있으셨나요?"

미심이 묻자 고검이 고개를 끄덕였다.

"몇 가지 의혹들을 발견했습니다만……."

"이런 일에서 의혹이 발견되면 곧 그 해답도 발견하기 마련이지요."

"미 부인께서는 어떠십니까?"

"저도 제법 괜찮은 소식 하나를 가지고 올 수 있었어요."

미심의 말에 고검과 추산 두 사람의 얼굴에 호기심이 일었다.

"어떤 소식인데요?"

추산이 급하게 물었다.

"제법 재미있는 이야기죠."

"그렇게 말씀하시니 점점 더 궁금해지는군요."

그러자 미심이 작은 미소를 머금더니 천천히 이야기를 끄집어내기 시작했다.

"전 일단 한 가지 사실에 주목했지요. 바로 이 일이 물속에 사는 괴물이 아닌 사람에 의해 이루어진 일이라는 사실 말이에요."

"그래서요?"

"사람이 한 일이라면 이 일에는 무척 많은 의문점이 있어요. 그중 가장 큰 의문점은 과연 육 소저를 납치한 자들은 어떻게 수면 위로 모습을 나타내지 않고 그 깊고 넓은 동정호를 가로질러 육 소저가 타고 있는 배에 접근할 수 있었을까 하는 점이죠. 그리고 두 번째 의문점은 사람들이 모두 목격했다는 괴물은 그럼 어떻게 만들어진 것일까 하는 점이고요."

미심의 말에 추산이 고개를 끄덕였다.

"과연 그러네요. 분명 사람들은 육 소저가 타고 있는 놀잇배 위로 모습을 드러낸 괴물을 모두 목격했다고 했으니까요. 그리고 그 괴물이 육 소저를 물고 호수 속으로 가라앉은 후 유유히 호수를 가로질러 사라졌다고 했지요."

그러자 미심이 바로 추산의 말을 받았다.

"그래서 그런 능력을 지닌 자들, 그러니까 수면 위로 모습을 드러내지 않고 거대한 동정호를 이동할 만한 능력을 지닌 자들이 누구인지를 알아봤어요."

"그런 자들이 있긴 있나요?"

"백 년 내 그런 능력을 지닌 자들은 적어도 다섯 정도는 되더군요."

"다섯 명씩이나요?"

"호호, 사람 숫자로 따지면 다섯 명이 아니라 열일곱 명이에요. 왜냐하면 그 다섯 중 한 무리는 열 명으로 이루어진 집단이고 또 한 집단은 넷으로 이루어진 무리였으니까요. 그리고 나머지 세 명은 홀로 움직이는 인물들이었지요. 그러니 인원으로 보자면 모두 열일곱 명이 수면 아래에서 동정호를 가로지를 능력을 지닌 자들이라고 할 수 있지요."

"그럼 용의자는 모두 열일곱이란 말이군요."

그러자 미심이 고개를 저었다.

"그렇지 않아요. 그 다섯 무리 중 오십 년 이전에 활동했던 인물들이 열둘이에요. 그들은 오십 년 전 이전에 모두 강호에서 물러났죠."

"그럼 나머지는 결국 다섯이 남는군요."

"그렇죠. 전 그들에 대해 알아본 것이구요."

"흐흠, 물속을 자유롭게 움직일 수 있는 고수라… 누가 그런 능력을 가지고 있는지 정말 궁금하군요."

은연중에 대답을 재촉하는 추산의 말에 미심이 쉬지 않고 입을 열었다.

"이미 말했듯이 남은 다섯 중 한 무리는 네 명이 함께 움직이는 자들이고 나머지는 한 명은 홀로 활동하는 인물이지요. 먼저 네 명이 한 무리로 움직인 자들은 장강사마신(長江四魔神)이라는 자들인데, 사십 년 전에 강호에 출현해 이십여 년 동안 강호에서 활동했던 전설적인 수공의 달인들이지요. 그들은 장강을 근거로 수십 년간 장강의 제왕으로 군림했는데 단 네 명에 지나지 않았지만 장강수로채의 수적들조차도 두려워하던 인물들이었어요. 물속을 자유자재로 움직이는 것은 물론 무공 또한 뛰어나서 그들이 활동하던 시절 천하사패의 고수들조차도 물에서는 그들에게 한발 양보했다고 해요."

"그런 자들이 왜 이십 년 전 사라진 거죠?"

"그게 바로 무림의 수수께끼예요. 그들은 어느 날 갑자기 무

림에서 종적을 감췄어요. 그리고 그들이 무림에서 사라진 것
에 대해 어떤 풍문도 강호에 떠돌지 않았지요."

"정말 기인한 인물들이군요. 갑자기 증발하듯 강호에서 사
라지다니……."

추산이 고개를 갸웃거리며 중얼거리는 사이 고검이 입을 열
었다.

"나머지 한 명은 누굽니까?"

그러자 미심이 뜸 들이지 않고 바로 입을 열었다.

"그는 바로 수어왕(水魚王) 이철극이지요. 아마 장주께서도
이 이름은 알고 계시리라 생각되는군요."

그러자 고검이 짐작했다는 듯 고개를 끄덕였다.

"역시 그로군요."

"사형, 아는 사람이에요?"

추산이 고검에게 물었다.

"강호의 무인이라면 대부분 수어왕 이철극이라는 이름을
모르는 사람이 없지."

"난 모르겠는데……?"

추산이 머리를 긁적이며 고개를 갸웃거렸다.

"물론 넌 모를 수도 있다. 하지만 너도 신비마인 신주마(神
主魔) 악불위의 이름은 알고 있겠지?"

"당연하죠. 그는 사부님과 함께 천하팔대고수로 꼽히는 잔
데 제가 그 이름도 모를까 봐요?"

추산이 무시당한 듯 기분 나쁜 표정을 지으며 대답했다.

"네가 그를 모를 것이라 생각해서 물은 것이 아니다. 수어왕 이철극이라는 사람을 설명하려면 필연적으로 신주마 악불위의 이름이 거론되어야 하기 때문이다."

그러자 추산의 눈이 동그래졌다.

"아니, 그가 악불위와 무슨 연관이 있나요?"

"물론 연관이 있지. 왜냐하면 신주마 악불위가 천하팔대고수에 오른 것은 바로 그가 수어왕 이철극을 꺾었기 때문이니까."

"엇, 그럼 두 사람이 비무를 했단 말인가요?"

그러자 고검이 고개를 끄덕였다.

"천하팔대고수 중 가장 늦게 팔대고수의 반열에 오른 사람이 신주마 악불위다. 사실 그전까지 천하에서 가장 강한 고수는 천하팔대고수가 아니라 칠대고수로 불렸었지, 그러던 것이 신주마 악불위가 뒤늦게 합류하면서 천하팔대고수가 된 것이다. 그런데 그가 천하팔대고수에 오르기 전 천하칠대고수와 필적할 만한 고수로 꼽히던 인물이 바로 수어왕 이철극이다. 강호에서는 수어왕을 두고 곧 천하칠대고수의 반열에 오를 것이라는 소문이 자자했었다. 그때까지만 해도 신주마 악불위의 이름은 무림에 알려지지 않고 있었다. 그런데 그렇게 천의무봉한 명성을 쌓아가던 수어왕이 어느 날 한 명의 중년 고수를 만나 황하의 삼문협에서 비무를 하게 되었다. 수어왕은 이미 천하칠대고수와 같은 반열로 추앙받던 고수, 반면에 신주마 악불위는 무림에 전혀 그 이름이 알려지지 않은 무명무사…

당연히 그 싸움을 지켜보던 인물들은 수어왕 이철극의 일수에 신주마 악불위의 목이 꺾일 것이라고 예상했었다. 더군다나 비무의 장소가 황하의 삼문협, 즉 수공에 있어서 고금제일을 다툰다는 수어왕이었으니 누구라도 이철극의 승리를 의심치 않았다. 그런데……."

"그런데 악불위가 이철극을 이겼군요?"

추산이 기다리지 못하고 물었다.

"당연한 일이 아니냐? 그러니 지금 신주마 악불위가 천하팔대고수가 되어 있지."

"그럼 비무에서 진 수어왕 이철극은 어찌 됐나요? 죽었나요?"

"죽지는 않았다. 그는 최후의 순간 겨우 신주마 악불위의 살수에서 벗어나 황하의 탁류 속으로 도주했지."

"저런, 완전히 체면을 구겼군요."

"그래서인지 이후 수어왕 이철극은 단 한 번도 강호에 모습을 드러내지 않았지. 물론 그를 이긴 신주마 악불위 역시 그 이후로 강호에 모습을 드러내지 않기는 마찬가지였으나 어쨌든 그날의 비무로 천하팔대고수 중 마지막 인물이 탄생한 것이지."

고검의 말이 끝나자 추산이 뭔가를 곰곰이 생각하다 이내 고개를 저으며 입을 열었다.

"그렇다면 결국 동정호 수면 아래에서 자유롭게 이동할 수 있는 인물 중 당금 무림에서 활동하는 인물은 없단 말이 되는

군요. 그럼 결국 이야기는 다시 원점으로 돌아가는 것 아닌가
요?"

그러자 고검이 미소를 지으며 입을 열었다.

"아마도 미 부인께서는 이들 중 누군가의 행적을 가져오지
않았을까 싶군요."

고검의 말에 미심이 고개를 끄덕였다.

"장주의 말씀대로 전 그들 중 장강사마신의 행적을 어렴풋
이 알 수 있었어요."

"그들은 대체 어떻게 된 거죠? 왜 갑자기 무림에서 사라진
건가요?"

추산이 급히 물었다.

"그들이 사라진 이유는 하나예요. 그들 또한 수어왕 이철극
처럼 누군가에게 패한 이후 종적을 감춘 거였어요."

"누가 그들을 강호에서 사라지게 만든 거죠?"

"그 역시 강호에서 가장 강한 인물 중 하나예요."

"그렇다면 천하팔대고수 중 한 명이란 말이군요."

"추 소협의 짐작대로예요. 그들을 패퇴시킨 사람은 바로 암
옥의 제왕, 귀왕 마천이에요."

"오! 암옥과 귀왕 마천, 요즘 자주 듣는 이름이군요."

추산이 의외라는 듯한 표정으로 말했다.

"그렇군요. 확실히 요즘 그의 이름을 자주 듣게 되는군요."

미심도 추산의 말에 동의했다.

"그런데 귀왕 마천은 앙천곡에 틀어박혀 좀체 강호에 모습

을 보이지 않는다던데 어떻게 장강사마신을 패퇴시킨 거죠? 그리고 그런 사실이 왜 강호에 알려지지 않았을까요? 그 정도 일이라면 단번에 강호 전역에 소문이 퍼질 만한 일인데……?"

추산이 고개를 갸웃거렸다.

"그건 바로 귀왕이 암옥의 제왕이자 암옥귀선을 움직이는 사람이기 때문이죠. 이십 년 전이면 백마대전이 끝난 지 오 년밖에 지나지 않은 시점이라 귀왕 마천이 직접 암옥귀선을 이끌고 천하의 마인들을 암옥으로 이송하던 시기였지요. 그리고 그즈음 막 암옥귀선의 이십 리 경계에 배를 띄워서는 안 된다는 강호의 규칙이 만들어질 때였고요. 아마도 장강사마신은 그 규칙이 달갑지 않았던 모양이에요. 그들은 스스로 장강의 왕이라 자처하던 자들이었으므로 당연히 천하사패에서 무림의 공론을 모아 만든 암옥귀선의 규칙이 마음에 들지 않았던 것이죠. 해서 그들은 강호의 규칙을 어기고 강호에 출도한 암옥귀선에 잠입을 시도했던 모양이에요. 그러다 귀왕 마천을 만났고, 결국 그에게 패하고 말았던 것이죠. 그들의 싸움이 강호에 소문이 안 난 것은 역시 암옥귀선에 관한 강호의 규칙 때문에 강호인들의 눈이 미처 암옥귀선에 미치지 못했기 때문이고요."

미심의 설명에 고검과 추산이 천천히 고개를 끄덕였다. 미심의 말대로라면 장강사마신이 소리 소문 없이 강호에서 사라진 일이 딱 들어맞게 설명될 수 있었다.

"결국 장강의 왕을 자처하던 자들이 귀왕에 의해 장강의 수

중고혼이 된 거군요."

추산이 중얼거리자 미심이 고개를 저었다.

"그게 확실치가 않아요."

"확실치가 않다뇨?"

"그들이 귀왕 마천에게 패한 것은 거의 확실한 일이나, 그들이 죽었는지 살았는지 아는 사람은 아무도 없다는 말이죠."

"그럼 그들이 살아 있을 수도 있다는 말인가요?"

"그렇죠. 그렇기 때문에 그들은 수어왕 이철극과 함께 이번 일의 중요한 용의자가 될 수 있는 것이죠. 아니, 어쩌면 수어왕 이철극보다 더 용의자에 가까울 거예요. 나타난 괴물의 크기로 보건대 누군가 혼자서 일을 꾸민 것으로 보긴 어려우니까요. 하지만 그렇다고 해서 그들이 이번 일을 꾸몄다고 단정 지을 수는 없이요. 어쨌든 그들은 이십여 년째 강호에 종적을 보이지 않은 인물들이고, 그들이 기련장의 육 소저를 납치할 어떤 이유도 없으니까요."

미심의 주장은 설득력이 있었다. 동정호를 수면 아래에서 이동할 수 있는 능력을 지녔다고 해서 이십 년 전의 인물을 오늘날 육초초를 납치한 범인으로 지목할 수는 없는 일이었다. 그런데 다음 순간 고검이 낮은 목소리로 입을 열었다.

"하지만 미 부인의 말씀대로라면 그들은 적어도 한 가지 문제에 있어 이번 육 소저의 납치 사건과 연결이 되는군요."

그러자 이번에는 미심이 의혹 어린 표정으로 고검을 보며 물었다.

"그게 어떤 문제죠?"

그러자 고검이 무거운 음성으로 대답했다.

"바로 암옥귀선입니다. 공교롭게도 우린 오늘 낮 암옥귀선에서 이 사건과 연관될 수 있는 몇 가지 흔적을 발견했지요."

말을 하는 고검의 눈빛이 차갑게 빛나고 있었다.

기련장주 육사확은 근심 어린 표정으로 집무실 앞, 뜨락을 거닐고 있었다. 그의 곁에는 그가 초빙한 두 명의 고수 풍권 도광과 무림공자 유순이 함께 있었는데 그들의 표정 또한 그리 밝은 편이 아니었다.

"초초를 찾는 일에만 매달리기에도 힘겨운 상황인데……."

육사확의 입에서 나직한 탄식 소리가 새어 나왔다.

"금마문의 태도를 이해할 수 없군요. 하필 이런 때 기련장에 머물고자 하다니 말입니다."

풍권 도광이 불쾌한 표정으로 말을 뱉어냈다.

"금마문의 고수들은 예전부터 다른 남련십육문의 고수들에 비해 독선적인 면이 강하긴 했지요. 하지만 그들이 비록 독선적이라 하더라도 사리분별을 못할 위인들은 아닙니다."

무림공자 유순이 현기를 담은 목소리로 말했다.

"그렇다면 유 노사께서는 그들이 육 소저의 실종 사건으로 정신없는 이곳에 굳이 머물려는 다른 이유가 있다는 말씀입니까?"

풍권 도광이 의혹 어린 시선으로 물었다. 기련장주 육사확

역시 유순의 얼굴을 바라봤다.

"짐작컨대 아마도 그들은 광동육마를 암옥귀선에 인계한 이후에도 한동안 기련장에 머물기를 원할 것입니다."

"그렇다면……."

풍권 도광이 무엇인가를 깨달은 듯 말꼬리를 흐렸다.

"풍권께서 짐작하신 대로입니다. 그들이 굳이 육 소저의 실종으로 정신없는 이 기련장을 찾아 머문 이유가 무엇이겠습니까? 그건 바로 그들도 육 소저의 실종 사건에 관여하고 싶기 때문입니다."

"그들이 힘을 보탠다면 그리 나쁜 일은 아니군요."

"그렇게만 생각할 것이 아니지요."

도광의 말에 유순이 고개를 저었다.

"무슨 말씀이신지?"

"그들이 기련장에 머물며 육 소저의 실종 사건에 관여하려는 의도가 순수한 것이라면 기꺼이 반길 일이지만 그렇지 않다면 일을 더 어렵게 만들 수도 있기 때문입니다."

"다른 의도라면……?"

풍권 도광의 물음에 유순이 기련장주 육사확을 바라봤다.

"장주께서는 이미 짐작하고 계시겠지요?"

유순의 질문에 육사확이 어두운 표정으로 대답했다.

"아마도 이번 일로 인해 본 장에 대한 상관세가의 영향력이 커지는 걸 꺼려해서겠지요. 초초가 살아오든 아니든 그들도 자신들이 본 장을 위해 힘을 썼다는 것을 보여주고 싶을

겝니다."

육사확의 대답에 유순이 고개를 끄덕였다.

"정확히 보셨습니다. 사실 남련십육문 중 상관세가와 금마문만큼 경쟁 관계에 있는 문파도 드물지요. 그건 아마도 양 세가 모두 유아독존적인 성정을 가지고 있기 때문인지도 모릅니다. 어쨌든 그들은 기련장의 막강한 금력을 서로에게 양보하기 싫을 겁니다. 상관세가에서 육 소저에게 청혼을 청한 것도 다 그런 이유 때문이 아니겠습니까?"

"어쨌든 그래도 고수의 숫자가 늘어나는 건 육 소저를 찾는 일에 유리한 것 아닙니까?"

풍권 도광이 말했다.

"사공이 많으면 배가 산으로 가기도 하지요. 또한 두 세력은 서로 힘을 합칠 위인들이 아니지요. 오히려 서로의 일을 방해할지도 모릅니다."

유순의 말에 육사확이 고개를 끄덕였다.

"저도 그 점을 걱정하고 있습니다. 일에 도움이 되기는커녕 혹 양측이 어떤 분란이라도 일으키지 않을까 하고 말입니다."

"다행인 것은 남련 풍운당이 이곳에 와 있다는 겁니다. 구환승 부당주라면 양측이 극단적인 분란을 일으키는 것을 조정해 줄 수 있을 겁니다."

"기대를 걸 것은 결국 풍운당이겠지요. 상관세가와 금마문의 고수들이라야 그 숫자가 그리 많지 않을뿐더러 각자의 마음속에 다른 의도를 품고 있으니 말입니다."

유순이 차분한 어조로 말했다.

"전 오히려 무불장의 고 장주에게 기대를 하고 있습니다."

"흠, 그들에게도 기대할 수 있지요."

유순이 고개를 끄덕였다. 그러자 풍권 도광이 고개를 갸웃 거리며 물었다.

"저도 무불장의 명성은 익히 들어 알고 있지만, 그들은 겨우 세 명만이 이곳에 왔을 뿐입니다. 단 셋이서 과연 무슨 일을 할 수 있을지……."

그러자 유순이 대답했다.

"비록 그들은 삼 인에 지나지 않지만 이번에 기련장에 모인 인물들 중 그들만큼 이런 일에 경험이 많은 사람들도 없을 겁 니다. 그리고 그들은 지금껏 단 한 번의 청부도 실패하지 않았 지요. 그것은 무불장에 다른 사람들이 모르는 뭔가가 있다는 의미 아니겠습니까?"

"흠… 그렇긴 하지만……."

풍권 도광이 여전히 의구심을 떨쳐 버리지 못하겠는지 말꼬 리를 흐렸다. 그런데 그때 급하게 한 명의 인물이 집무전 안으 로 들어섰다. 그는 육사확과 두 명의 고수를 발견하고는 급히 허리를 숙여 보였다.

"무슨 일인가?"

육사확이 사내를 보며 묻자 사내가 급히 입을 열었다.

"암옥의 인물들이 장주님을 뵙기를 청하고 있습니다."

순간 육사확과 두 노고수의 눈이 화등잔만 하게 커졌다. 사내가 전한 소식은 아무리 노련한 그들이라 할지라도 전혀 예상치 못한 일이었던 것이다.

"다시 말해보게. 분명 암옥의 인물들이라고 했는가?"

"그렇습니다."

사내 역시 몹시 흥분한 목소리였다.

"그들은 지금 어디 있느냐?"

"급히 후원에 모셔놓았습니다."

"모두 몇 명이나 왔더냐?"

"세 명입니다."

"알겠다. 내가 곧 후원으로 가도록 하마. 넌 금마문의 육 노사와 풍운당의 구 노사에게 기별을 넣어 후원으로 오도록 하거라."

"저, 그런데……."

사내가 육사확의 말에 말꼬리를 달았다.

"달리 할 말이 있느냐?"

"상관 공자께서 상관세가의 노고수와 함께 오고 있다는 전갈을 보내왔습니다."

"상관홍이?"

"그렇습니다."

"동정호에 나가 있던 사람이 무슨 일로?"

육사확이 고개를 갸웃하자 유순이 입을 열었다.

"그가 상관세가의 고수와 동행하고 있다니 아마도 상관세가에서 노련한 고수가 나왔나 봅니다. 그를 장주께 소개하려

하는 것이겠지요."

그러자 육사확이 고개를 끄덕이며 사내를 돌아봤다.

"혹, 상관홍과 함께 오고 있다는 인물의 이름을 들었느냐?"

"전갈이 오기로는 상관노라는 분이 함께 오신다 했습니다
만……."

"상관노!"

육사확이 놀란 표정으로 상관노라는 이름을 되뇌었다.

"허허, 상관세가에서 이번 사건을 자신들의 힘으로 해결하
기로 단단히 결심을 한 모양입니다. 노검(怒劍) 상관노라니…
허허."

풍권 도광이 놀랍다는 듯 감탄사를 흘려냈다.

"정말 대단한 인물이 오는군요. 상관노라면 상관세가 서열
이위의 고수가 아닙니까? 무공으로는 장주인 상관무군을 능가
한다고 알려진 인물인데… 그나저나 일이 좀 더 어려워지겠군
요. 상관노의 성정은 불같아 그 별호까지도 노검이 아닙니까?
금마문의 육화운 역시 그 독선적인 성정은 누구에게도 뒤지지
않는 사람이니… 허허, 물과 불이 만났으니 어찌 풍우가 내리
지 않을쏜가?"

유순이 난감한 표정으로 탄식을 흘려냈다.

"일단은 암옥에서 나온 사람들을 만나보는 것이 우선이겠
지요. 자네는 상관세가의 사람들이 오거든 별실에 모시도록
하게."

"알겠습니다, 장주님. 그리하겠습니다."

소식을 전한 사내가 허리를 숙여 보이고는 급히 장내를 벗어났다. 그러자 육사확이 한 손으로 머리를 짚으며 중얼거렸다.

"참으로 힘이 드는군요. 딸자식이 실종돼 힘겨운 판에 강호의 호랑이들이 본 장의 재물을 보고 몰려들고 있으니……."

"비정강호(非情江湖)라는 말이 있지 않습니까?"

"휴, 어쩔 수 없지요. 어쨌든 본 장을 돕겠다는 명분으로 오는 사람들이니 예의를 다해 맞을밖에. 자, 후원으로 가보도록 하시지요. 과연 암옥사자들이 전례를 깨고 왜 뭍으로 나와 본 장을 방문했는지 알아봐야겠지요."

육사확이 이내 정신을 가다듬고는 도광과 유순 두 노고수를 데리고 걸음을 옮기기 시작했다.

검은 무복으로 전신을 감은 사내들, 머리에조차 검은 모자를 쓰고 있어 말 그대로 저승에서 온 사자와 같은 기운을 풍기는 삼 인이 기련장의 후원에 들었다. 표정 또한 아무런 감정을 담고 있지 않아 도무지 그 속내를 짐작하기 어려웠다. 장내에 의자가 있음에도 불구하고 그들은 꼿꼿한 자세로 서서 육사확을 기다리고 있었다.

육사확이 장내로 들어서자 그들 중 한 사내가 정중하게 입을 열었다.

"예고없이 찾아와 죄송합니다. 저희는 암옥의 제왕을 모시고 있는 암옥사자들입니다. 기련장주께 인사를 올립니다."

사내의 말이 끝나자 삼 인의 암옥사자가 가볍게 허리를 굽혀 육사확에게 예를 표했다.

"귀하신 분들이 본 장을 찾아주셨군요. 강호에서 암옥사자 분들을 뵙는 것은 그야말로 하늘의 별을 따는 것만큼 어려운 일인데 오늘 세 분이 이렇게 본 장을 방문해 주시니 오히려 기련장의 영광입니다. 그런데 어쩐 일로 이렇게 어려운 걸음을 하신 것인지요?"

그러자 처음 입을 열었던 암옥사자가 여전히 무표정한 얼굴로 입을 열었다.

"귀왕께서 기련장에 작은 선물을 보내오셨기에 그것을 전달하려 이렇게 들렀습니다."

"선물이요?"

상황은 점점 묘히게 흐르고 있었다.

'나와 그는 일면식도 없는 사이인데 그가 무엇 때문에 나에게 선물을 전한단 말인가? 더군다나 암옥의 제왕 귀왕 마천이 누군가에게 선물을 했다는 말은 들은 적이 없는데……?'

육사확의 머릿속에 수많은 의문들이 뭉게구름처럼 일어났다. 그런데 그때 방문 쪽에서 인기척이 들려왔다. 그러자 장내에 있던 여섯 명의 시선이 문 쪽으로 향했다.

문안으로 들어서던 이 인의 신형이 잠시 멈칫거렸다. 그들의 시선도 암옥사자 세 명에게 머물러 있었다.

"두 분 어서 오십시오."

육사확의 말이 있고서야 남련 풍운당 부당주 구환승과 금마

문의 고수 육화운이 본색을 되찾고 천천히 걸음을 옮겨 장내
로 들어섰다.

"전갈을 받고 반신반의했는데 정말 암옥의 귀빈들께서 오
셨구려."

구환승이 육사확의 말을 받았다. 그의 시선은 여전히 암옥
귀선에서 나온 삼 인의 암옥사자에게 머물러 있었다. 그러자
암옥사자 중 한 명이 두 사람에게 가볍게 고개를 숙여 보였다.

"남련 풍운당의 구 노사와 금마문의 육 노사께서 기련장에 계
시다는 말씀은 듣고 왔습니다. 옥주를 대신해 인사드립니다."

그러자 구환승의 눈에 한차례 기광이 스치고 지나갔다.

"한눈에 우리 두 사람을 알아보다니 암옥의 정보력도 대단
하구려."

"천하에 산재한 마인을 소탕하는 것이 사패의 동의하에 주
어진 암옥의 임무, 어찌 천하정세를 살피는 일을 소홀히 하겠
습니까?"

"껄껄껄, 듣고 보니 이 늙은이가 괜한 소리를 한 모양이구
려. 그나저나 암옥사자들께서는 비록 마인을 인수하기 위해
암옥을 나섰다 하더라도 암옥귀선을 떠나 뭍으로 나오는 경우
가 흔치 않은데 오늘은 어쩐 일로 이 기련장에 왕림을 하신 것
이오?"

구환승의 말투에는 천하사패의 자신감이 깃들어 있었다. 대
저 강호에서 암옥사자들은 그야말로 저승사자와 같은 대우를
받고 있는 인물들이었다. 보통의 무림인이라면 아무리 고수라

도 암옥사자를 직접 대면하면 말을 조심하기 마련인데 구환승은 전혀 그런 모습을 보이지 않는 것이었다.

그것은 아마도 아무리 암옥의 명성이 대단하고, 강호인들이 암옥사자들을 두려워한다고 하더라고 그 모든 것이 천하사패에 의해 만들어진 일이라는 것에 대한 자신감 때문에 보일 수 있는 행동일 터였다.

그러자 무표정하던 암옥사자의 입가에 미소인지 비웃음인지 모를 표정이 살짝 지어지더니 이내 다시 무표정한 얼굴로 되돌아갔다.

"이번에 우리 삼 인이 기련장을 방문한 것은 기련장주께 암옥주님의 선물을 전달하기 위함입니다."

"선물?"

구환승과 육화운이 전혀 예상치 못한 대답에 어리둥절한 표정을 지었다. 그들의 반응은 어찌 보면 당연한 일이기도 했다. 천하팔대고수이자 강호무림 최고의 신비인 중 한 명으로 알려진 암옥주 귀왕 마천이 왜 기련장의 장주에게 선물을 보낸단 말인가? 아니, 그 이유보다도 도대체가 귀왕 마천이란 인물과 선물이라는 단어는 흑과 백처럼 어울리지 않는 단어였던 것이다.

하지만 현실은 두 사람의 생각에 아랑곳없이 암옥의 제왕 마천의 선물을 기련장주 육사확에게 전하고 있었다.

"받으시지요."

암옥사자가 사람들의 의구심을 뒤로한 채 선물이 든 함을 육사확에게 전했다. 육사확은 얼떨결에 선물함을 받아 들고는 떨떠름한 표정으로 선물함을 내려다보고 있었다. 그러자 구환 승이 눈빛을 빛내며 입을 열었다.

"어디 귀왕 마천께서 어떤 선물을 기련장주께 보내셨는지 구경이라도 해봅시다."

구환승의 말에 육사확이 암옥사자를 바라봤다. 타인이 있는 곳에서 선물을 풀어봐도 되냐는 물음이 그의 시선에 담겨 있었다. 육사확의 시선을 받은 암옥사자가 가볍게 고개를 끄덕였다.

암옥사자의 동의가 있자 육사확이 천천히 선물함을 탁자 위에 내려놓고 함을 감싸고 있던 천을 푼 후 뚜껑을 열기 시작했다. 장내에 있던 사람들의 시선이 모두 선물함으로 쏠린 것은 당연한 일이었다. 그리고 드디어 선물함의 뚜껑이 열렸다.

"오오!"

누군가의 입에선지 감탄 어린 목소리가 흘러나왔다. 동시에 장내가 화려한 보광으로 가득 차올랐다.

"이건……!"

육사확의 입에서 놀람을 가득 담은 음성이 흘러나왔다.

"대단한 보물이군요."

평소 재물이라면 천하의 그 어느 문파에도 꿀리지 않는다고 알려진 금마문의 고수 육화운조차도 놀란 눈으로 선물함에 담긴 한 알의 둥근 야명주를 바라보며 감탄사를 흘려냈다.

완전한 검은색으로 이루어진 어른 주먹만 한 구슬, 검은색임에도 불구하고 그곳에서 흘러나오는 빛은 장내를 환하게 밝히기에 충분했다. 흔히들 묘안석이라 부르는 보석으로 강호에서 흔히 볼 수 없는 물건이었다. 더군다나 지금 육사확의 손에 들어온 묘안석은 다른 것들보다 배는 크고 빛깔이 좋은 최상품에 속하는 것이었다.

"이 육모는 정말 알 수가 없군요. 어째서 귀왕께서 이 귀한 물건을 이 사람에게 선물하는 것인지……."

육사확이 선물이라고 하기엔 너무 과한 물건을 앞에 놓고 기쁨보다는 오히려 경계의 빛을 내보였다. 그러자 암옥사자들이 무감정한 표정으로 대답했다.

"이 물건은 암옥이 위치한 앙천곡 깊은 동굴 속에서 채취한 원석을 암옥주께서 직접 제련하신 것입니다. 아마도 천하에서 이와 같은 묘안석을 다시 찾기는 어려울 것입니다. 그리고… 귀왕께서 이 묘안석을 장주께 선물한 이유는 저희도 알 수 없습니다. 단지 귀왕께서 말씀하시길 지금은 부담스러우시더라도 이 선물을 일단 받아주십사 하는 것이었습니다. 그리고 일 년 뒤에도 여전히 이 선물이 부담스럽다면 그때는 다시 돌려받으시겠다고 했습니다."

암옥사자의 말은 육사확을 비롯한 장내의 인물들을 더더욱 혼란에 빠져들게 만들었다. 하지만 사람들의 반응이야 어떻든 귀왕의 선물을 전한 암옥사자들은 자신들이 할 일은 다 했다는 표정으로 다시 입을 열었다.

"그럼 선물을 전했으니 저희들은 이만 돌아가 보겠습니다."

"차라도 한 잔 하고 가시는 것이……."

"저희들은 암옥귀선을 오래 떠나 있을 수 없는 신분입니다.
그리고… 금마문에서 데려온 광동육마의 이 인은 내일 동정호
변에서 인수받도록 하겠습니다."

암옥사자가 금마문의 육화운을 보며 말하자 육화운이 어느
새 평정을 되찾은 표정으로 고개를 끄덕였다.

"알았소이다. 그렇게 하리다. 그런데 이번에 그 마인들을
데려가기 위해 암옥에서 나오신 분들 중 인솔자는 누구시오?"

육사확의 질문에 암옥사자가 잠시 망설이는 듯하다가 이내
입을 열었다.

"현재 암옥귀선을 주관하고 계시는 분은 암제 마극 공자십
니다. 그럼!"

암옥사자가 재빨리 대답을 하고는 누가 만류할 사이도 없이
순식간에 장내를 벗어났다. 하지만 장내 고수들은 암옥사자들
의 움직임에 별다른 반응을 하지 않은 채 멍한 표정으로 자신
들의 자리를 지키고 있었다. 그들은 귀왕 마천의 선물 묘안석
에 이어 암제 마극이라는 이름에 다시 한 번 경악하고 있었던
것이다.

"허허, 정말 기이한 일이로다. 평생 강호출도를 하지 않던
귀왕 마천의 유일한 혈육 암제 마극이 강호에 나서다니……."

풍운당의 구환승이 낮게 가라앉은 목소리로 중얼거렸다.

第五章

잠입(潛入)

　불편한 만남이 이루어진 것은 이른 아침 기련장 식솔들이 모두 나와 광동육마 중 이 인을 구경하고 있을 때였다. 물론 사람들에게 구경시키기 위해 광동육마를 끌어낸 것은 아니었다.

　때가 되어 광동육마를 암옥귀선에 인도할 시간이 되었기에 기련장 심처에 갇혀 있던 두 명의 마인을 밖으로 끌어낸 것인데 남방무림을 공포의 도가니로 몰아넣었던 마인들에 대한 호기심이 기련장 식솔들을 자연스럽게 한곳에 모이게 했던 것이다.

　그리고 그곳에서 불편한 만남이 이루어졌다.

　"마치 큰 벼슬이라도 한 모습이네요."

추산이 이죽거렸다. 두 마인을 앞세운 채 오연한 모습으로 주변을 경계하고 있는 육화운과 금마문의 고수들을 보고 한 말이었다.

"광동육마라면 그들이 제법 자랑할 만한 전리품이지."

고검이 담담한 목소리로 말했다.

"벼는 익을수록 고개를 숙인다잖아요."

"그 말은 너에게도 해당되는 말 같은데……?"

"흥, 저야 저들처럼 천하의 영웅을 스스로 자처하는 사람이 아니니 그런 것을 따질 필요는 없죠."

"사람마다 저마다 기질이 다른 법이니 너무 그들을 나쁘게만 생각지 말거라."

고검이 웃으며 추산의 말에 대꾸를 하는 사이 어느새 두 마인과 금마문 고수들 앞에 일단의 인물들이 다가서고 있었다.

"조심해서 다녀오시기 바랍니다. 저도 잠시 후 호수 변에 나가보도록 하겠습니다."

기련장주 육사확이 말 위에 올라 있는 육화운을 보며 말했다.

"껄껄껄, 뭐 조심할 게 있겠습니까? 어차피 이자들의 동료들은 모두 죽임을 당했으니 천하에 누가 있어 감히 이자들을 구하려 들겠소이까?"

육화운의 말에서 자신감이 넘쳐흘렀다.

"그래도 만사 불여튼튼이지."

육사확의 곁에 서 있던 노인이 불쑥 말을 뱉었다. 그러자 육화운의 표정이 살짝 변했다.

"상관 노사께서 납시셨군요. 오랜만에 뵙습니다."

육화운이 말 위에서 정중하게 허리를 굽혀 인사를 했다. 하지만 그의 목소리는 어딘지 모르게 상대에 대한 생경한 느낌이 묻어나고 있었다. 또한 아무리 곧 길을 나설 사람이라지만 말에서조차 내리지 않는 그의 태도는 그가 결코 상대에게 호감을 가지고 있지 않다는 것을 드러내는 행동이었다.

"정말 오랜만이군. 이 상관노는 이제 나이가 들어 세가에 틀어박혀 세월이나 보내고 있는데 육 노제 자네는 아직도 이렇게 천하의 마인들을 소탕하러 다니고 있으니 과연 육 노제의 공력은 대단하구만."

어찌 들으면 칭찬 같고, 또 어찌 들으면 광동육마를 제압한 것을 지나치게 내세우고 있는 금마문 고수들에 대한 비난 같기도 한 말을 상관노라 스스로를 밝힌 노고수가 흘려내자 육화운이 살짝 입가에 미소를 흘렸다.

"나이가 들어서도 철이 덜 들어 그렇지요. 그나저나 상관 노사께서는 정말 한동안 련에도 모습을 보이시지 않으셨는데 이 기련장까지 오시다니 작금 기련장에 발생한 사태가 중하긴 중한 모양이군요."

"아니라고도 할 수 없지. 여기 기련장주님의 하나뿐인 영애께서 실종이 되셨는데 어찌 중한 일이 아니겠나. 더군다나 기련장과 우리 상관세가는 과거로부터 절친한 관계를 유지하고 있었을 뿐 아니라 최근에는 서로 성혼의 말까지 오고 간 사이일세. 아무리 이 늙은이가 몸이 불편하더라도 오지 않을 수 없는 사이지……."

상관노는 일부러 상관세가와 기련장 간의 우의를 과하게 드러내고 있었다. 그것은 금마문이 기련장의 일에 관여하려는 의도를 이미 파악하고 있으니 욕심내지 말라는 의미를 담고 있는 말이었다.

"맞는 말씀입니다. 금번 기련장에 발생한 사태는 정말 중하다고 할 수 있지요. 해서 저와 금마문의 고수들도 이 마인들을 암옥귀선에 넘긴 후 기련장의 일이 마무리될 때까지 기련장에 머물며 한 손을 거들라는 명을 받고 왔습니다."

"음… 그렇구만. 금마문이라면 큰 힘이 되겠지. 허허, 오늘날 기련장에 천하의 기인이사들이 한꺼번에 모여들었으니 동정호의 괴물은 반드시 잡히겠구만. 특히나……."

상관노가 잠시 말꼬리를 흐리더니 이내 재빠르게 말을 마쳤다.

"천하제일의 청부업자라는 무불장의 고수들도 저기 와 있으니 말이야."

순간 육화운의 표정이 차갑게 굳어졌다. 그 또한 무불장의 장주 고검이 기련장에 와 있다는 사실은 익히 알고 있었다. 하지만 누가 감히 그의 앞에서 무불장주 고검의 이름을 들먹일 수 있단 말인가?

과거 육화운이 청년 고수 고검에게 패한 사실은 혈사평 전쟁에 참여했던 고수들에 의해 강호에 널리 알려진 사실이었으므로 육화운을 알고 있는 사람들은 그에게 무불장주 고검의 이름을 언급하는 것이 얼마나 민감한 문제인지 잘 알고 있었다. 그런데 상관노는 그런 것에 아랑곳하지 않고 무불장을 들먹이고 있는 것이었다. 마치 일부러 상대를 도발하려는 사람처럼……

하지만 육화운 역시 노련한 고수였다. 상대의 도발에 휘둘리기에는 그의 나이는 너무 많았다. 차갑게 굳어졌던 육화운의 입가에 어느 순간 씁쓸한 미소가 감돌았다.

"맞는 말씀입니다. 무불장의 고수들은 그야말로 강호제일의 청부사들, 분명 이번 일에 큰 도움이 될 것입니다. 더군다나 무불장의 고 장주는 이곳에 모인 고수들 중 누구보다도 강한 무공을 지니고 있는 인물일 겁니다. 고 장주, 오랜만에 뵙소이다."

육화운이 말을 마치는 동시에 멀리 사람들 사이에 섞여 있는 고검을 향해 가볍게 고개를 숙여 보였다. 마치 오랜만에 절친한 친구를 만난 사람처럼… 갑작스런 인사였지만 고검은 당황하지 않고 침착하게 육화운의 인사를 받았다.

"정말 오랜만에 뵙는군요."

고검이 가볍게 포권을 해 보이자 육화운이 다시 한 번 고개를 까딱이고는 이내 시선을 돌려 냉랭한 목소리로 말했다.

"오늘은 마무리 지어야 할 일이 바쁘니 다른 이야기들은 돌아와서 나누도록 하지요. 가잣!"

육화운의 명이 있자 금마문의 고수들이 두 명의 마인을 말에 태우고 서서히 장내를 벗어나기 시작했다.

"별 이상한 사람 다 보겠네요. 뒤늦게 인사는 무슨……"

추산이 중얼거렸다.

"그는 자존심만큼이나 노련한 고수다."

고검이 대답했다.

"결국 다른 의도가 있었다는 말이죠?"

"그의 의도를 알겠느냐?"

"아마도 저 상관노라는 자의 도발에 대응하기 위한 것이었겠죠. 그가 사형을 이곳에 모인 고수 중 가장 강한 사람이라 언급한 것은 상관노 당신도 무불장주 고검에게는 적수가 되지 못할 것이다라는 빈정거림이었고, 그가 사형께 인사를 한 것은 이제 난 과거의 패배에 얽매이지 않을 만한 자신이 있다는 것을 과시하기 위한 것이었겠죠."

추산의 말에 고검이 추산의 어깨를 두드렸다.

"역시 사제야. 단번에 그의 의도를 파악했구나."

"아시잖아요. 제 머리가 제법 잘 돌아가는 것을……."

추산이 어깨를 으쓱하며 말했다.

"물론 나야 사제의 능력을 잘 알고 있지. 자, 이제 우리도 그만 가볼까? 마인들을 인도할 때가 암옥귀선과 암옥사자들을 가장 가까이서 볼 수 있는 기회니까 말이야."

"그러죠. 아마 서둘러야 할 거예요. 저들은 말을 타고 갔으니 자칫 잘못하면 늦을지도 모르죠."

"맞는 말이다. 어서 가보자."

그런데 그때였다.

"두 분 잠시 걸음을 멈춰주세요."

미심이었다. 미심은 광동육마 구경에는 관심이 없었는지 그 동안 모습을 보이지 않고 있었다.

"이제 나오셨네요? 광동육마의 두 마인은 이미 떠났는데요."

추산이 자신들을 불러 세우는 미심을 보며 말했다.

"호호, 추 소협, 난 사로잡힌 마인들에겐 별 관심이 없어요. 대신 난 두 분께서 무척 관심을 가질 만한 소식을 가지고 왔지요."

"어, 그래요? 무슨 소식이죠?"

추산이 호기심을 드러내며 물었다. 그러자 미심이 이들 두 사람이 갈 길이 바쁘다는 것을 알고 있는지 서둘러 입을 열었다.

"산밤에 놀라운 손님이 기련장에 들렀었다고 하더군요."

"손님이요? 누군데 놀랍다는 거죠?"

"정말 놀라운 손님이 왔었더군요. 바로 동정호에 정박 중인 암옥귀선에서 삼 인의 암옥사자가 뭍으로 나와 기련장에 들렀다는 거예요."

"넷? 암옥사자가요? 광동육마는 지금 저기 가고 있는데요?"

그러자 미심이 고개를 끄덕였다.

"결국 그들은 광동육마 때문에 기련장에 온 것이 아니라는 말이지요."

"그럼 무슨 일 때문에 이곳에 온 것일까요?"

"그것까지는 저도 잘 모르겠어요. 단지 그들이 간밤에 기련장에 들렀던 것만은 분명한 사실이에요.”

그러자 추산이 연신 고개를 갸웃거리다 고검을 보며 물었다.

“사형, 뭔가 냄새가 나지 않아요?”

“이유가 있었겠지.”

“그러니까 그 이유가 뭐냐는 거죠. 전 좀 묘한 기분이 드는데요. 모든 일이 암옥귀선과 연결되고 있는 와중에 암옥사자들이 기련장을 방문했다니 말이에요.”

“일이 묘하게 돌아가고 있는 것은 맞다. 하지만 아직 확실한 것은 아무것도 없는 상황이다. 암옥귀선과 연결된 몇 가지 단서들도 우연의 일치일 수도 있으니… 어쨌든 일단 마인들이 인도되는 곳으로 가보자꾸나.”

“그래요, 사형. 미 부인께서도 함께 가실 거죠?”

“흔치 않은 구경이니 저도 함께 가도록 하지요.”

미심이 대답하자 세 사람은 서둘러 기련장을 빠져나간 금마문과 광동육마의 생존자 두 명의 뒤를 따르기 시작했다.

괴물이 나타난 이후 인적이 끊겼던 동정호 변에 오늘은 아침부터 수많은 사람들이 몰려 나와 있었다. 그중 대부분은 허리에 도검을 패용한 무인들이었는데 아마도 족히 이백여 명은 되어 보였다.

“악양에서 내로라하는 고수들은 오늘 죄다 여기 모인 모양이군요.”

추산이 언덕 위에서 사람들로 북적이는 동정호 변의 백사장
을 보며 말했다.

"암옥귀선에 광동육마, 그리고 남련의 풍운당과 남련십육
문 중 두 곳의 고수들을 한번에 볼 수 있는 기회란 흔치 않
지."

고검이 말했다.

"좀 더 가까이 가야겠어요. 그래야 암옥사자들을 자세히 볼
수 있죠."

추산이 먼저 언덕 아래로 내려서며 말하자 고검과 미심이
천천히 그 뒤를 따르기 시작했다.

뿌우우!

고검과 추산이 사람들이 웅성거리는 백사장에 도착했을 때
임옥귀선에서 한줄기 뿔피리 소리가 들려왔다. 배의 모양새
때문인지 피리 소리조차 음울하게 느껴졌다.

뿔피리 소리가 들려오는 순간 조금 소란스럽던 백사장이 순
식간에 침묵에 빠져들었다. 그리고 일백여 명 고수들의 눈이
암옥귀선으로 향했다.

"나온다!"

누군가의 입에서 고요를 깨는 나직한 한마디 외침이 흘러나
왔다. 그러자 장내의 긴장감이 좀 더 깊어졌다. 그리고 잠시
후 암옥귀선의 옆구리에 매달려 있던 두 대의 작은 소선 중 한
대가 수면 위로 내려졌다.

"그 배예요."

추산이 낮게 중얼거렸다.

수면에 내려진 소선은 선체의 거의 대부분이 물속에 잠긴 채 다섯 명의 검은 무복 차림 암옥사자를 태웠다. 그리곤 서서히 백사장을 향해 다가오기 시작했다.

"정말 신기한 배군요. 노를 어디서 젓는 거죠?"

추산이 고개를 갸웃거렸다. 확실히 암옥사자들을 태운 배는 신비한 구석이 있었다. 배에 탄 사람들은 겨우 어깨 위만 외부로 드러나 보였고 몸의 대부분은 수면에 잠긴 선체와 함께 수면 아래에 위치해 있었다. 더불어 배를 저어야 할 노조차도 보이지 않았다. 노가 없으면 바람을 받을 돛이라도 있어야 하는데 돛도 세워지지 않은 채 배는 움직이고 있었다.

"아마도 특별한 장치가 배에 있어 배 안쪽에서 노를 저을 수 있게 되어 있는 모양이군요."

미심이 추산의 말에 대답했다.

"정말 한 번 타보고 싶은 배네요."

추산이 고검을 보며 말하자 고검이 의미심장한 미소를 지으며 어깨를 으쓱거렸다. 어쩌면 그들은 머지않아 그 배를 탈지도 모르기 때문이었다.

노도 없고 돛도 없는 배는 그러나 다른 어떤 배보다도 빠르게 수면을 가르며 백사장으로 접근해 왔다. 그리고 수심이 낮아 더 이상 배를 움직일 수 없는 지점에 도달하자 급하게 정지했다.

"정말 대단한 배군요. 저런 속도에서도 저토록 자연스럽게 정지할 수 있다니……."

미심이 감탄하듯 말했다. 그때 정지한 배 위로 머리만 보이던 다섯 명의 암옥사자 중 넷이 신형을 일으켰다. 그리고 다음 순간 네 사람의 신형이 동시에 허공을 솟구쳤다.

"아!"

"오오!"

순간 여기저기서 사람들의 감탄사가 흘러나왔다.

허공으로 솟구친 암옥사자 사 인은 허공에서 한 바퀴 신형을 회전시키더니 이내 배와 백사장 사이의 거리를 날아 넘어 가볍게 모래 위에 내려서는 것이었다. 배와 백사장의 거리는 대략 십여 장, 강호에서 일류고수로 불리는 자라 하더라도 쉽게 날아 넘을 수 없는 거리였다.

"대단한 무공이네요."

추산이 이번에는 정색을 한 얼굴로 중얼거렸다.

"알려지기로 암옥에는 현재 모두 오십 명의 암옥사자가 있다고 하더군요. 개중에는 강호에서 고수로 활동하다 암옥주 귀왕 마천의 밑에 들어간 사람도 있고, 귀왕 마천이 직접 무공을 전수해 기른 고수들도 있다고 해요. 하지만 어떤 형태로 암옥사자가 되었든 일단 암옥사자의 지위에 오른 자들은 모두 절정고수라고 알려졌지요. 그리고 오늘 보니 강호의 소문이 결코 과장된 것이 아니군요."

미심 역시 암옥사자들의 무위에 놀란 듯한 표정으로 말했다.

"저런 자들이 오십 명이나 있다고요?"

"그래요. 암옥은 언제나 오십여 명 내외의 암옥사자를 운용하는 것으로 알려졌지요."

"그렇다면 정말 대단한 세력인데요? 아마도 강호무림에 단독으로 저런 고수 오십을 데리고 있는 문파는 쉽게 찾아보기 힘들 거예요. 천하사패 전체라면 모를까."

"단일 문파로 생각한다면 암옥만 한 힘을 지닌 문파는 채 다섯 개도 되지 않을 것이다."

고검이 추산의 말에 대답했다.

"드러나지 않은 전력은 없나요?"

추산이 의심 어린 표정으로 지으며 물었다.

"암옥의 세력은 거의 비밀에 부쳐져 있다. 혹여라도 암옥을 깨뜨리려는 자들에 대한 대비지. 하지만 천하사패의 패주들은 아마도 암옥의 세력을 어느 정도는 파악하고 있을 것이다. 애초에 암옥은 천하사패의 패주들에 의해 탄생한 것이나 마찬가지이니 그들이 자신이 탄생시킨 암옥의 세력을 알고 있는 것은 당연한 일이지."

"그들이 암옥을 통제하고 있다는 건가요?"

"통제가 아니라 견제라고 해야겠지. 그들은 암옥이 필요 이상으로 커지는 것을 원치 않을 테니까. 암옥주 귀왕 마천도 그 사실을 잘 알고 있기에 아마도 적당한 선에서 세력을 유지하고 있을 것이다."

"흐흠… 만약 귀왕 마천이 야망이 큰 인물이었다면 적지 않은 분란이 일어날 수도 있는 관계군요."

그러자 미심이 입을 열었다.

"다행히 귀왕 마천은 야망이 큰 사람이 아니지요. 오히려 은 자에 가까운 인물이랄까요. 그래서 천하사패의 패주들이 그를 암옥의 옥주로 인정한 것이고요. 자신들의 천하군림에 방해가 될 인물이라고 생각지 않은 거죠."

"인간의 마음은 누구도 모르는 거죠."

추산이 고개를 흔들며 중얼거렸다.

그사이 백사장에 내려선 암옥사자 사 인은 어느새 광동육마 두 명을 가운데 세워둔 채 오연한 자세로 서 있는 금마문의 고수들 앞으로 다가와 있었다.

"암옥에서 마인을 이송받으러 온 암옥사자요. 어느 분께서 육 노사시오?"

금마문의 고수들 앞에 다가선 암옥사자 중 한 명이 무감정한 목소리로 입을 열었다.

"내가 금마문의 육화운이오."

금마문의 고수들 사이에 섞여 있던 육화운이 앞으로 나서며 상대의 질문에 응대했다. 그러자 암옥사자 중 입을 연 자가 육화운을 향해 가볍게 포권을 해 보였다.

"금마문의 육 노사를 뵙게 되어 영광이외다. 또한 금번에 금마문에서 무림을 어지럽히는 광동육마를 제거하게 된 것은 무림의 큰 복이라는 옥주님의 전갈을 함께 전해 드리오."

그러자 육화운의 얼굴에 보일 듯 말 듯한 미소가 스치고 지나갔다.

"무림에 뿌리를 두고 살아가는 본 문으로서는 당연히 해야 할 일을 한 것뿐이외다. 하지만 암옥주님의 말씀 고맙게 받겠소이다."

"그럼, 이제 마인들을 인도받았으면 하오."

암옥사자는 길게 이야기를 나누고 싶은 마음이 없는지 바로 본론을 꺼내들었다. 암옥사자의 말에 육화운의 볼이 작게 씰룩이더니 이내 손을 들어 손목을 까딱였다. 그러자 그의 뒤쪽에 늘어서 있던 금마문의 고수들 중 두 사람이 각각 한 명씩의 비참한 몰골의 사내들을 끌고 육화운 곁으로 다가왔다.

"이들이 바로 이번에 암옥에 넘길 마인들이오."

육화운이 암옥사자를 보며 말했다.

"상태가 별로 좋아 보이지 않는군요."

"이놈들이 그간 저지른 일에 비하면 오히려 지금의 상태가 좋다고 할 수 있을 것이오. 목숨을 살려 암옥에 넘기는 것도 본 금마문주님의 호생지덕이라 할 수 있을 거외다. 뭐, 암옥으로 가는 동안 긴 여행을 견디지 못하고 죽는다면 그 또한 이놈들의 명운이라 할 수 있겠지만 말이오."

육화운의 입에서 냉혹한 말이 흘러나왔다. 하지만 암옥사자는 육화운의 말에 대꾸를 하지 않고 두 명의 마인들에게로 다가가더니 그중 한 명의 턱을 받쳐 올려 자세히 상태를 점검했다. 그리고 한 명의 점검이 끝나자 연이어 다른 마인을 살핀 암옥사자가 여전히 무감정한 목소리로 말했다.

"다행히 암옥으로 가는 동안 죽을 것 같지는 않군요."

"본래 마인의 종자들이 목숨은 질기다오."

육화운이 여전히 냉혹한 어조로 말했다. 육화운의 말에 암옥사자가 가볍게 고개를 끄덕이고는 고개를 돌려 다른 삼 인의 암옥사자에게 명을 내렸다.

"죄인들을 인계받으시게들!"

"알겠습니다."

대답을 한 삼 인의 암옥사자 중 두 명이 나서 땅 위에 서 있기조차 힘들어 보이는 광동육마 둘의 신형을 금마문의 고수들로부터 받아 들었다.

"본 암옥은 금일 금마문의 육 노사로부터 광동육마 중 두 명의 신형을 인도받았음을 확인하오. 그럼 우린 이만 돌아가 보겠소이다. 육 노사께서도 편한 귀환길 되시기 바라오."

암옥사자가 육화운을 향해 가볍게 포권을 해 보이자 육화운도 마주 포권을 해 보이며 입을 열었다.

"암옥까지는 제법 먼 길… 역시 편한 귀환길 되시기 바라겠소. 조심해 가시구려."

육화운의 응대에 다시 한 번 고개를 숙여 보인 암옥사자가 동료들을 이끌고 순식간에 금마문의 고수들로부터 멀어져 백사장을 가로지르더니 이내 작은 소선이 대기하고 있는 물가에 이르렀다.

물가에는 어느새 소선으로부터 내려진 사다리가 백사장에

이르러 있어 내릴 때는 허공을 격해 날아 내린 암옥사자들이 수월하게 두 명의 마인을 이끌고 소선에 오를 수 있게 준비되어 있었다. 암옥사자들은 사다리를 통해 배에 오르자 지체하지 않고 배를 돌려 암옥귀선을 향해 나아가기 시작했다.

그리고 잠시 후 암옥귀선에 닿은 소선은 암옥귀선으로부터 내려진 네 개의 밧줄에 매달려 사람을 실은 채 수면 위로 떠올랐다. 그렇게 허공을 이동한 소선은 암옥귀선의 갑판에 다다르자 암옥사자들과 두 명의 마인을 토해놓는 것이었다.

"생각보다 간단하군요."

추산은 두 마인의 인계가 생각보다 빨리 끝나자 조금 실망한 표정으로 중얼거렸다.

"사람을 주고받는 일, 시간 끌 일이 뭐가 있겠느냐?"

"하긴 그렇긴 하네요."

두 사람이 말을 주고받는 사이 어느새 백사장에 몰려 있던 무림인들이 하나둘 장내를 벗어나기 시작했다. 요란하게 몰려든 것에 비하면 별반 볼 것이 없던 터라 사람들의 얼굴에는 장내를 벗어나는 것에 대한 아쉬움이 별반 드러나지 않았다.

그 덕분인지 백여 명의 고수들로 북적대던 백사장은 순식간에 썰렁한 기운만 남긴 채 텅 비어졌다. 그렇게 해서 암옥사자들이 암옥귀선에 복귀한 지 채 이각이 지나지 않아 백사장에는 일부의 고수들만이 남아 있게 되었다.

"별반 소득이 없네요."

추산이 썰렁해진 백사장을 보며 말했다.

“아주 소득이 없는 것은 아니다.”

“어떤 단서라도 찾으셨어요?”

추산이 궁금한 듯 고검을 보며 물었다.

“단서는 아니지만 두 가지 소득은 있었다.”

“뭔데요?”

“하나는 암옥사자들의 무공 수준을 가늠해 볼 수 있었다는 것이고, 다른 하나는 암옥귀선을 제법 가까운 거리에서 자세히 살펴볼 수 있었다는 것이다.”

고검의 말에 추산의 눈빛이 반짝였다.

“그렇군요. 생각보다 중요한 것들이네요.”

그러자 곁에서 두 사람의 대화를 듣고 있던 미심이 설마하는 표정으로 물었다.

“설마 상주께서 지금 생각하고 계신 것이……?”

“아마도 미 부인께서 예상하고 계시는 것이 맞을 겁니다.”

순간 미심의 표정이 급변했다.

“장주, 위험한 일입니다. 암옥이 생겨난 이후 암옥귀선에 침입해 살아남은 사람이 없어요. 더군다나 이렇게 마인을 인계할 때를 제외하고는 암옥귀선 이십 리 안에 접근하는 것조차가 금지되어 있는 것이 당금 강호의 규칙입니다. 자칫하면 무림의 공적으로 몰릴 수도 있어요.”

미심은 고검이 암옥귀선을 탐색하려 한다는 사실을 깨닫고는 급구 반대 의견을 내놓았다.

“물론 암옥귀선을 탐색하는 일은 무척 위험한 일이지요. 하

지만 작금의 상황이 암옥귀선을 살펴보지 않을 수 없게 되어
버렸습니다. 그리고 이 고검, 저들에게 발각되더라도 최소한
얼굴을 숨긴 채 몸을 빼낼 자신은 있습니다."

"물론 장주의 능력을 믿지 못하는 것은 아니지만……."

미심이 말꼬리를 흐렸다. 그녀는 수년간 고검을 보아오면서
이 젊은 무불장의 장주가 자신이 결심한 일은 반드시 실행에
옮긴다는 것을 알고 있었기에 이미 암옥귀선을 탐색하겠다는
그의 결심을 돌리기에는 늦었다는 것을 깨닫고 있었다.

그런데 그때 백사장에 남아 있던 인물 중 기련장의 고수들
이 고검과 추산 등이 있는 쪽으로 다가왔다. 기련장 고수들의
선두에는 기련장주 육사확이 있었다. 그는 평소 특별한 일이
아니면 바깥출입을 삼가는 사람이었지만, 오늘은 두 명의 마
인을 인계하는 것을 보기 위해서인지 동정호 변의 백사장에
모습을 드러냈던 것이다.

"어젯밤에는 장원에 일이 있어 미처 고 장주께서 복귀한 것
을 알고도 들러보지 못했소이다."

육사확이 고검을 보며 입을 열었다.

'수심이 가득하군.'

고검이 자신에게 말을 건네는 육사확의 표정을 보며 생각했
다.

"소식은 들었습니다. 간밤에 귀한 손님들이 기련장을 다녀
갔다고 말입니다."

그러자 기련장주가 쓸쓸한 미소를 지었다.

"귀한 손님이라기보다는 기이한 손님들이었다오."

"혹 그들이 무슨 일로 기련장에 들른 것인지 여쭤봐도 될는지……."

그러자 육사확이 작은 한숨을 내쉬더니 입을 열었다.

"굳이 감출 이유도 없는 일이오. 그들은 무슨 이유에선지 나에게 암옥주 귀왕 마천이 보내는 선물을 전달하고 갔소이다."

순간 고검 등의 표정이 순식간에 굳어졌다.

'암옥의 제왕이 기련장주에게 선물을 보냈다라… 이건 정말 기이한 일이로구나. 아니면 확실히 이 일에 암옥이 관련되어 있다는 건가?

"정말 이상한 일이군요. 혹 과거에 암옥의 제왕과 친분이 계셨었나요?"

추산이 물었다.

"아닐세. 난 귀왕 마천을 본 적도 없다네."

"그렇다면 그는 왜 장주님께 선물을 보낸 거죠?"

"나도 그게 궁금하다네."

"그가 선물을 보내며 다른 말은 없었나요?"

"이상한 말을 하더군. 선물을 받고 안 받고는 일 년 뒤에 결정하라고 말이야. 그전에는 일단 선물을 기련장에 보관하라더군."

"선물이 뭐였는데요?"

"강호에서 보기 드문 상품의 묘안석이었다네. 아마도 시중에 내놓으면 천하의 갑부들이 욕심낼 만한 물건이었지. 암옥이 있는 앙천곡 깊은 계곡에서 채취한 것이라고 하더군."

"정말 귀한 물건이군요."

추산이 욕심이 나는지 눈빛을 번뜩이며 말했다.

"그렇다네. 그저 선물로 받아두기엔 지나치게 값진 물건이지. 흠… 그건 그렇고 그래, 무불장에서는 그간 무슨 소득이 있으셨소?"

육사확이 고검을 보며 화제를 청부 일로 돌렸다.

"아직 장주께 말씀드릴 만한 소득은 없습니다. 다만, 몇 가지 단서는 찾았습니다."

"단서라… 과연 무불장이구려. 다른 사람들은 성과없이 동정호 주변만 기웃거리고 있는데… 그래 그 단서란 어떤 것이오?"

육사확이 기대가 서린 눈빛으로 물었다. 그러나 고검의 대답은 그의 기대에 미치지 못했다.

"말씀드렸지만 지금은 말씀드리기 어렵군요. 자칫하면 괜한 오해만 불러올 수 있기 때문입니다."

고검의 말에 육사확의 얼굴에 실망감이 깃들었다.

"자그마한 단서라도 서로 힘을 합치면 좋은 해결책이 나오지 않겠소이까?"

"죄송합니다. 역시 지금은 말씀드릴 수 없을 것 같군요."

그러자 육사확이 작은 한숨을 내쉬며 대답했다.

"알겠소이다. 고 장주가 그리 말한다면 어쩔 수 없는 일이지요. 하… 하지만 참으로 걱정이구려. 딸아이를 찾겠다고 기련장을 찾은 고수들은 수십에 이르지만 정작 각자의 마음속에는 다른 궁리들을 하고 있으니 말입니다."

육사확의 시선이 멀리 백사장에 모여 있는 사람들에게로 향했다. 그곳에는 남련의 구환승과 금마문의 육화운, 그리고 상관세가의 상관노가 한곳에 모여 무엇인가 대화를 나누고 있었다. 육사확의 말에는 그들 세 세력이 힘을 합쳐 육초초를 찾을 생각보다는 각자 자신들의 이익을 위해 서로를 견제하고 있다는 의미를 내포하고 있었다.

하지만 그것이 육사확의 말에 포함된 의미의 전부는 아니었다. 그는 단서를 말하지 않는 고검에 대한 원망을 그런 식으로 돌려서 말했던 것이다. 물론 그런 눈치를 채지 못할 고검을 아니었다. 하지만 육사확이 서운해한다고 해서 함부로 암옥귀선을 입에 올릴 수는 없는 일이었다.

"잠시 기련장을 떠나 있어야 할 것 같습니다."

고검이 육사확의 감정을 애써 무시하며 입을 열었다.

"그 단서라는 것 때문이오?"

육사확이 조금 차가워진 음성으로 물었다.

"그렇습니다. 쓸 만한 것인지 확인이 필요하군요."

"알겠소이다. 휴… 그나마 무불장의 고수 분들이 딸아이를 향해 움직이고 있으니 다행입니다. 그래, 며칠이나 기련장을 떠나 있을 생각이신지……?"

"글쎄요. 딱히 정한 날짜를 말씀드리기는 어렵군요. 일이 길어진다면 달리 기별을 넣겠습니다."

"이곳에서 바로 떠나실 생각이시오?"

육사확이 조금 놀란 표정으로 물었다.

"그럴 생각입니다."

고검이 고개를 끄덕였다.

"음… 부디 딸아이의 생사라도 알 수 있기를 바라오."

"최선을 다하도록 하겠습니다."

"난 무불장의 능력을 믿고 있습니다. 그럼 난 이만 가봐야겠소이다. 대접받기를 기대하는 사람들이 있으니……."

고검에게 간절한 시선을 준 육사확이 무겁게 고개를 끄덕이고는 천천히 걸음을 옮겨 백사장 중앙에 모여 있는 고수들을 향해 걸어가기 시작했다.

"심기가 불편한 모양이군요."

추산이 멀어지는 육사확을 보며 말했다.

"금마문과 상관세가는 남련십육문에서도 사이가 좋지 않은 문파로 알려져 있지요. 기련장주로서는 두 문파 사이를 조절하기가 쉽지 않을 거예요. 그나마 풍운당의 구 노사가 있어서 다행이지요."

미심이 추산의 말에 대답하자 추산이 미심에게 되물었다.

"같은 남련에 속한 문파인데 그 정도인가요?"

"천하사패는 무림을 지배하지만 그 사패 안에서는 또 다른 쟁투가 벌어지고 있지요. 그래서 강호엔 이런 말이 있지요. 사패 중 어느 한곳이 멸망한다면 그것은 외부의 힘에 의해서가 아니라 내분에 의해서일 것이라는……."

"흠… 역시 무림은 재밌는 동네라니까."

추산이 어깨를 으쓱거리며 말했다.

"그들이야 어찌 됐건 우린 이제 움직여야 할 시간이구나."

고검의 시선은 동정호에 떠 있는 암옥귀선을 향해 있었다. 어느새 암옥귀선이 서서히 방향을 틀고 있었다.

"제길, 저 배를 따라가려면 발에 땀 좀 나겠는데요?"

추산이 두 다리를 흔들며 말했다.

"언제 기회를 보실 생각인가요?"

미심이 고검에게 물었다.

"낮에는 어려우니 밤이 되기를 기다려야겠지요."

"하루 종일 따라가야겠네요."

추산이 투덜거릴 때 이미 고검은 백사장을 떠나고 있었다.

암옥귀선을 추격하는 일은 생각보다 어렵지 않았다. 암옥귀선이 향하는 물길 위에는 다른 배들이 존재하지 않았으므로 암옥귀선을 시야에서 놓칠 일이 없었을뿐더러 생각보다 무척 느리게 전진하고 있었기 때문이다.

그렇게 물 위와 땅 위에서 하루 낮의 동행이 이어졌다. 그리고 서서히 동정호에 석양이 드리우기 시작할 때 암옥귀선의 움직임에 서서히 변화가 생겨났다.

"방향을 트는가 본데요?"

추산이 신형을 멈추며 말했다.

"그런 듯하구나."

고검 역시 추산의 곁에 멈춰 서며 암옥귀선에 시선을 주었
다.

"방향을 보니 뭍으로 향하는 것 같은데……."

미심이 고개를 갸웃거렸다. 암옥귀선은 암옥을 출발하면 마
인을 인계받을 때를 제외하고는 좀체 뭍에 정박하지 않는다고
알려진 배였다. 그런데 지금 석양빛을 받으며 방향을 튼 암옥
귀선 앞에는 십여 호 남짓한 민가가 한 마을을 이루고 있는 작
은 포구가 놓여 있었다.

"이상한 일이군요. 포구에 들를 일이라면 두 마인을 데리러
갔을 때 큰 포구에 들를 일이지 저런 조그만 포구에 닻을 내리
려 하다니……."

추산이 고개를 갸웃거렸다.

"이유야 어쨌든 우리에겐 좋은 기회가 되겠구나."

고검이 시선을 돌려 마을을 보며 낮게 중얼거렸다.

"그렇네요. 마을 주변에 수림이 무성하게 우거졌으니 남들
의 시선을 피해 접근하기도 쉽겠고, 또 암옥귀선이 뭍에 가까
이 와 있으면 귀선에 오르기도 쉽겠죠."

"하지만 그만큼 경계가 심하지 않겠어요?"

미심이 고검을 보며 말하자 고검이 가볍게 고개를 저었다.

"그럴 수도 있지만 이미 암옥귀선에 외부인이 접근하지 않
은 지가 수십 년 전입니다. 아마도 그들의 경계는 생각보다 허
술할 수도 있을 겁니다."

"그럴 수도 있겠군요."

미심이 고개를 끄덕였다.

"일단 이곳에서 밤이 깊기를 기다리도록 하지요."

말을 하며 고검이 작은 포구를 향해 다가가는 암옥귀선을 차가운 시선으로 응시하고 있었다.

밤이 깊어지자 사방에서 안개가 떠올랐다 가라앉았다. 별들이 검은 비단에 보석을 뿌려놓은 것처럼 반짝였다. 그믐날 칠흑 같은 밤하늘은 오직 별빛에 의해서만 어둠을 몰아내고 있었다.

그리고 고검이 움직였다.

움직인 것은 고검 혼자였다. 암옥귀선에 침입하는 일은 극히 위험한 일, 고검보다 무공이 뒤처지는 추산과 미심은 오히려 고검에게 방해가 될 수도 있었기에 두 사람은 혼자 가겠다는 고검의 결정을 순순히 받아들였다.

"대신 퇴로는 확실히 만들어놓죠."

추산이 홀로 떠나는 고검을 보며 말했다. 고검이 암옥귀선을 탐색하는 동안 추산은 자운 노사로부터 이어진 천고의 절진을 준비해 놓을 터였다.

고검은 온몸으로 느껴지는 한밤의 기운을 마음껏 즐기고 있었다. 위험한 행보였지만 또한 그에게는 무척 기분 좋은 시간이기도 했다. 언제부터인가 그는 홀로 있을 때, 밝음보다는 어둠 속에 있을 때 더 자유로움을 느끼고 있었다. 고가장의 혈란으로부터 시작된 그의 이 고독한 성정은 능천화를 아내로 맞아들인 이후에도 여전히 계속되고 있었다.

어둠 속에서 살아 움직이는 모든 것, 혹은 생명이 없는 모든 것들의 기운조차도 고검은 고스란히 느끼며 포구를 향해 전진했다. 그리고 어느 순간 그의 눈에 포구와 이십여 장 사이를 두고 떠 있는 암옥귀선이 말 그대로 혼령들의 배처럼 찾아들었다.

슈욱!

고검이 신형을 뽑아 올려 작은 집채만 한 바위를 날아 넘었다. 이즈음 고검의 무공은 그 자신이 목표했던 것 이상으로 발전하고 있었으므로 삼 장 높이의 바위 정도 날아 넘은 것은 크게 어려운 일이 아니었다. 그런데… 막 바위를 날아 넘어 땅 위에 내려서려던 고검의 신형이 순식간에 나무 그늘 아래로 숨어들었다. 그러자 갑자기 숲에 정적이 찾아들었다. 그 고요는 고검이 나무 아래로 스며든 지 일각이 지난 후까지 계속됐다.

그리고 잠시 후 고검이 내려섰던 자리에 불쑥 한 명의 노인이 모습을 드러냈다. 노인은 잠시 자리에 서서 고개를 갸웃거린 후 나직하게 중얼거렸다.

"놀랍군. 내가 뒤를 놓치다니… 이 바위를 넘는 것을 확인했는데 이미 사라지고 없단 말인가? 과연 천검의 제자는 다르다는 건가?"

노인은 잠시 그 자리에 서서 주변을 살피다가 이내 한마디 말을 중얼거렸다.

"들어가는 것을 막지 못했으면 나오는 것을 막을밖에……!"

그리곤 순식간에 노인의 신형이 장내에서 사라졌다.

노인이 사라진 후 다시 일각이 흘렀다. 고검은 그제야 자신이 숨어들었던 나무 그늘 아래서 벗어났다.

"나의 존재를 알고 있는 자가 있었던가? 더군다나 그의 말을 들어보자면 암옥의 고수가 분명해 보였는데… 역시 암옥귀선이 수십 년간 범인의 접근을 허용치 않은 이유가 있었군. 하지만 난관이 있다 하여 가지 않을 나도 아니거니와 돌아오는 길에는 사제의 절진이 기다리고 있을 테니 우리도 준비는 충분하다고 할 수 있지. 그리고 나를 알고 있다손 치더라도 증거가 없는 이상 무불장이 암옥귀선에 침입했다는 추궁을 함부로 할 수는 없을 것이다."

사신에 찬 말을 흘러낸 고검이 신형을 날려 어느새 장내에서 사라지고 있었다.

한밤중 호수 물은 얼음처럼 차가웠다. 냉기가 온몸을 얼릴 듯 밀려들었다. 고검은 그 물속에 몸을 담그고 있었다. 검은색 무복에 검은 두건을 머리에 쓴 그는 신형을 뒤로 누인 채 겨우 코와 눈만 물 밖으로 내밀고 있었는데 덕분에 아주 가까이서 보기 전에는 누구라도 그의 신형을 발견할 수 없었다.

후욱!

고검이 물 밖으로 나와 있는 코를 통해 가볍게 공기를 뱉어냈다. 순간 그의 몸을 일주천한 승천공의 공력이 온몸으로 밀

려드는 냉기를 밖으로 밀어냈다. 고검이 물속에 잠긴 손발을
좀 더 빨리 움직였다. 그러자 그의 몸이 순식간에 몇 장씩 앞
으로 전진해 나갔다. 방향을 잃을 염려는 없었다. 애초에 밤하
늘의 별을 헤아려 방향을 잡아놓기도 했거니와 암옥귀선은 뭍
에서 겨우 이십여 장 떨어져 있을 뿐이었다.

'이쯤이면 됐겠군.'

내심 자신이 온 거리를 가늠한 고검이 훌쩍 몸을 돌렸다. 그
러자 그의 머리가 잠깐 물속에 잠겼다 금세 다시 물 위로 올라
왔다. 계산은 정확했다. 그는 어느새 암옥귀선이 만들어내는
그늘 속에 숨어 있었다.

'생각보다 높군.'

고검이 고개를 들어 수면과 수직을 이루며 솟은 암옥귀선의
선체를 바라보며 생각했다. 암옥귀선은 멀리서 바라보던 것보
다 훨씬 거대했으며 또한 견고해 보였다.

고검이 한차례 숨을 들이쉬고는 한 손을 암옥귀선의 선체에
가져다 댔다. 물의 온도보다 차가운 기운이 손을 통해 전해졌
다. 어쩌면 수많은 마인들을 실어 나르며 자연스럽게 배어든
사기(邪氣)일지도 몰랐다.

'다행히 의지할 곳은 많군.'

고검이 배의 갑판까지 다다르는 경로를 머릿속에 그리고는
훌쩍 신형을 뽑아 올렸다.

탁!

젖은 신발이 선체 밖으로 삐져 나온 모서리를 차는 소리가

울려 퍼졌을 때 고검의 신형은 이미 수장을 도약해 갑판으로
부터 내려뜨려진 팽팽한 밧줄을 잡아채고 있었다.

　휘릭!

　동시에 밧줄의 탄력을 빌어 고검의 몸이 거꾸로 서는 듯하
더니 이내 다시 허공에서 한 바퀴 제비를 돌며 어느새 그의 손
은 배의 갑판 모서리를 잡고 있었다.

　'계산대로 되긴 했는데…….'

　고검이 갑판을 잡은 팔에 힘을 줬다. 그러자 그의 신형이 은
밀하게 위로 떠오르기 시작했다. 그리고 잠시 후 그의 시선에
암옥귀선의 내부가 서서히 들어오기 시작했다.

第六章
한밤의 대결

'자신있다는 건가?'

대범한 고검조차 고개를 갸웃거렸다. 이건 쉬워도 너무 쉬웠다. 그간 강호에 알려진 암옥귀선의 명성을 의심케 할 만큼 암옥귀선의 경계는 허술했다.

그럴수록 고검의 경계심은 높아졌다. 보이지 않는 함정, 적을 끌어들이는 허술함, 이 모든 것은 잠입을 시도하는 자가 가장 경계해야 할 일들임을 고검은 잘 알고 있었다. 고검의 신형이 어둠보다 더 어두운 그림자를 남기며 귀선(鬼船)의 앞쪽으로 이동했다.

이동할 수 있는 귀선의 갑판 통로는 좁았다. 대신 귀선의 선실은 배의 갑판 전체를 차지할 만큼 컸다. 멀리서 보면 마치 암옥귀선에 지붕을 씌워놓은 듯한 모습, 하지만 선실에 안으로 이어지는 통로는 선실의 크기에 어울리지 않게 오직 두 군데밖에 없었다. 배의 가장 앞쪽과 배의 가장 뒤쪽, 고검은 그중 앞쪽의 통로를 선택했다.

그런데 막 선실의 앞쪽 통로에 다가가던 고검의 신형이 순식간에 배의 난간을 넘어 검푸른 물결이 넘실대는 허공으로 벗어났다. 그리고 들려오는 사람들의 대화 소리…

"어쨌든 이번 출행도 이렇게 끝나가는구려."

사람의 말소리와 함께 선실 문이 열리는 소리가 들렸다. 그리고 선실에서 세 명의 검은 무복 차림의 인물들이 갑판으로 걸어나왔다.

"생각보다는 수월하게 일이 끝났소이다."

"휴, 끝이 아니라 이제 시작이지요. 돌아가서 과연 옥주님께 어떤 추궁을 당하게 될지……."

"기왕에 일이 이렇게 된 것, 암옥주께서도 어쩌시겠소이까? 더군다나 이 일은 암옥주님의 유일한 혈육께서 행하신 일, 암옥주께서 어떤 식으로든 뒷수습을 해주실 거외다."

"뒷수습이야 어떻게 한다손 치더라도 우리에게 책임을 물으실까 그게 두려운 것이오."

"암옥주께서는 그리 경우가 없는 분이 아니시지요. 아드님을 벌하지 않는 이상 우리를 벌하시진 않을 거외다."

"그리된다면야 다행이지만……."

그렇게 대화가 잠시 끊겼다.

‘암옥사자들인가?

고검은 배의 난간에 매어진 굵은 밧줄에 매달려 있었다. 그가 매달려 있는 바로 위쪽에서 선실을 벗어난 삼 인이 대화를 나누고 있었기에 세 사람의 대화는 고검의 귀에 명확하게 들려왔다.

“그나저나 암제께서도 참으로 어지간한 분이오. 이곳까지 와서도 선실 밖으로 나오신 적이 없으니 말이오.”

“그분께서 앙천곡을 떠나 암옥귀선에 오른 것만 해도 놀랄 일이오. 내가 암옥의 사람이 된 지 어언 이십여 년이 지났지만 암제께서 앙천곡을 벗어난 것은 이번을 포함에 단 세 번밖에 되지 않소이다.”

“그렇소이까? 평소 암제께서 은둔 생활을 즐기시는 줄은 알고 있었지반 그 징도까지일 줄은 몰랐구려.”

“암옥주께서도 항상 그것을 안타까워했지요.”

“천하팔대고수의 아들이라면 자신의 신분을 드러내고 싶어 하는 것이 당연한 일이건만… 그나저나 이번 말고 다른 두 번은 무슨 일로 강호에 나오셨던 것이오?”

“음… 나도 앞서 두 번의 출행에 대해서는 잘 모르겠소이다. 단지, 오 년 전 출행에서 그녀를 보았고, 이후 오 년간 준비를 해 오늘의 일을 실행에 옮긴 것만 알 뿐이오.”

“허허… 오 년간의 준비라. 정말 강한 인내심과 용의주도한 성정을 가지고 계시는 분이외다.”

“암옥주께서 말씀하시길 만약 천하를 걸고 한판의 대국을 두고자 한다면 자신은 암제께 그 포석을 맡기시겠다고 하신 적이 있다고 하더이다."

"으음… 그만큼 심기가 깊다는 의미구려. 성정이 조금만 활달했으면 좋았을 것을……."

"애초에 암제님의 심기가 깊은 것은 바로 그 내성적인 성격에서 비롯된 것이니 그분께서 호탕하기를 바라기는 어려운 일이외다."

"허허허, 역시 하늘은 여러 가지 재능을 한 사람에게 주지는 않는 모양이외다."

"그나저나 그녀는 언제 배로 옮겨온다 하더이까?"

"아마도 새벽녘쯤에 움직일 것 같더이다. 아무리 작은 포구라도 사람의 눈을 피해야 할 일이 아니오?"

"그녀가 도착하는 즉시 귀선을 출항시키라는 암제님의 명도 내려져 있는 상태라오."

"새벽이 되려면 아직은 좀 더 기다려야겠구려. 그나저나 이번 일이 과연 무림에 어떤 영향을 미치게 될는지……."

그렇게 다시 대화가 끊겼다. 그리고 잠시 후 세 사람이 다시 선실 안으로 사라졌다.

고검은 세 사람이 사라진 이후에도 여전히 밧줄에 몸을 의지하고 있었다. 그의 발아래로 검푸른 물결이 넘실거렸으나 그의 모습은 무척 여유있어 보였다.

'암제라면 귀왕 마천의 아들인 마극을 말하는 것인데… 그가 귀선에 타고 있다는 말인가? 그리고 그들이 말하는 그녀란 누구를 칭하는 것일까? 설마 기련장의 육 소저를 말하는 것인가?

육초초를 찾아 암옥귀선까지 온 고검이지만 설마 하는 의구심이 마음속에 이는 것은 어쩔 수 없었다.

'도대체 암제 마극이 기련장의 육 소저를 납치할 이유가 뭐란 말인가?'

알 수 없는 일이었다. 암제 마극은 비록 이름은 거창하지만 강호에 그 존재감이 극히 미미한 사람이었다. 그건 그의 아버지가 암옥의 제왕 귀왕 마천이란 것을 생각하면 무척 이상한 일이었지만 어쨌든 암제 마극은 강호에 널리 알려진 인물이 아니었다.

하지만 암제 마극의 존재를 알고 있는 인물들 중 혹자는 그가 아주 무서운 인물이라고 말하기도 했다. 귀왕 마천의 무공을 이었을 뿐 아니라 그 심계가 귀왕 마천을 능가한다던가. 하지만 어쨌든 현재의 그는 강호에서 보자면 완전히 장막에 가려진 인물이었다. 지금껏 암제 마극이 앙천곡을 떠나 강호에 나온 것을 보았다는 무림인조차 없었던 것이다.

'저들의 말에 따르면 암제 마극은 이번까지 세 번에 걸쳐 강호행을 했다는 말인데 앞선 두 번의 강호행조차도 무림에 알려지지 않은 것을 보면 타인의 시선을 무척 꺼려하는 인물이겠군. 어쨌든 새벽까지 이곳에서 기다려야 하는 것인가?'

고검이 잠시 망설였다. 그들이 말한 그녀가 육초초라는 증거는 없었지만 육감은 그녀가 육초초라고 속삭이고 있었다.

잠시 생각에 잠겼던 고검이 밧줄을 잡고 있던 팔에 힘을 주었다. 그러자 그의 신형이 허공으로 떠올라 빙글 한 바퀴 회전하더니 좁은 갑판 위에 내려섰다.

'적당한 곳에서 기다려 보기로 하자.'

고검이 내심 결심을 굳히며 고개를 들어 선실 지붕 위를 바라봤다. 보통의 배라면 배의 가장 위에 망루를 설치하는 것이 일반적인 일이었지만 어쩐 일인지 암옥귀선에는 그런 망루가 설치되어 있지 않았다.

고검의 몸이 가볍게 선실의 벽을 타고 오르기 시작했다. 그리고 그의 신형은 금세 선실의 지붕 위에 다다랐다.

지붕은 둥근 타원형으로 만들어져 있었는데 어떤 구조물도 설치되어 있지 않아 몸을 숨길 만한 곳을 찾기 힘들었다. 하지만 또한 감시의 눈도 없어 그저 지붕 한가운데 앉아 있기만 해도 사람들의 눈에 띌 염려는 없어 보였다.

'별빛을 벗 삼아 시간을 보내야겠군.'

고검이 씁쓸한 미소를 지으며 경사가 완만해지는 지점에 한 발을 내디뎠다. 그런데 그 순간 고검의 발이 얼어붙듯 정지했다.

'이건!'

발밑으로 느껴지는 미세한 감각… 분명 자신이 밟고 있는 지점이 미약하게 아래로 내려가는 듯한 느낌이었다. 그리고 연이어 그의 발을 통해 선실 안쪽에서 울려지는 작은 종소리의 떨림이 느껴졌다.

'기관이 있었구나. 물러나야 한다.'

고검의 두 발에 공력이 모였다. 동시에 그의 신형이 선실 지붕을 박차고 허공으로 솟구쳤다.

슈슈슉!

그 순간 아무 구조물도 보이지 않던 암옥귀선의 지붕이 여기저기서 하늘을 향해 열리더니 그 안으로부터 다섯 명의 검은 인영들이 허공으로 솟구쳤다.

"웬 자냐? 감히 암옥귀선을 염탐하다니!"

싸늘한 추궁이 지붕 위로 솟구치는 인영들 사이에서 터져 나왔다.

그러나 고검은 상대의 호통에 아랑곳 않고 몸을 날렸다. 일단 선실 지붕을 벗어난 그의 신형이 먹이를 향해 날아드는 한 마리 독수리처럼 수직으로 수면을 향해 떨어져 내렸다.

풍덩!

얼음장처럼 차가운 물이었지만 고검은 망설이지 않고 호수 속으로 뛰어들었다. 동시에 물속에 들어간 그의 신형이 어둠에 묻혀 사라졌다. 그런데 잠시 후 또다시 수면이 요동쳤다.

슈슈슉!

고검을 향해 날아올랐던 다섯 명의 고수가 고검의 뒤를 따라 연이어 물속으로 뛰어들었던 것이다.

슈우욱!

고검의 신형은 빠르게 물속을 헤집어 나가고 있었다. 공력은 최대한 끌어올려진 상태였으므로 그의 움직임은 물고기보다 빨랐다.

'보통 인물들이 아니다!'

그러나… 고검은 자신의 뒤쪽에서 느껴지는 다섯 개의 살기를 온몸으로 느낄 수 있었다. 그 다섯 개의 살기는 놀랍게도 고검과의 거리를 서서히 좁히고 있었다.

'내 무공이 이렇게 약했던가?'

바쁘게 손발을 움직이는 와중에도 고검이 고개를 갸웃거렸다. 분명 자신은 최대한의 공력을 끌어올려 몸을 움직이고 있건만 상대는 시간이 갈수록 자신과의 거리를 좁히고 있지 않은가?

하지만 다음 순간 고검이 고개를 저었다.

'공력이 부족한 것이 아니다. 저자들은 물에 능한 수공의 달인들이 분명하다.'

고검은 금세 상대의 무공을 파악했다. 수공의 달인이라면 고검의 공력이 아무리 높다 하더라도 그와의 거리를 좁힐 수 있는 능력이 있을 터였다.

'땅 위에서 그들을 상대해야 한다.'

수공의 달인들과 물속에서 드잡이질을 할 수는 없었다. 그리고 다행스럽게도 상대의 물질이 뛰어나긴 하지만 고검이 땅에 닿을 동안 따라잡힐 정도는 아니었다.

그렇게 한밤중에 벌어진 수중의 추격전은 어느새 고검의 눈앞에 다가온 땅 그림자를 앞에 두고 끝이 나고 있었다.

파아악!

고검의 신형이 물을 벗어나 허공으로 솟구쳤다. 그리곤 순식간에 호수와 맞닿아 있는 숲으로 사라졌다.

"쫓아라! 반드시 잡아야 한다!"

단호한 말소리와 함께 다섯 명의 고수가 솟구치는 비룡처럼 호수 면을 박차고 날아올랐다. 그들은 고검이 움직인 숲으로 거침없이 뛰어들었다. 움직이는 일보 일보에 자신감이 깃들어 있어 기세로 보아서는 고검을 따라잡을 충분한 여유가 있어 보이는 행보였다.

'이쯤에서…….'

고검이 거친 숨을 몰아치며 좌우의 높이가 이십여 장에 이르는 협곡에서 신형을 돌렸다. 상대를 제압할 필요는 없었다. 상대의 추격을 막으면 그것으로 족한 싸움이 될 터였다.

'또한 그들의 진면목을 확인할 필요도 있겠지.'

적지 않은 호승심이 고검의 가슴속에 차올랐다.

사사삭!

깊은 밤 풀잎 스러지는 소리가 들려왔다.

'왔군.'

고검의 전신이 긴장으로 팽팽해졌다. 작금에 이르러 무공에는 자신이 있었지만 상대는 다섯이었다. 더군다나 암옥귀선에 타고 있는 자들이라면 암옥사자들일 가능성이 많았다. 암옥의 사자들은 하나같이 절정에 이른 무공을 지니고 있다지 않은가.

스르릉!

여태껏 검집에 머물러 있던 마검이 천천히 검집을 벗어났다. 그리고 서서히 일격필살의 기세로 밤하늘을 향해 세워졌다.

파팟!

상대의 기척이 바로 눈앞에서 느껴졌다. 순간 고검은 망설임없이 마검을 내리그었다.

쩌어억!

한밤의 고요를 깨뜨리며 아름드리나무의 허리가 꺾여졌다.

"웃!"

동시에 기겁성을 발하며 고검을 추격하던 다섯 명의 고수가 사방으로 산개했다.

"놈!"

하지만 그들의 후퇴는 일시적인 것에 지나지 않았다. 차가운 노성이 터져 나오고 뒤로 물러서던 오 인이 사방으로 산개하며 고검을 향해 달려들었다. 그중 몇몇은 양편 협곡의 절벽을 타고 고검의 머리 위로 몸을 날리고 있었다. 퇴로를 차단하려는 의도.

'그렇게는…….'

고검의 신형이 순식간에 오 장여 뒤로 물러났다. 정확히는 절벽을 타고 자신의 배후로 떨어져 내리려던 자들이 착지하려는 지점에서 고검의 신형이 멈췄다. 그리고 다시 한 번 그의 마검이 아래에서 위로 그어졌다.

웅!

마검의 검신은 짙은 묵빛, 그 검을 통해 발산되는 검기 또한 검은 기운을 머금고 있었다. 한밤중에 만들어지는 검은색 검기는 그것을 상대하는 사람에게는 곤혹스럽기 이를 데 없는 무기였다.

검기는 마치 은밀히 찾아드는 암기처럼 절벽에서 떨어져 내리는 사내를 향해 다가들었다.

"앗!"

사내의 입에서 다급한 외침이 흘러나왔다.

팟!

순간 고검의 마검이 사내의 어깨를 베고 지나갔다. 비릿한 혈향! 사내는 고검의 일검에 어깨를 내주고 말았던 것이다. 하지만 부상을 입은 사내의 신형은 아래로 떨어지지 않고 오히려 자신이 날아 내리던 절벽을 타고 다시 떠오르기 시작했다.

퍼퍼퍽!

동시에 그의 발끝에 채인 절벽에서 기이한 소리가 흘러나오며 돌 부스러기들이 땅 위로 떨어져 내렸다.

'이건!!'

순간 고검의 눈이 번쩍였다. 사내가 그의 공격을 받고도 다시 절벽 위로 떠오른 것은 사내의 공력이 뛰어나기 때문만은 아니었다. 고검의 시선이 사내가 지나간 절벽에 머물렀다. 그리고 그의 눈은 사내가 절벽에 만들어낸 흔적을 놓치지 않았다.

'육 소저가 타고 있던 소선에 남겨진 흔적과 같다.'

일정한 간격으로 마치 정으로 쪼아 만든 듯한 흔적들… 실종된 육초초가 타고 있던 배의 옆면에도 괴물은 이런 흔적을 남겼었다.

'이자들인가?'

고검이 생각 한 올을 머릿속에 떠올리는 순간 어깨에 부상을 입고 뒤로 물러난 사내 대신 사 인의 추격자가 동시에 날아들었다. 덕분에 고검의 생각은 더 이상 이어지지 않았다.

고검의 마검이 거무스름한 검기를 만들어내며 순식간에 십자로 그어졌다. 그 검기의 끝에 네 명의 적이 있었다.

차차창!

처음으로 검과 검이 맞부딪쳤다. 칠흑 같은 어둠 속에 몇 가닥의 불꽃이 튀어 올랐다. 동시에 한순간 엉켜들었던 고검과 추격자 사 인의 신형이 일정한 거리를 만들며 멀어졌다.

"대단하구나. 암옥귀선에 오를 만한 실력이다."

상대의 입에서 감탄의 말이 흘러나왔다. 하지만 고검은 입을 열지 않았다. 지금은 상대에게 한 올이라도 자신의 목소리를 남기지 않는 것이 좋았다. 혹여라도 자신의 정체가 드러나 무불장의 고검이 암옥귀선에 올랐다는 소문이라도 난다면 자칫 무림 공적으로 몰릴 수도 있었다.

'더불어 이 청부업도 더 이상 못해먹겠지. 그리되면 어디서 돈을 벌어 사모와 천화가 쓸 돈을 마련하겠는가?'

이런 정도의 생각을 할 정도면 고검은 아직 추격자를 상대하는 데 여유가 있다는 말이었다.

"대답이 없는 것은 스스로 떳떳치 못함을 시인하는 것인가?"

하지만 여전히 고검은 대답이 없다.

"광동육마를 찾아왔느냐?"

순간 고검의 입가에 빙긋 미소가 지어졌다.

'그리 생각해 주면 좋고… 하지만 난 이쯤에서 가야 할 듯하군.'

고검의 표정이 다시 굳어지며 그의 마검에 다시 공력이 실렸다.

파팟!

그리고 순식간에 마검이 허공을 그어댔다.

구구쿵!

거대한 폭음이 일어났다. 동시에 마검이 그어진 협곡의 양 편에서 돌덩이들이 무너져 내리기 시작했다. 덕분에 바위에 겨우 뿌리를 박고 있던 나무들까지 무너져 내리는 바위와 함께 쏟아져 내려 고검과 추격자들 사이가 순식간에 돌과 나무들로 가득 찼다.

협곡이 가로막히는 사이 고검은 이미 몸을 빼고 있었다. 추격자들이 무너져 내린 돌더미들을 넘어 고검을 추격하려 할 때쯤이면 이미 그는 추격자들의 시야 밖에 있을 터였다.

스스슥!

　바위와 나무로 추격자들의 발을 묶은 고검이었지만 숲을 달려나가는 속도는 조금도 줄어들지 않았다. 암옥귀선에서 나온 추격자가 그들 다섯이 전부라고 확신할 수도 없을뿐더러 그가 암옥귀선에 침입하려 할 때 숲에서 보았던 노인의 존재가 그의 머리에 남아 있었다.

　'내 판단이 잘못된 것이었나? 분명 암옥의 고수라고 생각했었는데… 추격자들과 겨룰 때 모습을 보이지 않았다는 것은 암옥의 사람이 아니라는 말인가?'

　고검이 내심 노인의 정체를 고민하고 있을 때 갑자기 그의 눈이 번쩍였다.

　'왔다.'

　고검의 신형이 우뚝 멈춰 섰다. 그리곤 머리에 쓰고 있던 검은색 두건을 내려 얼굴을 가렸다. 이미 노인이 자신의 정체를 알고 있다고 하더라도 자신의 얼굴을 그대로 드러낼 수는 없는 문제였다.

　"기다린 보람이 있군."

　노인이 나직한 목소리로 말했다. 입고 있는 흑의는 제법 기품이 있었으나, 얼굴은 거센 풍파를 살아온 것을 증명이라도 하듯 험했다. 뺨 이쪽에서 저쪽으로 난 자상은 나이가 들어 생긴 주름 속에 묻혀서도 섬뜩한 분위기를 자아냈다. 그럼에도 눈은 맑고 풍채는 여유로웠다. 강호의 세파를 이겨낸 자만이 지닐 수 있는 여유……

　노인은 고수였다.

"이름부터 들어볼까?"

노인이 고검을 보며 물었다. 마치 새로 사귈 친구에게 묻 듯이… 고검은 그런 노인을 깊은 눈으로 바라보고 있었다. 청부업을 하면서 숱한 고수를 만나봤지만 지금 눈앞에 있는 노인만큼 대단한 기도를 지닌 고수를 만난 기억은 흔치 않았다. 고검은 노인의 물음에 끝까지 답을 하지 않았다. 그러자 노인이 지루함을 견디지 못하고 다시 입을 열었다.

"말을 안 해도 짐작 가는 인물이 있네. 물론 자네의 얼굴을 가리고 있는 두건을 벗겨 확인하기 전에는 자네가 그라고 말하지는 않겠네. 하지만 난 자네가 내게 그런 수고를 하도록 하지 않았으면 좋겠네만……."

노인은 고검을 제압하고 그의 두건을 벗겨낼 자신이 있는 모양이었다. 그 순간 두건 아래로 드러난 고검의 입술에 작은 미소가 생겨났다. 그 미소의 의미를 노인은 도전으로 받아들였다.

"해볼 테면 해보라는 말인가? 그렇다면 어쩔 수 없지. 과연 강호제일청부사의 솜씨가 어떠한가를 직접 확인해 볼밖에!"

노인의 목소리가 좀 전과 다르게 차가워졌다. 순간 고검의 눈빛도 한기를 내보이기 시작했다.

'역시 날 알고 있어. 하지만 노인, 당신은 날 알고 있다는 사실을 너무 일찍 알려주었구려.'

고검이 마검을 든 손에 힘을 줬다. 노인이 자신의 정체를 알고 있다면 그 또한 노인의 정체를 알아내야 했다. 그리고 노인이 자신이 암옥귀선에 침입한 사실을 강호에 알려 문제를 만들 인물이라면 어쩌면 오늘 그는 피를 봐야 할지도 몰랐다.

"한판 겨뤄보자는 말이군. 좋아, 원하는 대로 해주지. 하지만 일단 도검을 맞댄 이상 목숨을 걸어야 할 걸세."

노인의 경고에 고검이 가볍게 고개를 끄덕였다. 그러자 노인의 낯빛이 순식간에 변했다. 그리고 다음 순간 노인이 자신의 두 팔을 가볍게 털어냈다. 그러자 어느새 노인의 손이 있던 자리에는 기이한 병기가 대신 모습을 드러내고 있었다.

손등을 타고 이어진 갈퀴 모양의 병기, 한쪽 손에 각각 세 갈래로 갈라진 갈퀴가 모습을 드러냈고, 갈퀴 끝은 작살 모양으로 날카롭게 벼려져 있었다. 병기는 투명한 검은빛으로 번들거렸는데 그것은 그 병기의 재질이 무척 단단한 강철임을 말해주고 있었다.

'기병이군.'

고검이 생각하는 사이 노인은 어느새 움직이고 있었다.

'대단하다!'

내심 고검의 머릿속에서 탄성이 흘러나왔다. 단 한 번 선보인 노인의 보법으로도 고검은 상대가 얼마나 무서운 인물인지를 단번에 알아차린 것이다. 노인의 보법은 거친 물속을 유영하는 물고기처럼 여유로웠다. 하지만 그러면서도 눈으로 잡을 수 없을 만큼 빨라 고검이 노인이 움직였다고 느끼는 순간 노인은 어느새 고검 앞에 다다라 일수를 떨쳐 내고 있었다.

쉬익!

기이한 병기에서 기이한 소음이 일어났다. 노인은 마치 갈퀴 모양의 병기로 고검의 가슴을 할퀴듯 휘둘러 댔다. 그러자 갈퀴 모양의 병기를 따라 세 갈래의 검은 기파가 생겨났다. 노인의 무공은 병기로 유형의 내기를 만드는 경지에 올라 있었던 것이다.

그긍!

고검이 재빨리 몸을 틀며 노인의 공세를 피하는 동시에 어느새 뽑아 든 마검으로 노인이 만들어낸 기파를 걷어냈다.

"좋구나. 과연 암옥귀선에 오를 만한 실력이다."

노인의 입에서 감탄사가 흘러나왔다. 하지만 고검은 입을 열지 않았다. 본시 고검은 싸움에 임해서는 상대와 거의 말을 주고받지 않았다. 강호에는 상대의 심기를 어지럽히기 위해 끊임없이 상대를 향해 입을 여는 무인들도 있었지만 고검은 오직 상대와 자신의 검에만 집중하는 편이었다.

슈욱!

한 번의 공격을 막아낸 고검이 즉시 마검을 대각선으로 그으며 반격을 가했다. 땅 끝을 훑은 검은 검기가 전광석화처럼 노인의 몸통을 사선으로 자르며 날아갔다.

순간 노인이 자신을 향해 아수라처럼 날아드는 마검의 검기를 두 손에 달린 기병으로 엇갈리며 막아냈다.

차창!

경쾌한 타격음이 어둠을 뚫고 퍼져 나갔다.

"음……!"

노인의 입에서 진중한 신음성이 흘러나왔다. 서로의 격돌에 의해 두 사람은 각자 이삼 장씩 뒤로 물러나 둘 사이의 거리는 오 장으로 늘어났다.

"놀랍구나. 설마 나를 뒤로 물러나게 할 줄이야."

노인의 입에서 감탄인지 자괴인지 모를 말이 흘러나왔다. 하지만 다음 순간 그의 눈에 시퍼런 마광이 일렁이기 시작했다.

"또다시 패배를 맛보고 싶지 않다. 내 일생에 패배는 한 번이면 족해……."

그것은 고검에게 하는 말이 아니었다. 노인 스스로에게 다짐하듯 던져 낸 말이었다.

"오늘 지난 이십 년 적공을 모두 풀어보리라."

노인의 신형이 갑자기 거대하게 부풀어 오르기 시작했다. 사람의 몸이 순식간에 커질 수는 없는 일, 고검은 노인이 자신의 모든 공력을 끌어올리고 있다는 것을 깨달았다. 고검의 눈이 깊게 가라앉았다.

"싸움의 기선은 패기로서 잡을 수 있지만 승리를 얻기 위해선 패기보다 침착함이 우선이다."

싸움에 임하면 기세가 비약적으로 강해지는 고검을 보고 과거 천검 능운백이 한 말이었다. 지금 고검은 자신의 기세를 애써 억누르고 있었다. 강한 상대를 보면 자신도 모르게 타오르

는 승부욕, 유년 시절 가문의 멸문을 경험한 고검의 본성 깊은
곳에 도사리고 있는 승부욕이었다. 그 승부욕이 오늘의 고검
을 만들었지만 또 싸움에 임해서는 치명적인 약점으로 작용할
가능성이 많았기에 천검 능운백은 항시 그런 고검의 성정을
경계시켰던 것이다.

고검은 그렇게 의도적인 침착함을 유지하며 노인을 살피고
있었다. 노인은 일단 자신의 모든 공력을 끌어올리자 지금까
지와는 전혀 다른 분위기의 인물로 변했다.

그동안 노인은 비록 고검을 막아서기는 했지만 소탈한 모습
으로 고검을 대해왔었다. 그런데 지금 고검 앞에 두 팔을 벌리
고 우뚝 서 있는 노인은 마치 지옥에서 올라온 야차와 같은 기
세를 뿜어내고 있었다.

'마공을 익힌 자였던가?'

고검의 머릿속에 내심 의문이 떠올랐다. 처음 일합의 격돌
을 했을 때는 분명히 보이지 않았던 마기가 지금 급변한 노인
의 기세에선 은은하게 흘러나오고 있기 때문이었다. 하지만
다음 순간 고검이 가볍게 고개를 저었다.

'마기(魔氣)면 어떠한가? 상대는 그저 무인일 뿐이다. 그리
고… 가급적 승부를 빨리 보아야 한다. 그들은 이미 협곡을 넘
었을 거야.'

고검의 생각이 협곡의 장애물에 막혀 있던 추격자들에게 미
쳤다. 강호의 고수들이 협곡의 장애물을 넘어 다시 추격에 나
서는 데에는 그리 길지 않은 시간이 걸릴 것이다.

그렇게 고검의 머릿속에 몇 가지 생각들이 바람처럼 스치고 지나갈 때 드디어 노인이 움직였다.

우우웅!

노인이 가해오는 일수 일수가 마치 거대한 창을 꽂아대는 듯 묵직하면서도 날카로웠다. 노인의 양손에 매달린 두 개의 갈고리는 작았지만 노인의 공력이 그 병기의 위력을 장병인 창에 못지않게 강력하게 만들고 있었다.

쩡!

기와 기가 허공에서 격돌했다. 그리고 이번에는 그 누구도 뒤로 물러서지 않았다. 두 사람은 허공에 떠오른 채 순식간에 십여 초를 교환했다. 그리고 그 이후에야 두 사람의 발이 땅에 닿았다.

하지만 승부는 나지 않았다. 두 사람은 여전히 상대에게 치명적인 일격을 가하지 못하고 있었다. 두 사람의 표정도 거의 같은 모습으로 어두워졌다.

노인은 자신의 모든 공력을 뽑아내고도 고검을 제압하지 못한 것에, 고검으로서는 노인과의 승부가 한없이 길어질 수도 있다는 초조감에 얼굴빛이 굳어졌다.

'승부를 보자면 그것을 펼쳐야겠지만… 그것을 펼치기 위해선 내 전 공력을 뽑아내야 한다. 적의 추격이 있는 상태에서 전 공력을 승부에 소비하는 것은 모험이다. 그렇다면……'

갑자기 고검의 신형이 허공으로 솟아올랐다.

'사제의 도움을 받는 수밖에!'

"도망을!"

노인이 고검이 몸을 날리는 것을 보고는 안면을 씰룩였다. 승부에 대한 욕망이 아직 노인에게 남아 있었다. 그는 고검을 결코 이대로 보내고 싶지 않았다.

"그대로 보내지 않는다!"

노인의 입에서 차가운 노성이 흘러나왔다. 그리고 그의 신형이 고검을 따라 어두운 밤하늘로 솟구쳤다.

추산은 수림이 우거진 작은 능선 위에서 호수 쪽으로 이어진 숲을 바라보고 있었다. 어두운 숲을 바라보고 있는 추산의 표정은 그리 밝지 않았다.

'충돌음이 들려온 것이 이미 오래됐는데… 사형이 누군가와 격돌한 것이 분명해. 그런데 왜 이렇게 늦는 것인가? 설마 암옥귀선에 사형의 무공에 버금가는 고수가 있었단 말인가?'

추산은 고검의 무공을 알고 있었다. 사형 고검은 이미 사부의 경지에 올라 있었다. 그러므로 그런 사형을 당할 자가 강호에 극히 적다는 것 또한 알고 있었다. 그런데 적들과 교전한 것이 분명한 고검의 모습이 너무 오랫동안 나타나지 않고 있었다. 싸움이 시작되는 소리가 들린 시간을 계산하자면 이미 자신이 기다리고 있는 이곳에 도착했어야 할 시간이었다.

"오는군요."

갑자기 그의 뒤에서 미심의 목소리가 들려왔다. 하지만 추산의 눈에는 여전히 고검의 모습이 보이지 않고 있었다. 추산의 눈이 살짝 찌푸려졌다.

'제길, 미 부인의 공력조차 나와는 차이가 있단 말인가?

무불장의 고수들이 자신보다 강한 무공들을 소유하고 있다는 것은 추산 역시 알고 있었다. 하지만 그중 가장 약하게 생각했던 미 부인조차 자신이 발견하지 못한 사형의 기척을 발견할 거라고는 미처 생각지 못한 추산이었다. 그러나 더 이상 자신의 무공이 낮음을 한탄하고 있을 수는 없었다. 어느새 그의 눈에도 멀리 보이는 숲 쪽에 나타난 두 줄기의 검은 그림자가 들어왔기 때문이다.

"쫓기고 있는 듯하군요."

미심이 다시 입을 열었다.

"사형이 누구에게 쫓기기야 하겠어요? 다만 사형은 제가 설치한 진을 이용하고 싶을 뿐일 거예요."

"듣고 보니 그렇군요. 장주가 누구에게 쫓길 사람은 아니죠."

"준비해야겠어요. 어떤 자를 달고 왔는지……."

그 말을 남기고 추산의 신형이 연기처럼 장내에서 사라졌다. 미심의 모습 또한 어느새 사라지고 없었다.

고검은 어느 순간부터 한쪽을 향해 일정하게 꺾여진 나뭇가지들을 따라 움직이고 있었다.

"꺾여진 나뭇가지들만 따라오셔야 해요. 그렇지 않으면 자칫 사형도 길을 잃을 수 있어요."

추산이 암옥귀선을 향해 떠나가는 고검을 향해 자신이 설치한 진에 들어섰을 때의 움직임을 설명한 말이었다.
'어디 사제의 실력을 한번 볼까?'
고검의 입가에 작은 미소가 지어졌다. 이렇게 두 사형제가 함께 힘을 합쳐 일을 하는 것만으로도 고검은 가슴 한쪽이 푸근해짐을 느꼈다. 그에게는 능천화라는 아내와 사부, 그리고 설연장의 식구들이 있었지만 사제 추산에 대해 느끼는 감정은 조금 다른 것이었다. 고검은 추산을 통해 과거 고가장의 멸문으로 잃어버렸던 이떤 형제애 같은 감정을 다시금 느끼고 있는지도 몰랐다.
꺾여진 나뭇가지가 고검을 하나의 커다란 바위로 이끌고 있었다. 고검의 입가에 다시금 미소가 지어졌다.
'처음 만날 때의 바로 그 진이군.'
고검이 망설이지 않고 나뭇가지가 가리키는 바위를 향해 돌진했다. 그리고 순식간에 그의 신형이 바위 속으로 사라졌다. 그리고 잠시 후 그 바위 앞에 고검을 추격하던 노인의 신형이 나타났다. 그리곤 그의 신형이 굳은 듯 멈춰 섰다.
"음……!"
노인의 입에서 작은 신음성이 흘러나왔다. 지금껏 꼬리를 놓치지 않고 추격해 온 고검의 신형이 씻은 듯 사라졌기 때문이다.

"또다시 놓쳤단 말인가?"

노인의 입에서 허탈한 음성이 흘러나왔다. 고검이 암옥귀선에 침입하려 할 때도 한 번 고검의 흔적을 놓쳤던 터라 이번에는 무척 신중하게 고검의 뒤를 쫓고 있었던 노인이었다. 그런데 또다시 고검의 흔적을 놓쳤던 것이다.

"과연 천검의 제자군. 이 이철극의 추격을 따돌리다니… 헛허, 이것 참 복잡하게 되었군. 그를 반드시 잡았어야 하는데, 이리돼서야 날 강호로 내보낸 옥주의 기대를 저버리는 꼴이 되고 말았군."

노인이 주변을 둘러보며 중얼거렸다.

"어쩔 수 없군. 내가 강호로 나와 귀선을 따르고 있던 것은 아무도 모르는 일이니 귀선의 사자들을 불러 그를 추격할 수도 없는 일이고. 그런데 과연 그는 귀선에서 마 공자가 벌인 일들을 알아냈을까? 그렇다면 더욱더 일이 복잡해지는데……."

노인은 잠시 그 자리에서 서서 고개를 떨구고 무엇인가를 생각하다가 이내 고개를 저으며 입을 열었다.

"이렇게 된 이상 어쩔 수 없군. 일단 암옥으로 돌아가는 수밖에. 마 공자가 벌인 일의 파장이 적지 않을 테니 서둘러 옥주께 알려 향후의 일을 대비하는 것이 옳을 것이다. 더군다나 무불장의 그 젊은 장주가 이 일의 전모를 눈치 챘다면 자칫 암옥은 큰 위기에 처할 수도 있으니. 아아, 마 공자! 그대는 정녕 당신의 아버님이 수십 년 각고의 노력으로 이룩한 것들을 사상누각으로 만들어 버리려 하시는구려.”

노인이 나직한 탄식을 흘려내더니 몸을 날려 장내를 벗어났다. 그런데…

“이런!”

노인이 사라진 장내에 노인의 목소리가 들려오더니 이내 노인의 모습이 다시 바위 앞에 나타났다.

“진(陣)이었구나!”

노인의 입에서 낭패한 음성이 흘러나왔다. 그리곤 잠시 주변을 둘러보더니 이내 진중한 음성으로 입을 열었다.

“대화 좀 나누세.”

추산이 노인의 모습을 살피고 있다가 곁에 서 있는 고검을 돌아보며 말했다.

“이제야 자신의 처지를 깨달은 모양인데요?”

그러자 고검이 고개를 끄덕였다.

“역시 사제의 진법은 대단하구나. 저런 고수를 단번에 가두어 버리다니…….”

“헤헤, 제가 대단한 게 아니라 나의 첫 번째 사부께서 대단하신 거죠. 저야 뭐 그저 배운 대로 시전할 뿐이고요.”

“배운 것을 제대로 시전하는 사람이 세상에 얼마나 되겠느냐? 더군다나 넌 네 첫 번째 사부로부터 직접 진법을 전수받은 것이 아니라 그분이 남긴 서책을 통해 진법을 익힌 것이 아니더냐?”

“물론 그런 면에서는 제가 제법 똑똑한 면이 있죠.”

추산이 고개를 끄덕였다.

“그나저나 그가 대화를 요청하는구나.”

고검이 추산을 보며 말했다. 그러자 추산이 되물었다.

“어떻게 할까요?”

“우리의 위치와 정체를 숨긴 채 그와 대화할 수 있겠느냐?”

“제가요?”

“그럼, 이 진은 네가 설치한 것이 아니냐? 더군다나 넌 거래에 있어서는 나보다 낫고 말이야. 이미 오래전 천자산에서 강호의 일류고수들과 거래를 한 네가 아니더냐?”

“알았어요. 사형, 그런데 무슨 이야기를 나눠야 하죠?”

“먼저 그의 정체를 알아야겠지.”

“그 스스로 이철극이라고 했잖아요. 이철극이라면 신주마악불위에게 패퇴한 수어왕이란 자고요.”

“우리가 알아야 할 것은 지금 그가 누구를 위해 일하고 있느냐는 것이다.”

“그야 당연히 암옥주 귀왕 마천을 위해서 일하고 있겠죠. 그 스스로 암옥주를 언급했잖아요.”

“난 그 모든 것을 그에게 확인받고 싶구나. 만약 정말 그가 과거의 수어왕 이철극이고 지금 암옥주를 위해 일하고 있다면 그다음에는 당연히 그에게 기련장 육 소저의 행방을 물어야겠지."

고검의 말에 추산이 고개를 끄덕였다.

"당연히 그의 목숨을 가지고 거래를 해야겠죠?"

그러자 고검이 고개를 저었다.

"그보다는 소문을 가지고 거래를 하는 게 빠를 게다. 암옥의 사자들이 강호마인을 인계하는 일 말고 육 소저를 납치한 일에 관여했다는 것을 강호에 알리겠다면 그는 아마도 굴복하지 않을 수 없을 것이다."

"하지만 그건 확실한 사실은 아니잖아요."

"사람이 언제나 확실한 것만 가지고 거래를 할 수는 없지 않느냐?"

"하하, 이제 보니 사형도 장사의 원리를 알고 계시는군요. 알았어요. 제게 맡기세요. 이제 그동안 무슨 일이 있었는지 알아보자구요."

추산이 고검에게 고개를 끄덕여 보이고는 이내 진(陣) 속에 갇힌 채 상대의 대답을 기다리고 있는 노인을 향해 입을 열었다.

"대화를 하자고요?"

추산의 입에서 흘러나온 목소리가 진을 통과하면서 기이한 음색으로 변하며 노인에게 들려왔다. 순간 주변을 두리번거리던 노인의 시선이 멈췄다. 하지만 그는 상대의 음성이 어디에서 들려오는지 알 수 없었다. 하지만 일단 상대가 자신의 말에

응답을 했으니 노인으로서는 그것만으로도 만족스런 결과였
다.

"나와 일검을 겨루던 자넨가?"

노인이 되물었다.

"그렇소."

추산이 한껏 무게를 잡은 목소리로 대답했다.

"좋아, 정말 대단한 함정을 만들어놨군. 물론 아무 준비 없
이 암옥귀선에 침입했으리라고는 생각지 않았네. 묻겠네. 자
넨 누군가? 내가 짐작하는 대로 무불장의 젊은 장주가 맞는
가?"

"하하하! 노선배, 질문은 내가 하겠소. 노선배는 내 질문에
대답이나 하시구려."

추산이 짐짓 호기롭게 웃음을 터뜨리며 말했다. 그러자 노
인의 눈빛이 살짝 흔들렸다.

"나와 싸우던 자가 아니군. 비록 목소리를 변화시켰다 해도
기도는 변하지 않는 법, 나와 싸우던 자는 이렇게 가벼운 인물
이 아니었지."

그러자 추산이 인상을 구기며 고검에게 속삭였다.

"제길, 노인네가 눈치는 빠르네요."

"본시 늙은 생강이 매운 법이다."

고검의 말에 추산이 어깨를 으쓱거리고는 다시 노인을 향해
입을 열었다.

"내가 누군지는 나중에 자연히 알게 될 거요. 그러니 먼저

내 질문에 답이나 해주시기 바라오.”

그러자 노인이 잠시 생각에 잠겼다가 이내 고개를 끄덕였다.

“좋아. 묻고 싶은 것이 있다면 먼저 물어보게.”

“먼저 노선배의 이름을 알고 싶소.”

“이미 진 속에서 듣고 있지 않았던가?”

“물론 그렇긴 하지만 본인의 입으로 직접 듣고 싶군요.”

“알겠네. 이미 들은 이름 다시 한 번 말해주는 것은 어려운 것이 아니지. 난 이철극이라는 사람일세.”

“노선배가 과거 수어왕이라 불리던 바로 그 사람이 맞소?”

“수어왕이라… 오랜만에 들어보는 별호로군. 하여튼 맞네. 내가 바로 수어왕 이철극일세.”

순간 추산이 고검을 바라봤다. 그리곤 나직이 중얼거렸다.

“과연 그는 수십 년 전 사라진 수어왕 이철극이 맞네요. 오늘 우린 놀라운 인물을 만난 건가요?”

그러자 고검이 빙긋 미소를 지었다.

“그렇다고 할 수 있지.”

“헤헤, 운이 좋네요. 그럼 어디 본격적으로 그에 대해 물어볼게요.”

추산이 고검에게서 시선을 돌려 다시 이철극을 향해 말을 던졌다.

“과연 수어왕이셨군요. 강호의 전설적인 고수를 만나게 되어 무척 반갑습니다. 그런데 노선배께서는 암옥을 위해 일하고 계십니까?”

순간 수어왕 이철극의 표정이 차갑게 굳어졌다. 하지만 그
는 대답을 회피하지는 않았다. 그의 고개가 무겁게 아래위로
흔들렸다.
"그렇다. 난 암옥의 제왕을 위해 일하고 있다."

第七章

거래, 암옥으로

孤劍秋山

　수십 년 전 천하칠대고수의 영역에 도전했던 수어왕 이철극이 천하팔대고수에 오른 신비마인 신주마 악불위에게 패한 후 암옥주 귀왕 마천에게 몸을 의탁했다는 것은 확실히 놀라운 일이었다.

　아무리 암옥주 귀왕 마천이 천하팔대고수의 일인이라 하더라도 그에 버금가는 무공을 인정받았던 수어왕 이철극이 귀왕 마천에게 스스로 머리를 숙이고 들어간다는 것은 그의 명성에 걸맞지 않은 행동이었던 것이다.

　그래서 그 모든 사실들을 짐작하고 있었으면서도 고검과 추산은 수어왕의 입을 통해 확인된 그의 행보에 놀라지 않을 수 없었다.

"그럼 노선배도 암옥사자인가요?"

추산이 정신을 추스르며 재빨리 물었다. 한번 대답의 물꼬가 터졌을 때 알고 싶은 것을 모두 알아내는 것이 또한 대화의 기술이다.

"난 비록 암옥주께 몸을 의탁하고 있지만 암옥사자로 활동하지는 않았다."

수어왕 이철극이 가볍게 코웃음을 치는 듯한 표정으로 말했다.

'그렇겠지. 당신 같은 고수가 암옥사자 노릇을 하고 있지는 않겠지.'

추산이 상대의 표정에 고소를 흘려내고는 다시 질문을 던졌다.

"좋습니다. 그럼 다른 것을 묻죠. 노선배는 이 악양의 동정호에서 벌어진 기련장 육 소저의 실종 사건에 대해 알고 계십니까?"

"물론 알고 있다. 그 일은 강호 전역의 관심산데 내가 어찌 모르겠느냐?"

'흐흐. 늙은이, 내가 지금 그걸 묻고 있는 건 아니잖아.'

추산이 내심 이철극에게 쏘아붙이며 다시 물었다.

"그럼 노선배께서는 그 일이 사실은 괴물이 아니라 사람에 의해 일어난 일이라는 사실도 알고 계십니까?"

"호오! 그렇던가?"

이철극이 짐짓 놀라는 듯한 표정으로 되물었다.

"지금까지 알아본 바로는 그렇더군요."

"그 밖에 무엇을 더 알고 있느냐?"

이번에는 이철극이 물었다. 그러자 추산이 머뭇거리지 않고 말했다.

"이 후배는 또한 이 일에 암옥귀선이 깊이 연관되어 있다는 것을 알고 있습니다."

그러자 이철극이 시퍼런 안광을 흘려내며 잠시 추산의 목소리가 들려온 곳을 찾으려는지 주변을 두리번거렸다. 하지만 추산이 설치한 자운 노사의 이 고절한 진법은 아무리 그가 수어왕 이철극이라 하여도 그 속에 포함된 미묘한 변화를 알아차릴 수 없는 것이었다. 그리하여 이철극은 잠시 후 추산을 찾는 것을 포기한 채 음울한 음성으로 입을 열었다.

"그 사실을 알고 있다는 것이 너를 얼마나 위험하게 만들지 알고 있느냐?"

이철극의 말에 추산이 고검을 돌아봤다. 두 사람이 짐작했듯 이번 기련장 육초초의 실종 사건이 암옥귀선에 타고 있는 인물들에 의해 저질러진 일이라는 것을 이철극의 입을 통해 확인한 것이다.

"이유를 알아봐라."

고검이 조용히 추산에게 말했다. 그러자 추산이 고개를 끄덕이고는 다시 이철극에게 질문을 던졌다.

"물론 암옥의 치부를 알고 있다는 것이 무척 위험하단 사실은 잘 알고 있지요. 더군다나 수어왕 이철극 노선배 같은 분이 암옥에 몸을 담고 계시니 자칫 잘못하면 이 후배는 소리 소문도 없이 강호에서 사라질 수도 있겠지요. 하지만 위험한 것은 이 후배만이 아니지 않습니까? 아마도 이 소문이 강호에 흘러나간다면 암옥과 암옥귀선의 전설은 더 이상 이어지지 않을 겁니다. 아니, 그보다도 수어왕 노선배 같은 분이 암옥에 있다는 사실이 지금껏 알려지지 않았다는 것만으로도 암옥은 천하 사패의 주목을 받게 될 겁니다.”

“지금 강호에 소문을 흘리겠다고 날 협박하는 것이냐?”

수어왕 이철극의 두 눈에서 노기가 흘러나왔다.

“노선배께서도 이 후배의 목숨을 가지고 위협을 하시는데 저 또한 그러지 못할 이유가 없지 않습니까?”

그러자 이철극의 눈이 다시 한차례 노기로 번들거리더니 이내 평상시의 안광을 되찾기 시작했다.

“휴, 과연 오늘날 본 암옥이 무척 곤경에 처하게 되었구나. 자, 이제 말해보라. 무불장의 젊은 장주, 그대가 원하는 것이 무엇인가? 암옥이 어찌하면 이 일을 비밀로 묻어둘 수 있겠는가?”

노인의 말에 추산의 안색이 변했다. 그리곤 다시 고검을 바라봤다.

“정말 보통 노인이 아닌데요. 아예 모든 걸 꺼내놓고 거래를 하자고 하네요. 우리 정체를 드러내라는 말과 함께요.”

고검도 이철극의 말을 듣고 있었으므로 그가 원하는 바가 무엇인지 추산의 말을 통하지 않아도 알고 있었다. 고검이 잠시 생각에 잠겼다. 과연 무불장의 장주로서 수어왕 이철극과 대화를 나눠도 좋을지 고민하고 있는 것이다.

'서로 진심을 이야기하자면 그게 좋겠지. 그는 사제의 진에 갇혀 있으니 최후의 순간에는 그를 제압할 수도 있을 테니까.'

고검이 입을 열었다.

"이젠 내가 나서마."

"그러실 때라고 생각했어요."

추산이 고검을 보며 고개를 끄덕였다. 그러자 고검이 추산의 어깨를 가볍게 토닥이고는 이내 이철극을 향해 입을 열었다.

"먼저 묻고 싶은 것이 있습니다. 도대체 왜 암옥에서 기련장의 육 소저를 납치한 것입니까?"

"그 이유는 묻지 말아주게."

이철극이 단호하게 대답하기를 거부했다. 그리고 다음 순간 이철극의 표정이 살짝 변했다.

"이제 보니 사람이 바뀌었군. 그대가 무불장준가?"

"말을 아끼시니 아직 서로의 모든 것을 터놓을 때는 아닌 것 같습니다."

고검이 냉랭하게 응대하자 이철극이 난감한 표정으로 대답했다.

"이 일은 비록 나 수어왕 이철극이라 할지라도 함부로 입에 올릴 수 없는 일이네. 그러니 이해해 주시게."

"이 일을 주관한 사람은 암옥주 본인이십니까?"

고검이 다시 물었다. 그러자 이철극이 천천히 고개를 저었다.

"암옥주께선 그리 경솔한 분이 아니시네."

"그렇다면 역시 암제의 독단적인 행사에 의해 일어난 일이군요."

"암옥귀선까지 다녀왔으니 당연히 그 정도는 알고 있으리라 생각했네."

"도대체 암제는 무슨 생각으로 이런 일을 벌인 것입니까? 이 일이 강호에 알려지면 암옥은 치명적인 타격을 받을 텐데요. 아마도 지금까지 천하사패가 인정했던 암옥의 권한이 사라질지도 모릅니다."

그러자 수어왕 이철극도 곤혹스러운 표정으로 입을 열었다.

"나도 그것을 알 수가 없다네. 내가 아는 암제는 암옥주보다도 심기가 깊은 사람인데… 흠… 몇 년 전부터 그자들과 가까이 지내는 것을 막았어야 했는데……."

말을 하는 도중에 이철극이 흠칫하며 입을 닫았다. 아마도 고검과 이야기를 나누는 도중에 자신이 생각지도 못했던 말이 흘러나온 모양이었다.

"그자들이란 누굴 말하는 겁니까?"

고검이 지체없이 이철극의 실언을 파고들었다. 하지만 이철극은 이내 고개를 저으며 입을 닫았다.

"더 이상 말할 수 없네. 지금까지 말한 것만으로도 이 수어왕 이철극은 암옥의 제왕께 큰 죄를 지은 것일세. 그나저나 이젠 나를 어떻게 할 생각인가? 무불장주!"

수어왕 이철극이 마지막 말에 힘을 주었다. 즉, 나도 네 정체를 알고 있으니 적당한 선에서 타협하자는 의사 표현이었다. 암옥이 기련장의 육초초를 납치한 일도 큰일이지만 무불장이 천하무림이 금지한 암옥귀선에의 접근을 시도한 것 또한 적지 않은 일이라는 경고였다.

"난 아직 내 정체를 말한 적이 없습니다."

고검이 고소를 지으며 대답했다.

"흥, 자네가 무불장의 장주 고검이란 사실은 이미 동정호 변에서 암옥귀선을 살필 때부터 알고 있었다네. 그러니 발뺌할 생각일랑 말게."

"설혹 제가 무불장주라 하더라도 제가 암옥귀선에 침입했다는 승거는 어디에도 없으니 천하사패라 하더라도 절 추궁할 수는 없을 겁니다."

그러자 수어왕 이철극의 얼굴에 노기가 흘렀다.

"이 수어왕 이철극의 증언이 그렇게 가볍게 여겨질 것 같은가?"

"물론 수어왕 노선배의 증언은 강호에 큰 파장을 몰고 올 것입니다. 하지만 천하사패가 움직이기에는 노선배의 증언만으로는 부족할 겁니다. 왜냐하면 적어도 무불장에 책임을 물으려면 천검이라는 강호의 거인(巨人)을 넘어설 확실한 물증이 있어야 하니 말입니다. 그러니 단지 노선배 한 분의 증언으로 천하사패가 움직일 수 있겠습니까? 하지만 암옥의 경우는 다

르지요. 전 이미 암옥귀선이 이번 기련장의 육 소저 납치 사건
에 관여했다는 몇 가지 증거들을 가지고 있으니 말입니다. 거
기에다 기련장은 천하의 대재력가, 천하사패 누구라도 기련장
과 인연 맺기를 꺼려하지 않을 겁니다.”

　“결국 천하팔대고수의 명성이 내 증언을 가치없게 만들 것
이란 말이군. 핫하하! 좋아. 어차피 신주마에게 패하는 순간
이런 수모는 각오하고 있었지. 하지만 이걸 명심하게. 암옥에
도 천하팔대고수가 도사리고 있다는 사실을 말이야.”

　“잘 알고 있습니다. 그래서 증거가 필요한 거지요. 천하팔
대고수조차도 어찌할 수 없는 증거 말입니다. 하지만 적어도
이 작은 포구 마을의 존재와 이 포구에 암옥귀선이 존재했다
는 것만 가지고도 천하사패가 움직일 근거는 될 겁니다.”

　고검의 말이 끝나자 수어왕 이철극이 한동안 아무 말도 않
고 차가운 눈으로 어딘가를 노려보고 있었다. 그러다가 어느
순간 가볍게 한숨을 내쉬며 다시 입을 열었다.

　“좋아. 이번 싸움은 자네가 이겼다고 인정하지. 자, 이제 말
해보게. 어떻게 하면 이번 일이 조용히 넘어갈 수 있겠나?”

　이철극의 말이 끝나자 고검과 추산이 서로를 보며 미소를
지었다. 어쩌면 생각보다 이번 청부가 쉽게 끝날 수도 있을 것
같았기 때문이었다.

　“간단한 일입니다. 기련장의 육 소저를 우리에게 넘겨주십
시오. 그러면 제 입에서 암옥의 이름이 강호로 흘러나가는 일
은 없을 겁니다.”

고검이 대답했다.

"자네의 말을 믿을 수 있을까?"

"믿으셔도 될 겁니다. 청부사는 오로지 청부된 일만 해결하면 그뿐, 그 이외의 강호사에는 일부러라도 관여치 않는 것이 원칙이니 말입니다."

"이제야 자신이 청부사라는 것을 인정하는군."

수어왕의 말에 고검은 더 이상 답을 하지 않았다. 대신 추산이 고검에게 물었다.

"사형, 정말 육 소저만 돌려받으면 이 일에 암옥이 관련되었다는 사실을 함구할 거예요?"

고검이 고개를 끄덕였다.

"그렇다. 말했지만 강호의 청부사는 오직 청부된 일만 하면 그뿐이나. 저음 네기 무불장에 왔을 때도 말했지만 청부사는 가급적 강호의 은원에서 멀리 떨어져 있는 것이 중요해. 우리가 굳이 암옥을 거론해 강호에 분란을 만들 필요는 없단다. 그게 무불장이 수십 년 강호제일 청부업체로 존속한 이유 중 하나란다."

"하지만… 그렇다면 결국 암옥은 아무런 책임도 지지 않는 건가요?"

"천하사패는 바보가 아니다. 시간이 흐르면 결국 우리가 말하지 않아도 그들은 이 일의 전후 사정을 어렴풋이나마 알게 될 게다. 물론 증거가 없는 이상 암옥을 추궁할 수는 없겠지만 적어도 암옥은 한동안 천하사패의 눈치를 살펴야 할 게다."

"흐흠… 그렇군요."

추산이 고개를 끄덕였다.

"자, 이제 그의 대답을 기다릴 때다."

고검과 추산이 대화를 나누는 동안 수어왕 이철극은 고검의 제안에 대해 곰곰이 생각하고 있었다. 그러다가 고검과 추산의 대화가 막 끝났을 때 이철극의 입이 열렸다.

"자네의 제안은 나로서도 반대하고 싶지 않은 제안일세. 지금이라도 그녀를 돌려주고 모든 일이 일어나지 않았던 상태로 되돌리고 싶은 것이 나의 솔직한 심정이라네. 하지만… 자네가 제안한 것은 내 권한 밖의 일일세."

"그 말은 노선배에게는 현재 암옥귀선에 올라 있는 암제의 행동을 제어할 만한 권한이 없다는 말입니까?"

"권한도 없을뿐더러 힘도 없다네. 암제는 무서운 인물이야. 물론 이번 일은 무모해 보이기 그지없지만 어쨌든 암옥에서나 밖에서나 난 그에게 명령을 내리거나 그의 행동을 제어할 힘이 없다네. 더군다나 그의 주변에는 나조차도 힘겨워하는 고수들이 포진해 있지."

"그렇다면 결국 이야기는 다시 원점으로 돌아가는군요."

그러자 수어왕 이철극이 정색을 한 표정으로 말했다.

"큰 분란 없이 이 일을 해결할 다른 방도가 있기는 하네만……"

"그게 무엇입니까?"

"자네가 암옥주님을 만나는 것일세."

순간 고검의 눈에 기광이 스치고 지나갔다.

"무슨 말씀인지……?"

"현재 암옥에서 암제의 행동을 제약할 사람은 오직 한 사람밖에 없다네. 바로 암옥의 제왕이신 귀왕 마천 어른이시지. 그러니 그분을 만나 육 소저를 돌려달라고 하는 수밖에는 달리 방법이 없단 말일세."

그러자 고검의 곁에 있던 추산이 불쑥 입을 열었다.

"말도 안 되는 소리예요. 암옥으로 갔다가 그곳에서 쥐도 새도 모르게 제거되면 어떡하라고요. 암왕이라고 자신의 치부를 알고 있는 우리를 조용히 살려 보내고 싶겠어요?"

추산의 말은 수어왕 이철극에게도 전해졌다. 그러자 수어왕 이철극이 고검에 앞서 입을 열었다.

"자네들의 안전은 걱정 말게. 이 수어왕 이철극이 내 목숨을 걸고 자네들의 안전을 보장하지!"

"흥, 당신의 말을 어떻게 믿겠어요. 암옥에 도착하자마자 누구보다도 먼저 그 흉측한 병기를 꺼내 들지……."

"나 이철극, 비록 신주마에게 일패도지한 후 강호에 잊혀진 존재로 살아왔지만 내 입으로 뱉은 말을 지키지 못할 위인은 아닐세."

수어왕 이철극의 표정이 워낙 진지했으므로 추산도 더 이상 그의 말을 반박하지 못했다. 하지만 그렇다고 그의 제안을 순순히 받아들일 수는 없었다.

"노선배는 아니더라도 암옥주가 노선배의 의견을 무시할

수도 있잖아요?"

"암옥주께서는 결코 내 약속을 무시하지 않으실 걸세. 적어도 내가 알고 있는 암옥주시라면 말이야."

수어왕 이철극의 말에는 자신감이 서려 있었다.

"어떡하죠?"

추산이 고검을 보며 물었다. 그러자 고검이 망설이지 않고 대답했다.

"암옥으로 간다."

"정말요?"

추산이 화들짝 놀란 표정으로 고검에게 되물었다.

"암옥주를 만나 육 소저를 되돌려받을 수 있다면 망설일 이유가 없지."

"하지만 위험할 수도 있어요."

"그래서 준비가 필요하단다."

"준비라뇨?"

추산의 말에 고검이 그동안 말없이 두 사형제와 수어왕의 대화를 지켜보고 있던 미심을 돌아봤다.

"미 부인께서 수고를 해주셔야겠습니다."

그러자 미심이 미소를 지으며 대답했다.

"역시 설연장에 가봐야겠지요?"

"그렇습니다. 사부께서 제가 암옥에 간 걸 알고 있다는 사실만으로도 암옥주 귀왕 마천은 함부로 나와 사제에게 해를 입히지 못할 겁니다."

"저도 가요?"

추산이 미처 미심이 대답을 하기도 전에 물었다.

"그럼 그 위험한 곳에 이 사형만 보낼 생각이었느냐?"

"아니, 뭐… 꼭 그런 것은 아니지만……."

추산이 말을 얼버무렸지만 표정을 보니 내키지 않는 기색이 역력했다. 그러자 고검이 정색을 하며 말했다.

"암옥은 강호 최고의 밀지 가운데 하나다. 보통의 무림 세력과는 달리 그 실체가 철저히 가려진 세계이지. 처음 암옥이 만들어졌을 때야 천하사패의 감시하에 있었지만 작금에 이르러서는 거의 독립적인 세력으로 존재하고 있는 곳이 암옥이다. 또한 수십 년의 세월이 흐르는 동안 수많은 기인이사들이 암옥의 식솔이 되었다. 그런 흥미진진한 곳을 구경할 기회가 생겼는데 어찌 사세를 빼놓고 갈 수가 있단 말이냐?"

고검의 말에 추산의 표정도 변했다.

"사형 말을 듣고 보니 그도 그러네요. 그런 곳을 구경할 기회는 흔치 않죠. 좋아요. 좀 위험하다고는 해도 이 추산이 겁을 먹을 수는 없지요."

"잘 생각했다. 어디 암옥이 어찌 생겼는지 구경이나 해보자꾸나."

고검이 추산에게 말을 하고는 이내 수어왕 이철극을 향해 소리쳤다.

"노선배의 제안을 받아들이겠습니다. 저희들이 암옥주님을 만나보도록 하지요."

"잘 생각했네. 아마도 그게 가장 빠른 해결책일 걸세. 그럼 먼저 날 이 진 속에서 꺼내주게나."

"잠시만 기다려 주십시오. 노선배를 꺼내 드리기 전에 저희들도 준비할 것이 있습니다."

"준비라니 무슨 준비가 필요하단 말인가?"

수어왕이 고개를 갸웃거리며 물었다.

"만약의 경우를 위해 천검 사부께 사람을 보내둘 생각입니다. 그 사람이 이 지역을 완전히 벗어날 때까지 기다린 후 노선배를 뵙도록 하지요."

그러자 수어왕 이철극이 고개를 끄덕였다.

"역시 수십 년간 강호에 명성을 떨쳐 온 무불장의 행사답군. 알겠네. 기다리라면 기다릴밖에……."

이철극은 순순히 고검의 말을 받아들였다. 그러자 고검이 미심을 보며 말했다.

"최대한 빨리 사부님께 이곳 상황을 전해주십시오."

"알았어요, 장주. 아마도 삼 일 안에 천검 어르신께 소식이 전해질 겁니다."

"삼 일이요? 그렇게나 빨리요? 이곳과 설연장은 수백 리나 떨어져 있는데……?"

추산이 놀란 표정으로 물었다.

"호호호. 추 소협, 제게는 제 나름대로의 방도가 있답니다."

"전 정말 궁금해요. 도대체 미 부인께서는 어떤 배경을 지니고 계시는 건지 말이에요."

추산이 정색을 하며 물었으나 미심은 여전히 미소 띤 표정으로 대답을 회피했다.

"호호, 언젠가는 아시게 될 날이 있게 되겠죠. 하지만 지금은 그때가 아닌 것 같군요. 그럼 전 이만 가볼게요."

미심이 고검과 추산을 향해 가볍게 고개를 끄덕여 보이고는 이내 장내를 벗어났다.

"사형, 사형은 미 부인의 배경을 알고 계시죠?"

추산이 물었다.

"이미 말한 사실 아니냐?"

"그럼 이제 제게 말씀해 주시면 안 되겠어요?"

"그건 안 된다."

"왜요?"

"무불장에 속한 고수들의 신세 내력은 오직 본인의 입을 통해서만 타인에게 전해지는 것이 본 장의 불문율이기 때문이지."

"칫, 또 그 규칙을 들고 나오시는군요. 하지만 우린 사형제 간이라구요."

"규칙은 사형제라고 해서 깨뜨릴 수 있는 게 아니란다. 그 규칙이 오늘날 한낱 청부업체인 무불장에 강호의 절정고수들이 몸담고 있는 이유이니 더더욱 깨뜨릴 수 없지."

"알았어요. 사형처럼 고지식한 사람에게 규칙을 깨라고 할 수는 없지요."

"하하하. 답답해도 참거라. 언젠가는 그들 스스로 자신의 과거를 네게 이야기할 때가 올 게다."

"언제나요?"

"청부업이 좋은 것은 함께 청부를 수행하는 동안 서로에 대한 신뢰가 쌓이면서 각자의 과거를 공유할 수 있을 만큼 가까워질 기회가 많기 때문이란다."

"알았어요. 어쩔 수 없지요. 기다리는 수밖에… 그나저나 지금쯤이면 미 부인께서 충분히 멀어지셨을 것 같은데요?"

"흠, 그렇구나. 그럼 이제 전설적인 수공(水功)의 달인 수어왕 이철극을 마주할 때가 된 것이구나."

"진을 풀까요?"

추산의 말에 고검이 고개를 저었다.

"아니다. 그만 데리고 이 진을 벗어나자꾸나. 그 말고도 뒤따르는 자들이 또 있을 테니 말이다."

"암옥귀선에서 추격해 온 자들 말이죠?"

"그렇다. 아마 지금쯤이면 계곡의 방해물을 넘어 이곳에 근접하고 있을 게다."

"헤헤. 이 진에 걸리면 고생깨나 하겠군요."

"설마 이 진 속에서 죽지는 않겠지?"

"걱정 마세요. 암옥으로 가면서 암옥의 사람들을 죽일 수는 없지요. 수어왕과 함께 진을 나가면서 진을 조금 손봐놓을게요. 하루 정도가 지나면 진은 와해될 거예요."

"알겠다. 자, 그럼 그를 만나러 가보자꾸나."

"알았어요. 절 따라오세요, 사형!"

추산이 앞장서서 수어왕 이철극이 홀로 서 있는 방향으로 걸음을 옮기기 시작했다.

"역시 둘이었군. 아니, 천검에게 소식을 전하러 간 사람까지 하면 셋이었던가?"

수어왕 이철극이 모습을 드러낸 고검과 추산을 보며 말했다.

"강호에 명성이 쟁쟁한 노선배를 뵙게 되어 영광입니다."

고검이 가볍게 고개를 숙여 보였다.

"흐흐. 명성이 쟁쟁하다, 무슨 명성 말인가? 천하제일을 꿈꾸다가 신주마 악불위에게 일패도지했다는 명성 말인가?"

수어왕 이철극이 자괴감 서린 음성으로 반문했다.

"노선배는 오직 한 사람에게만 패했을 뿐입니다 오직 한 번의 패배만을 가지고 스스로를 비하해야 한다면 과연 강호에 떳떳하게 고개를 들 수 있는 인물이 몇이나 되겠습니까?"

"껄껄. 자네의 말이 옳네. 난 오직 한 번만 패했을 뿐이지. 하지만 그 한 번의 패배는 내게서 모든 것을 앗아갔다네. 대신 오직 한 번 이긴 신주마 악불위는 천하팔대고수의 반열에 올랐지. 참으로 우스운 일이 아닌가? 누구는 수백 번의 싸움을 통해 이룩한 명성을 단 한 번 패배에 잃어버리고, 누구는 오직 한 번의 승리로 천하팔대고수에 오르고… 그래서 오늘날 이 이철극이 까마득한 후배에게 인생의 훈계를 받는 지경에 이르고 말았단 말일세."

그러자 고검이 가볍게 고개를 숙여 보였다.

"제 말이 주제넘었다면 용서하십시오."

"아닐세. 내 이미 자네의 명성과 실력을 알고 있는데 어찌 자네가 주제넘다고 말할 수 있겠는가? 기실 나도 재기하려 노력하지 않은 것은 아니야. 하지만 인생이란 항상 자신이 원한 방향으로만 흘러가는 것은 아니지."

이철극의 말에서 짙은 삶의 비애가 흘러나왔다.

'천하에 몇 안 되는 고수가 어쩌다 이런 지경에 이르렀을까? 그에게 신주마 악불위에게 패한 일 말고 다른 일이 있었던 걸까?'

고검이 내심 생각에 잠긴 사이 이철극이 입을 열었다.

"자, 이제 그만 가세. 암옥까지는 제법 먼 길일세. 가능하면 암옥귀선이 암옥에 들어가기 전 우리가 먼저 암옥주를 뵙는 것이 좋을 걸세. 암제는 영악한 사람이라 우리가 늦게 도착한다면 어떤 방식으로든 암옥주님을 설득해 놓을 가능성이 크니까."

"알겠습니다, 노선배. 그럼 바로 길을 떠나지요."

고검이 생각에서 깨어나 고개를 끄덕였다.

"그런데 자네도 갈 텐가?"

이철극이 추산을 보며 물었다.

"네. 저도 사형 따라 암옥 구경해 보려구요."

"사형? 무불장주에게 사제가 있었나? 천검이 또 다른 제자를 거뒀던가?"

"이제 갓 강호에 출도한 사제입니다. 무림엔 알려지지 않았지요."

그러자 수어왕 이철극이 가만히 추산을 살펴보더니 이내 고개를 끄덕이며 감탄사를 흘려냈다.

"과연 천검의 눈은 훌륭하군. 나이에 걸맞지 않는 기도야. 허허. 그는 참으로 운이 좋은 사람이군. 천하제일미인을 아내로 맞이하고, 천하의 기재 둘을 제자로 들이다니… 역시 하늘은 공평치 않아. 자, 가세나. 아니지. 진을 나서려면 자네가 앞장서야겠군."

수어왕 이철극이 걸음을 옮기려다 말고 고검을 바라봤다. 그러자 고검이 추산에게 고개를 돌렸다. 고검의 시선을 받은 추산이 고개를 끄덕이고는 자신이 앞장서서 길을 열기 시작했다.

"저런, 자네의 실력이 아니었나?"

이철극이 놀란 눈으로 고검을 바라봤다.

"무공 말고는 모든 면에서 저보다 뛰어난 사제지요."

"헛! 기재로다!"

이철극이 감탄사를 흘려내며 추산을 바라보다 이내 걸음을 옮기기 시작했다.

세 사람이 진을 벗어나 작은 능선에 올라섰다. 어느새 밤이 지나고 새벽의 습기가 몰려들고 있었다. 그런데 그들이 막 능선 아래로 내려서려 할 때 갑자기 그들이 지나온 쪽에서 작은

소란이 일어났다. 세 사람의 시선이 자연스럽게 소란이 일어
난 쪽으로 향했다.

"저들은……?"

수어왕 이철극이 입을 열었다. 멀리 그들이 빠져나온 진 속
에 새로운 인물들이 나타나 우왕좌왕하는 모습이 눈에 들어왔
다.

"그들인가 보네요."

추산이 고검을 보며 말했다.

"그렇구나. 복장을 보니 암옥귀선에서 나온 사람들이 맞구
나."

"저들이 내가 걸렸던 진에 빠져든 것인가?"

이철극이 추산을 보며 물었다.

"맞아요. 그 진에 빠진 거지요."

그러자 이철극의 안색이 어두워졌다.

"암옥주님과 협상을 하려면 암옥의 인물들이 상하면 안 되
네."

그러자 추산이 고개를 저었다.

"걱정 마세요. 죽지는 않을 거예요. 하루가 지나면 제가 설
치한 진은 사라질 거니까요."

그러자 이철극이 놀라며 물었다.

"그런 진(陣)도 있는가?"

"당연히 있으니 제가 설치했지요."

추산이 당연한 걸 묻는다는 듯 대답했다.

“음… 그도 그렇군. 하면 우린 그냥 가면 되겠군. 저들이 진에 갇혀 있는 동안 시간을 벌 수도 있겠고…….”

이철극이 다시 한 번 진 속에 갇힌 암옥의 고수들을 바라보고는 이내 신형을 돌려 걸음을 옮기기 시작했다. 일단 진을 벗어난 이상 암옥으로 가는 길은 이철극이 안내할 터였다.

*   *   *

갈수록 산은 높아지고 강은 좁아졌다. 덕분에 강물은 포효하듯 요동치며 하류를 향해 흘러갔다. 자연히 길 또한 험난하기 이를 데 없었다.

“암옥, 암옥하더니 정말 험난한 길이군요.”

추산이 허를 내두르며 말했다.

“암옥에 이르는 가장 빠른 길은 배를 이용하는 걸세. 하지만 보통 배로는 안 되네. 격류를 거슬러 오를 수 있어야 하지.”

“바로 암옥귀선 같은 배가 필요하겠군요.”

추산의 대답에 수어왕 이철극이 고개를 끄덕였다.

“맞았네. 바로 암옥귀선 같은 배가 필요한 것이지. 사실 암옥귀선에는 사람들이 알지 못하는 수많은 기관들이 설치되어 있다네. 모두 이 격류를 뚫고 갈 수 있도록 하기 위한 기관들이지.”

“누가 만든 거죠?”

추산이 궁금한 듯 물었다. 그러자 수어왕 이철극이 입가에 미소를 머금었다.

"처음 암옥귀선이 만들어졌을 때는 암옥귀선조차도 암옥까지 물을 거슬러 오르지 못했다네. 중간에 내려서 육로를 이용해 암옥으로 이동했지. 그러던 것이 차차 개량되면서 오늘날에는 암옥까지 도달할 수 있는 암옥귀선이 탄생하게 되었다네. 그리고 그 대단한 기관을 만든 사람은 하나가 아니라 여럿이지. 그중 하나는 바로 이 수어왕 이철극이고 말일세."

"노선배는 물에 관한 한 강호제일의 고수로 알려진 분이시니 당연히 암옥귀선을 만들 때 큰 역할을 하셨겠지요."

추산이 말하자 이철극이 고개를 저으며 입을 열었다.

"물에 대해서 말하자면 암옥에서 내가 가장 뛰어난 인물이라고 말할 수는 없네."

그러자 추산이 놀란 눈으로 이철극을 바라봤다.

"아니, 암옥에 노선배보다 수공에 뛰어난 인물이 있단 말인가요?"

고검도 추산과 같은 생각인지 오랜만에 고개를 돌려 이철극을 바라봤다. 그러자 이철극이 망설이는 듯하다 이내 입을 열었다.

"수공에 관해서라면 나도 그들에게 양보할 생각은 없네. 하지만 물에 관해서라면 나도 그들에게 한 수 양보할 수밖에 없지."

"지금 그들이라고 말씀하셨습니까?"

고검이 추산보다 먼저 입을 열었다.

"그렇다네. 그들은 한 명이 아니라네."

그러자 고검의 눈이 한층 깊어졌다. 그런 고검의 모습을 보고 있던 이철극이 은근한 말투로 물었다.

"자네는 내가 말한 사람들이 누군지 짐작하겠는가?"

그러자 고검이 잠시 생각에 잠겼다가 천천히 입을 열었다.

"처음 저희가 이번 사건을 의뢰받아 조사에 나섰을 때 우린 몇 가지 사실을 바탕으로 이 실종 사건이 괴물이 아닌 사람에 의해 일어난 일이라는 것을 알 수 있었습니다. 그리곤 고민했지요. 과연 동정호의 너른 물속을 가르고 육 소저의 배에 접근할 수 있는 인물이 누가 있을까 하고 말입니다."

"그래, 어떤 인물들이 대상에 올랐나?"

이철극이 흥미롭다는 듯 물었다.

"우린 백 년 내 수공의 달인들을 꼽아본 후, 그중 가장 늦게 활동했던 인물들을 꼽을 수 있었습니다. 그중 한 명은 바로 노 선배십니다."

그러자 이철극의 입가에 흐뭇한 미소가 깃들었다.

"허허, 아직도 내가 수공에 관해서는 손에 꼽힐 인물로 여겨진단 말이지?"

"당연한 일입니다. 노선배 이후에 노선배만큼 수공의 달인으로 명성을 얻은 사람은 없었으니까요."

"자, 그럼 다음 인물을 말해보게."

"두 번째로 꼽은 인물은 한 사람이 아니라 네 사람입니다."

"네 사람이라……."

이미 고검의 입에서 나올 대답을 짐작했다는 듯 이철극이 가벼운 미소를 지었다.

"짐작하시고 계시는군요. 우리가 꼽은 인물들은 바로 장강사마신이었습니다."

"옳거니. 바로 그들이겠지."

이철극이 당연한 결과라는 듯 맞장구를 쳤다. 그러자 고검이 조심스럽게 다시 입을 열었다.

"해서 지금 제가 생각하고 있는 인물들도 바로 그들입니다. 근래 수십 년간의 무림에서 수공에 있어서는 노선배와 장강사마신 이상의 인물들은 없었으니까 말입니다. 혹, 그들도 암옥에 몸을 담고 있습니까?"

고검의 질문에 이철극이 의미심장한 눈으로 고검을 보며 물었다.

"도대체 자네는 왜 그들이 암옥에 있을 거라고 생각하는가? 그들과 암옥은 아무런 관계가 없는데……."

그러자 고검이 고개를 저었다.

"아무런 관계가 없는 것은 아니지요. 장강사마신이 강호에서 모습을 감춘 것은 바로 그들이 암옥의 탄생 초기에 암옥귀선에 도전했다 암옥주 귀왕 마천에게 패했기 때문인 것으로 알고 있습니다. 그러니 그들이 자신들을 패배시킨 귀왕을 따랐을 가능성도 아주 배제할 수는 없지요. 더군다나 방금 전 노선배께서는 암옥에 노선배와 견줄 수 있는 수공의 달인들이 있다고 하셨습니다. 제가 어찌 장강사마신을 떠올리지 않을 수 있었겠습니까?"

고검이 말을 하는 동안 이철극의 표정은 수시로 변했다. 특히나 장강사마신이 귀왕 마천에게 패했다는 이야기를 할 때는 이철극은 놀람을 넘어 은은한 경계의 빛까지 흘려내는 것이었다.

"으음… 정말 놀라운 일이군. 장강사마신과 암옥주님의 대결은 강호에 전혀 알려지지 않은 사실인데 어떻게 자네는 그 사실조차 알고 있는가? 혹, 천검께 들은 것인가? 아니, 천검이라 하더라도 그 사실을 알 수는 없었을 텐데?"

이철극의 물음에 놀란 것은 오히려 추산이었다.

'아니, 그 일이 그토록 놀랄 일인가? 그렇다며 도대체 미 부인은 어떻게 그 일을 알 수 있었을까? 이거 정말 점점 그 양반에 대해 궁금해지네.'

추산이 내심 미 부인에 대한 호기심을 떠올리고 있을 때 고검이 이철극의 물음에 답했다.

"청부업을 하려면 정보가 생명이지요. 무불장에도 나름대로 쓸 만한 소식통이 있습니다."

그러자 이철극이 고개를 저었다.

"그 일을 알고 있다면 그건 그저 쓸 만한 소식통이라고 할 수 없을 걸세. 아마도 강호제일의 소식통이라고 해야겠지."

'강호제일이라… 그럼 미 부인은 강호제일의 소식통과 연줄이 닿고 있다는 말이군.'

추산은 계속해서 미 부인의 생각에 사로잡혀 있었다.

"결국 그들이 암옥이 있다는 말이군요."

고검은 무거워진 음성으로 말했다. 그리고 그제야 추산도 퍼뜩 정신을 차렸다.

'아니, 뭐야? 정말 장강사마신이 암옥에 있다는 말이야?

놀란 추산이 이철극을 바라봤다.

"그렇다네. 그들 또한 암옥의 제왕을 모시고 있지."

이철극의 대답에 고검도 추산도 더 이상 입을 열지 않았다. 무림천하 수공의 고수로는 그 우열을 가리기 어려운 수어왕과 장강사마신이 모두 귀왕 마천의 그늘에 있다는 것을 어찌 상상이나 했었겠는가? 아니, 그보다도 귀왕 마천이란 인물에 대한 새로운 평가가 재빨리 고검의 머릿속에서 내려지고 있었다.

'야심이 있는 인물이었던가?

고검은 가슴 한쪽으로부터 섬뜩한 의심의 검날이 비집고 나오는 것을 느꼈다.

"암옥에는 알려진 것보다 많은 고수들이 몸을 의탁하고 있군요."

고검의 목소리에서 심상찮은 기운을 느꼈는지 이철극의 눈빛이 한순간 번쩍이더니 이내 태연한 음성으로 말했다.

"하하하. 그래 봐야 모두 패배자의 신분이 아니겠나? 강호에서 패배자들이란 그저 몸을 숨기고 조용히 살아가야 하는 법. 그러기에는 암옥만큼 좋은 곳도 없다네."

'또한 암옥만큼 은밀히 힘을 키우기 좋은 곳도 없겠지요.'

고검이 내심 이철극의 말에 반박했다. 하지만 현재로선 모든 것이 고검 혼자만의 육감일 뿐이었다. 입 밖으로 낼 수 없는 육감인 것이다.

"노선배와 장강사마신이 암옥에 머물고 있다는 사실을 천하사패도 아는지 모르겠군요?"

고검이 짐짓 지나가는 말처럼 물었다. 그러자 이철극 역시 심각하지 않은 목소리로 대답했다.

"글쎄. 그건 모르는 일이지. 하지만 우리 암옥은 천하사패의 철저한 감시하에 있으니 아마도 알고 있지 않겠나?"

하지만 고검은 이철극의 말을 받아들일 수 없었다. 천하사패가 알고 있었다면 적어도 이 사건이 시작되었을 때 미심도 암옥에 그들이 있다는 소식을 가져왔어야 했다.

'미 부인의 소식통은 천하사패에 뒤지지 않으니까.'

고검은 무불장에서 미심의 과거 내력을 알고 있는 유일한 인물이다. 그러므로 그는 미심의 정보력이 얼마나 대단한지 알고 있다. 미심과 연결된 조직은 강호에 전해진 소식이라면 아무리 암중에 묻어진 사실이라도 알고 있을 조직이었다.

'하물며 천하사패가 알고 있는 소식이라면!'

고검은 확신했다.

'천하사패는 수어왕과 장강사마신이 암옥에 있다는 사실을 모르고 있다.'

결론을 내리는 순간 고검의 등줄기를 타고 식은땀이 흘러내렸다. 의도된 것이든 그렇지 않든 이미 고검과 추산은 수어왕과 장강사마신이 암옥에 있다는 사실을 알게 되었다. 만약 귀왕 마천이 고검의 육감대로 야망을 감추고 있는 인물이라면, 그래서 수어왕 이철극이나 장강사마신 같은 절정고수들이 암옥에 있는 것을 의도적으로 숨기고 있었다면 과연 그 사실을 알게 된 고검과 추산을 어찌 대할 것인가? 과연 순순히 암옥으로 걸어 들어온 두 사람을 다시 밖으로 내보낼 것인가?

'사부님의 존재가 그에게 부담이 되길 바랄 뿐. 그렇다고 이곳까지 와서 걸음을 돌릴 수는 없지 않은가?'

고검이 살짝 입술을 깨물었다.

"저곳은 등천협이란 곳일세. 저곳을 지나면 암옥까지는 겨우 수십 리 길이지. 예전에는 암옥귀선이 바로 저곳에서 정박했다네."

이철극이 고검의 마음을 아는지 모르는지 태연하게 손을 들어 격류가 휘몰아치는 협곡을 가리켰다. 협곡은 대낮임에도 안개로 가득 차 있었는데 그것은 협곡에 흐르는 강물들이 끊임없이 암벽에 부딪혀 일어나는 현상이었다.

"저곳을 배가 통과한다고요?"

추산이 믿을 수 없다는 표정으로 물었다.

"그렇다네. 암옥귀선은 저곳을 통과할 수 있네."

"도저히 믿을 수 없군요."

"여기서 기다려 보겠는가? 아마도 하루 이틀 정도면 암옥귀선이 도착할 것이고 그때가 되면 암옥귀선이 저 등천협을 통과하는 장관을 볼 수 있을 걸세."

그러자 추산이 고개를 저었다.

"물론 그 구경도 할 만하겠으나 역시 청부를 완수하는 일이 먼저죠."

"핫하. 역시 일의 선후를 아는 젊은이로구만. 자, 가세나. 이제 하룻길이면 암옥에 도착할 걸세."

이철극이 안개에 휩싸인 등천협을 향해 몸을 날리며 말했다.

"사형, 이대로 가야 할까요?"

추산이 조금 의기소침한 목소리로 말했다.

"암옥 안에 청부를 끝낼 인물이 있으니 가지 않을 수가 없지 않느냐?"

"하지만 마치 지옥 속으로 스스로 걸어 들어가는 느낌이네요."

추산이 한차례 몸을 떨었다.

"강호의 청부업자란 청부를 위한 일이라면 지옥에라도 들어가야 할 배짱이 있어야 한다. 가자!"

고검이 말을 던지고는 이내 이철극을 향해 몸을 날렸다.

"제길! 하여간 잘난 사형을 둬도 문제라니까. 에라, 죽기밖에 더하겠냐? 어디 암옥의 제왕이란 작자의 얼굴을 한번 보자구!"

혼잣말을 내뱉은 추산의 신형도 이내 앞선 두 사람을 따라 등천협의 안개 속으로 사라져 갔다.

第八章
관문(關門)

험준한 산길은 하늘을 덮은 수림 속으로 이어져 있었다. 고검과 추산은 수어왕 이철극의 뒤를 따라 반나절 정도를 수림 속으로 난 동굴 같은 길을 따라 이동했다. 그리고 드디어 그들이 수림의 그늘에서 벗어났을 때 전설 속에서나 존재할 법한 기경이 눈앞에 펼쳐졌다.

"이건 암옥이라는 이름과는 너무 어울리지 않네요."

추산이 눈앞에 펼쳐진 기경을 보며 중얼거렸다. 고검도 추산의 말에 묵묵히 고개를 끄덕였다. 분명 같은 땅 위에 존재함에도 불구하고 등천협 아래쪽과 위쪽은 완전히 다른 세계인 것처럼 모든 풍경이 달랐다.

가장 먼저 눈에 들어온 것은 거의 흐름이 정지한 듯한 호수였다. 등천협의 분노하듯 폭주하는 강물과 달리 등천협 위쪽의 강물은 고요한 정적에 휩싸여 있었다.

하늘로부터 내리쬐는 햇살을 받아 보석처럼 반짝이는 수면, 그 위에는 사람의 흔적이라고는 찾아볼 수 없는 태고의 고요가 존재했다. 호수는 기암괴석으로 이루어진 절벽으로 둘러싸여 있었고, 호수 중간중간에 사람이 살지 않는 작은 섬들이 여기저기 흩어져 있었다.

"암옥에 사는 사람들은 이곳을 소동정(小洞庭)이라 부르네. 크기는 작지만 동정호에 못지않은 풍경이라고 해서 붙여진 이름이지. 어떤가, 암옥에 도착한 소감이……?"

이철극이 눈앞에 펼쳐진 호수를 손으로 가리키며 물었다.

"암옥은 어디 있죠? 이런 곳에 암옥이 있다니 믿기지 않네요."

추산이 이철극에게 되물었다. 그러자 이철극이 손을 들어 북쪽 절벽 사이를 통해 호수로 물이 흘러드는 협곡을 가리켰다.

"저기 작은 섬 뒤쪽에 보이는 협곡 사이에 암옥이 있네. 본래 암옥이 생기기 전에는 앙천곡이라 불리던 곳이지."

이철극의 말에 고검과 추산이 협곡으로 시선을 주었다. 협곡은 흐릿한 안개에 휩싸인 듯 보였는데 멀리서 보기에도 협곡 앞에 펼쳐진 호수와는 사뭇 그 분위기가 달랐다.

호수의 풍광이 밝음이라면 협곡은 호수의 그림자처럼 어두웠고, 두 개의 거대한 절벽이 하늘로 치솟아 협곡의 관문을 이루고 있었는데, 호수와는 달리 음울한 기운이 묻어나는 느낌이 드는 것이었다.

"저곳은 과연 암옥의 이름에 어울리는 분위기를 풍기네요."

추산이 고개를 끄덕이며 중얼거렸다.

"암옥이라 하여 사람이 살지 못할 곳은 아닐세. 자, 그만 가세나."

이철극이 가볍게 미소를 짓고는 이내 두 사람을 이끌고 다시 깊은 숲길로 걸어 들어가기 시작했다.

앙천곡의 입구에 위치한 두 개의 높다란 절벽을 넘어 앙천곡 안으로 들어선 고검과 추산은 다시 한 번 써늘한 기운이 자신들을 찾아드는 것을 느꼈다. 활달한 성정의 추산조차도 어느 순간부디 말을 잃고 묵묵히 걸음을 옮기고 있었다.

앙천곡은 그 이름에 걸맞는 모습으로 두 사람을 맞았다. 절벽 뒤에는 또 다른 절벽이 있었고, 모든 절벽들은 하늘을 우러러 치솟아 있었다. 그 절벽들이 둥근 원을 이루며 물을 가두어 두고 있는 곳에 앙천곡이 있었다.

수면을 따라 이어진 절벽들 곳곳에는 커다란 동혈들이 자리 잡고 있었는데 모든 동혈 앞에는 사람들의 손이 닿은 흔적이 존재했다. 곳곳에 설치된 목조 구조물이 동굴의 입구를 가로막고 있었고, 언듯언듯 사람의 모습이 보이기도 했다. 하지만 정작 고검과 추산 두 사람의 표정을 어둡게 하는 것은 그런 음울한 동굴들의 풍광이 아니었다.

앙천곡에 들어서면서부터 느껴지는 싸늘한 살기, 사람의 모습은 보이지 않지만 마치 천군만마를 눈앞에 둔 듯한 압박감… 앙천곡에 들어서면서부터 두 사람을 찾아든 정체 모를 기운들이 내포한 기운들이었다.

'적지 않은 사람들이 있다. 그것도 잘 벼려진 검과 같은 예기를 지닌 인물들이……'

고검은 이 싸늘하고도 서슬 퍼런 기운의 정체를 금세 알아챘다. 이 기운은 바로 인간들이 흘려내는 기운이었고, 인간들 중에서도 극도의 무공을 수련한 자들만이 흘려낼 수 있는 기운이었던 것이다.

"저 동굴들 속에는 뭐가 들어 있죠?"

추산이 무언의 압박감이 주는 불쾌함을 이겨내지 못하겠는지 결국 입을 열었다. 그러자 이철극이 고개를 저으며 대답했다.

"암옥의 극비이니 말할 수 없네."

"극비요?"

"암옥은 죄인을 가두고 달아나지 못하게 지키는 곳일세. 그에 필요한 것들이 동굴 속에 들어 있지. 그러니 내가 어찌 그것들에 대해 말할 수 있겠나?"

"그러니까 결국 죄인들이 암옥을 탈출하는 것을 방지하기 위한 것들이 준비되어 있다는 거군요."

"그 정도로 알아두게."

이철극의 대답이 냉랭했다.

'흥, 정말 대단한 기관이나 암기들이라도 들어 있는 모양이군. 그리고 이 늙은이는 암옥에 도착하니까 갑자기 안면을 바꾸네?'

추산이 고깝다는 듯 슬쩍 이철극을 바라봤으나 이철극은 추산의 반응에 신경도 쓰지 않는 듯 보였다. 그의 시선은 앙천곡 가장 안쪽의 제법 너른 공터에 마련된 커다란 전각에 가 있었다. 추산이 입을 비쭉이며 그의 시선을 따라 전각으로 고개를 돌렸다.

'이제 보니 마중 나온 사람들이 있었군.'

추산은 그제야 이철극이 뭘 보고 있었는지 알아챘다. 전각을 둘러싸고 거대한 담벽이 뒤쪽의 절벽을 연해 세워져 있었다. 그리고 그 앞쪽 중앙에는 커다란 석문이 세워져 있었는데, 그 석문 안쪽으로부터 일단의 인물들이 걸어나오고 있었던 것이다.

"암옥주께서 사람을 보내신 모양이군."

이철극이 말했다.

"우리가 오는 것을 알고 계신단 말입니까?"

고검이 의심 어린 눈으로 이철극을 보며 물었다. 여행을 하는 동안 고검은 이철극의 일거수일투족을 놓치지 않고 있었다. 강호의 약속이란 경우에 따라서는 머리카락 한 올의 무게도 지니지 않아 언제 어느 때라도 손바닥 뒤집듯 뒤집어질 수 있기 때문이었다. 그래서 고검은 이철극이 누군가에게 어떤 연락도 보내지 않았다는 것을 알고 있었다. 그런데 지금 암옥의 사람들이 그들을 맞으러 나오고 있지 않은가?

"이곳은 암옥일세. 천하의 마두들을 가두는 곳이지. 당연히 우리가 암옥의 문전까지 다가왔는데 우리의 존재를 모를 리 있겠는가? 솔직히 말한다면 우리의 존재는 이미 등천협의 앞쪽 그 멀리서부터 암옥에 전해졌을 걸세."

생각해 보면 이철극의 말은 당연한 것이었다. 암옥은 천하에서 가장 깊고 완벽한 옥(獄)으로 알려진 곳이다. 지금껏 단 한 명의 탈출도 허용치 않은 절대금지가 암옥이다. 당연히 앙천곡 주변 수십 리에 걸쳐 암옥의 감시가 촘촘히 이어지고 있었을 것은 당연했다.

'암옥에 들어서면서부터 느꼈던 그 기분 나쁜 기운들은 바로 은밀히 숨어 암옥을 지키는 자들이 내뿜는 기세였을 것이다. 그나저나 이건 정말 생각보다 더 엄청난 조직이 아닌가? 사방 수십 리를 그런 식으로 감시하자면 족히 수백 명의 고수가 필요할 터인데……'

고검이 다시 한 번 암옥의 저력에 대해 경각심을 일으키는 사이 어느새 마중을 나온 다섯 명의 고수가 세 사람 앞에 멈춰섰다.

"대인(大人), 다녀오셨습니까?"

마중하는 오 인도 초로의 노인들이었지만 그들은 수어왕 이철극에게 깍듯하게 예를 갖췄다.

"수고들 하시는구려. 옥(獄)에는 별일없소이까?"

"본 옥에 무슨 일이 있겠습니까? 단지……."

　노인 중 한 명이 슬쩍 눈을 돌려 고검과 추산을 바라보자 이철극이 가볍게 고개를 끄덕였다. 그러자 노인이 다시 입을 열었다.

　"단지, 마 공자의 일로 옥주님의 심기가 어지러울 뿐입니다."

　"흠… 그럴 게요. 이번에 마 공자가 강호에서 벌인 일은 지난 두 번의 일과는 차원이 다른 문제요."

　"그러게 말입니다. 평생 암옥을 떠나지 않으시는 분이 딱 세 번 강호에 나갔는데 그때마다 문제를 가지고 들어오시니……."

　노인이 혀를 찼다.

　"하지만 언제나 그 문제의 해답은 공자 자신이 내놓았소. 그리고 그때마다 암옥은 더욱더 단단해졌고……."

　"하지만 이번 일은……."

　"물론, 나도 이번 일은 좀 우려스럽소. 해서 이 일을 조용히 해결할 수 있는 방도를 찾기 위해 여기 두 분의 손님을 모시고 온 것이오."

　그러자 노인이 고검과 추산에게 시선을 돌렸다. 노인뿐 아니라 암옥에서 나온 노인들은 모두 키가 작은 편이었으며 작은 주름들이 얼굴을 뒤덮고 있었다. 또한 그 눈은 약간 그늘져 있었는데 그럼에도 불구하고 눈빛은 형형해 강호의 웬만한 고수라도 그들 앞에서는 제대로 상대의 시선을 받아내지 못할 정도였다.

　노인은 그렇게 깊고 강렬한 눈빛으로 고검과 추산을 살피다 천천히 입을 열었다.

　"무불장의 젊은 장주가 대인과 함께 오고 있다는 소식은 이미 이틀 전에 들었습니다."

　순간 고검의 눈빛이 반짝였다.

　'어느새 우리의 정체까지 파악하고 있다는 건가? 그렇다면 암옥의 정보력이 암옥 주변을 넘어 강호에 퍼져 있다는 말인데……'

　시간이 흐를수록 암옥의 잠재력은 거대해 보였다. 하지만 지금은 상대에 대한 의문에만 빠져 있을 때가 아니었다.

　"무불장의 고검과 추산이 암옥의 고수 분들을 뵙습니다."

　고검이 가볍에 포권을 해 보였다.

　"어서 오시구려. 대인의 손님들이시니 암옥의 귀빈이라 할 수 있소이다. 옥주께서 명하시기를 손님들을 일단 잠룡전에 모시라 했습니다."

　노인이 고검의 인사를 받고는 이철극을 보며 말했다. 그러자 이철극의 눈에 순간 놀람의 기색이 번뜩였다.

　"잠룡전이라 하셨소?"

　"그렇습니다."

　상대의 대답을 확인한 이철극의 안색이 조금 어두워졌다. 하지만 이내 본래의 신색을 회복하며 입을 열었다.

　"알겠소이다. 그럼 잠룡전까지는 오장로께서 안내를 해주시구려. 난 옥주님을 만나뵈야겠소."

"알겠습니다. 옥주께도 그리 명을 받고 나온 길입니다."

노인이 대답하자 이철극이 고검을 돌아봤다.

"고 장주, 잠룡전에서 잠시만 기다려 주시게. 내가 먼저 옥주를 만나뵙고 고 장주와의 대면을 허락받겠네."

"그리하십시오."

고검이 순순히 고개를 끄덕였다.

"자, 그럼 석문까지는 함께 가세나."

수어왕 이철극이 앞장서서 걸음을 옮기기 시작했다. 그 뒤를 고검과 추산이 따랐고 다시 그 뒤를 암옥의 다섯 고수가 두 사람을 에워싸듯 감싸고 걸음을 옮기기 시작했다.

거대한 성문을 통과하자 수어왕 이철극은 다섯 노인에게 고검과 추산을 맡기고는 이내 전각들 사이로 사라졌다.

"자, 이리로 오시구려."

이철극이 사라지자 이철극과 대화를 나누던 노인이 두 사람을 다른 쪽 길로 이끌었다.

고검과 추산은 노인이 이끄는 대로 전각들 사이로 난 길을 따라 일각여를 이동한 끝에 한 채의 목조 건물 앞에 도달했다.

"이곳이 두 분이 머물 잠룡전이오."

노인이 건물 앞에 서서 고검과 추산을 보며 말했다.

"우리 두 사람만 들어가 있기에는 지나치게 크군요."

추산이 거대한 목조 건물을 올려다보며 중얼거렸다. 그러자 노인의 입가에 작은 미소가 그려졌다.

"오랜만에 암옥을 방문한 외부의 귀인인데 어찌 허름한 곳에 모시겠소이까? 또한 건물이 큰 것은 다 그 쓰임새가 있기 때문이라오."

"어떤 쓰임새가 있다는 말이죠?"

"하하, 그건 암옥에 머무는 동안 차차 알아보시기 바라오. 여봐라!"

추산의 물음에 정확한 답을 하지 않은 노인이 건물의 문에 대고 낮으면서도 날카로운 목소리로 외쳤다. 그러자 건물의 문이 무겁게 열리며 건물 안쪽에서 한 명의 인물이 부리나케 뛰어나왔다.

"오장로께서 납신지도 모르고… 죄송합니다."

건물 안에서 뛰어나온 인물이 황급히 고개를 숙이며 머리를 조아렸다.

'이거 뭐야? 아무리 암옥이라지만 만나는 사람마다 이렇게 괴이하게 생겼단 말인가?'

추산이 살짝 눈을 찌푸리며 생각했다. 그도 그럴 것이 건물 안에서 뛰어나온 인물은 오장로보다도 더욱 괴이하게 생긴 인물이었다.

등은 굽은 곱추요, 한쪽 눈은 실명을 했는지 검은 안대를 대고 있었다. 더군다나 가슴 앞에 모은 두 손은 깡말라서 마치 팔목에다 쇠꼬챙이 다섯 개를 꽂아놓은 듯한 모습이었다.

"됐네. 자네의 귀가 밝지 않다는 것은 이미 알려진 사실, 여기 손님 두 분을 모시고 왔으니 방으로 안내해 주시게. 이 대인의 손님이니 각별히 신경 써서 모시도록 하게나."

오장로라 불린 노인이 말하자 곱추노인이 굽어진 허리를 더욱 굽혔다.

"예, 잘 알겠습니다. 오장로님!"

"그럼 두 분은 이곳에서 이 대인을 기다리도록 하시구려."

오장로가 여전히 서늘한 시선으로 고검과 추산을 보며 말했다.

"알겠습니다. 다시 뵙지요."

고검이 오장로에게 가볍게 고개를 숙이며 말하자 오장로의 입가에 의미를 알 수 없는 미소가 지어졌다.

"끌끌, 그럽시다. 암옥에 오래 계신다면 다시 만나게 될 게요. 그럼!"

오상로가 기이한 웃음을 흘러내며 살짝 고개를 숙여 보이고는 자신의 동료 네 명과 몸을 돌려 장내를 벗어났다.

'제길, 기분 나쁜 노인네 같으니라구.'

추산이 속으로 욕을 해대고 있을 때 곱추노인의 목소리가 들려왔다.

"손님들, 안으로 드시지요. 머무실 방으로 모시겠습니다."

순간 추산이 다시 얼굴을 지푸렸다. 곱추노인의 외모 때문이 아니었다. 이번에는 노인의 목소리 때문이었다. 귀한 손님이라 정중하게 말한다고 하는 노인의 목소리가 오히려 상대가 듣기에는 능글맞으면서도 음침한 느낌을 주었기 때문이다.

"그럼 안내를 부탁드리겠습니다."

고검이 노인의 말에 정중하게 대답했다.

'참 사형은 변죽도 좋아요. 난 아예 말도 섞기 싫구만!'

추산의 생각이야 어떻든 고검의 대답이 끝나자 곱추노인이 앞장서서 두 사람을 목조 건물 안으로 이끌기 시작했다.

건물 안으로 들어서자 고검과 추산은 이 건물이 밖에서 보는 것보다 훨씬 복잡한 구조를 가지고 있다는 것을 알 수 있었다. 여러 개의 방들이 들어차 보이는 건물은 방과 방 사이의 비좁은 복도로 이어져 있었는데 그럼에도 불구하고 곳곳에 밖으로 향해 난 창이 있어 제법 밝은 편이었다.

노인은 두 사람을 이끌고 좁은 복도를 따라가다 몇 개의 계단을 거쳐 위층으로 올라갔다. 그리곤 제법 화려한 문양이 새겨진 방문 앞에 걸음을 멈추더니 조심스럽게 방문을 열었다.

"이곳입니다."

노인의 입에서 예의 그 음울한 목소리가 흘러나왔다.

"수고하셨습니다."

"흐흐, 수고는요. 제가 할 일인데요. 그럼 전 이만 물러가겠습니다. 필요한 것이 있으시거든 여기 문 앞에 있는 줄을 잡아당기시면 바로 제가 달려오도록 하겠습니다."

"알겠습니다."

고검이 고개를 끄덕이자 곱추노인이 연신 허리를 굽신거리며 일행이 올라온 계단을 따라 사라졌다.

"정말 기분 나쁜 곳이에요."

추산이 투덜거렸다.

"어쩌겠느냐? 일이 끝날 때까지는 이곳에 머물 수밖에! 자, 안으로 들어가자꾸나."

고검이 성큼 안으로 들어갔다. 추산도 고개를 저으며 고검의 뒤를 따라 방으로 들어섰다.

"어? 밖에서 보는 것과는 다른데요?"

방 안으로 들어선 추산이 놀란 눈으로 방 안 이곳저곳을 살피며 말했다. 그도 그럴 것이 방은 암옥의 분위기와는 달리 깨끗하면서도 아늑한 구조로 꾸며져 있었기 때문이다. 또한 밖으로 난 작은 창으로는 암옥 앞에 펼쳐진 소동정의 모습이 한눈에 들어오고 있었다.

"평소 암옥을 방문한 사람들이 머무는 곳인 모양이다."

"암옥에 오는 손님도 있나요?"

"우리도 이렇게 와 있지 않느냐?"

"헤헤. 그렇긴 하지요. 하지만 역시 손님을 맞이하기 위해 마련한 건물치고는 지나치게 큰 것 같아요."

"그들의 말대로 뭔가 쓸모가 있는 모양이지. 그나저나 긴 여행으로 피곤할 텐데 조금이라도 쉬도록 하거라."

"그래야겠죠. 그 대단하다는 암옥의 제왕 귀왕 마천을 만나려면 단단히 준비를 해야겠지요."

추산이 냉큼 침상 위에 올라 가부좌를 틀면서 말했다. 그러자 고검이 작은 미소를 지어내며 추산의 맞은편 침상에 올라역시 가부좌를 틀었다. 그렇게 두 사형제가 천하마인의 지옥,

암옥에서 운공을 시작했다.

방 안에서 두 개의 빛이 번져 나오고 있었다. 하나는 투명하게 맑은 백색의 빛이었고, 다른 하나는 붉은색의 맹렬한 불꽃이었다. 이질적인 두 개의 빛이 방 안을 가득 채운 것은 고검과 추산 두 사람이 운공에 든 지 이각여가 지난 후였다.

두 개의 빛은 처음에는 거의 동일한 크기로 방 안을 비추었으나 이내 백색의 투명한 빛이 압도적인 기세로 세력을 넓혀가더니 어느 순간 붉은 빛의 세력을 거의 미미한 수준으로 만들어 버렸다.

빛은 두 사형제의 몸에서 흘러나오고 있었다. 백색의 빛은 고검에게서, 붉은 빛은 추산에게서 흘러나오는 운공의 결과물이었다. 그렇게 암옥 잠룡전의 한 방에서 두 사형제가 운공을 하는 사이 시간은 어느덧 저녁으로 향하고 있었다.

번쩍!

먼저 눈을 뜬 것은 고검이었다. 운기를 마친 그의 두 눈은 한없이 맑고 투명해 보는 이로 하여금 깊은 눈빛에 그대로 빨려 들어갈 것 같은 착각을 일으키게 할 만큼 영롱했다. 그 눈빛을 그대로 담은 시선이 맞은편에 가부좌를 하고 앉아 있는 추산에게로 향했다.

고검의 운기가 끝나자 추산에게서 흘러나오는 붉은 빛은 어느새 세력을 회복해 방 안 전체를 그득 메우고 있었다. 덕분에 고검의 얼굴을 물들이고 있는 붉은 빛이 석양인지 추산에게서 흘러온 붉은 빛인지 구분이 안 갈 정도였다.

고검은 묵묵히 추산의 운기가 끝나기를 기다렸다.

'사제의 무공은 정말 대단하구나. 이런 빛이란 것은 칠성 이상의 승천공을 익혔을 때나 가능한 현상인데, 만약 사제가 무공에 일로매진한다면 머지않아 십성의 공력을 성취하는 것도 어렵지 않을 것이다.'

고검은 내심 추산의 공력에 혀를 내두르고 있었다. 비록 지금이야 자신의 공력이 추산을 훨씬 능가하고 있지만 추산과 그는 칠 년여의 나이 차이를 가지고 있었다.

'적어도 내가 사제 나이 때 난 사제의 경지에 이르지 못했었다. 사부께서 사제에게는 자운 노사가 남긴 천통지가 있다더니 천통지의 영험함이 사제를 크게 돕고 있구나. 후후, 훗날 사제에게 놀림을 당하지 않으려면 니도 좀 더 열심히 수련해야겠군.'

고검의 입가에 한가닥 미소가 그어졌다. 그리고 그 순간 추산의 몸을 감싸고 있던 붉은 빛들이 천천히 소용돌이치기 시작했다. 빛들은 추산을 중심으로 점점 빠르게 회전하더니 어느 순간 순식간에 추산의 콧속으로 빨려 들어가는 것이었다.

그리고 잠시 후 추산의 입에서 가벼운 숨소리가 흘러나왔다.

"휴우……."

추산의 눈이 느리게 떠졌다. 두 사람의 시선이 허공에서 마주쳤다. 둘은 서로를 보고 가벼운 미소를 지어 보였다. 그런데

바로 그 순간,

"손님들!"

갑자기 문밖에서 예의 그 곱추노인의 목소리가 들려왔다.

"뭐야? 우릴 지켜보고 있었던 거야? 운기가 끝나자마자 부르다니?"

추산이 나직한 목소리로 투덜거리며 자리에서 몸을 일으켰다. 이미 고검은 문고리를 잡아당겨 문을 열고 있었다.

"무슨 일입니까?"

고검이 문 앞에 예의 그 구부정한 자세로 서 있는 노인을 보며 물었다.

"옥주께서 찾으십니다."

곱추노인의 입에서 기다렸던 말이 흘러나왔다.

"수어왕께서는?"

"옥주님과 함께 두 분을 기다리고 계십니다."

"바로 나가지요."

"그럼 전 이곳에서 기다리겠습니다. 제가 옥주께 안내를 해 드리지요."

"알았습니다. 그럼 잠시만 기다려 주십시오."

고검이 말을 던져 놓고는 이내 문을 닫고 방 안으로 들어왔다. 추산은 이미 주섬주섬 내려놓았던 짐들을 챙기고 있었다. 고검은 침상 한쪽에 놓아두었던 마검을 집어 들어 허리에 찼다.

"드디어 그를 만나게 되는 건가요?"

“그런가 보구나.”

“흐흐, 이거 조금 떨리는데요. 천하팔대고수라…….”

“항상 사부님을 보고 살아왔지 않느냐?”

“그렇긴 하지만… 사부님을 뵙는 것과는 확실히 다른 기분인데요.”

“후후, 사실은 나도 그렇단다. 자, 어디 암옥의 제왕을 만나러 가보자꾸나.”

두 사형제가 시선을 교환한 후 이내 문을 열고 방 밖으로 나갔다. 여전히 같은 자세의 곱추노인이 두 사람을 기다리고 있다가 두 사람이 밖으로 나오자 재빨리 몸을 돌리며 말했다.

“그럼 절 따라오십시오.”

고검과 추산이 곱추노인을 따라 잠룡전의 아래층에 내려섰을 때 고검의 눈빛이 살짝 흔들렸다.

‘이랬었나?

분명 계단은 자신들이 처음 잠룡전에 들 때 통과했던 것이었지만 계단 아래의 풍경이 낯설다. 그리고 다음 순간 고검의 온몸에 서늘한 경고의 기운이 본능적으로 일어났다. 고검이 걸음을 멈췄다. 자연스럽게 추산도 걸음을 멈췄는데 그사이 곱추노인의 신형은 번개처럼 앞으로 이동해 두 사람과의 거리를 벌려놓더니 한순간 몸을 돌려 고검과 추산을 마주 보는 자세로 몸을 세웠다.

‘고수다!’

고검과 추산 두 사람의 머릿속에 동시에 한 가지 생각이 떠올랐다. 잠룡전에 들 때부터 그들을 안내했던 곱추노인, 그저 잠룡전을 지키는 암옥의 일꾼이라 생각했던 그의 몸에서 지금 음울하면서도 거대한 고수의 기운이 구름처럼 일어나고 있었다.

고검의 손이 묵검을 잡아갔다. 진기가 검을 잡은 오른손에 몰렸다. 일이 벌어진다면 단번에 눈앞의 곱추노인을 베어버릴 듯한 기세, 고검은 자신과 추산이 지금 큰 위기에 처했다는 것을 직감적으로 깨달았다. 그때 곱추노인의 입이 열렸다.

"흘흘. 손님들, 상대할 사람은 내가 아니라오. 암옥의 제왕을 뵙기를 원한다면 그에 걸맞는 실력을 제왕께 보여야 하는 것이 도리, 부디 옥주님의 눈에 들기 바라오."

지금까지의 비굴한 목소리가 아니었다. 오히려 도도한 기운이 흐르는 곱추노인의 목소리였다.

"시험인가?"

고검이 짧게 말했다.

"시험이 아니라 암옥의 제왕을 만나기 위한 관문쯤이라고 해둡시다. 그럼 행운을 빌겠소. 하하하!"

고검의 말에 대답을 던져 놓고 곱추노인의 신형이 순식간에 그의 뒤쪽에 있는 벽을 통과해 사라졌다. 그리고 동시에 갑자기 은은한 울림 소리가 들려오더니 잠룡전 전체가 미세하게 떨리기 시작했다.

"사제, 조심해라!"

"걱정 마세요, 사형. 그나저나 이 자식들 정말 하는 짓이 재수없군요. 내 이럴 줄 알았어. 처음부터 영 기분 나쁜 곳이었다니까."

추산이 어느새 뽑아 든 검을 몸 앞으로 가져가며 욕지거리를 쏟아냈다. 고검은 말이 없었다. 그저 두 다리를 굳건하게 바닥에 고정시킨 채 흔들리는 잠룡전의 움직임을 몸으로 읽고 있었다.

쿵!

그리고 어느 순간 큰 울림 소리와 함께 잠룡전의 움직임이 멎었다.

"이제 끝난 모양이네요."

추산이 어느새 복도가 사라지고 거대한 나무벽이 가로막고 있는 정면을 노려보며 말했다. 그리고 추산의 말이 끝나기를 기다렸다는 듯 벽의 뒤쪽에서 중저음의 목소리가 들려왔다.

"관문(關門)을 열어라!"

그그긍!

벽 안쪽에서 들려온 목소리에 굉음을 일으키며 고검과 추산 앞을 가로막고 있던 벽이 좌우로 갈라졌다.

그그긍!

그런데 앞쪽 벽이 갈라졌음에도 굉음은 연이어 일어났다. 그리고 앞쪽 벽과 삼 장 거리의 벽이 또 갈라지고 그 앞의 벽이 또 갈라지면서 정확하게 네 개의 벽이 좌우로 갈라지는 것이었다.

각각의 벽으로 가로막힌 공간은 아무런 장식이 없는 빈 공간이었는데 각 방들에는 각기 다른 모습의 인물들이 오연한 자세로 서서 고검과 추산을 응시하고 있었다.

고검과 추산 두 사람의 시선이 각 방에 서 있는 인물들을 지나쳐 가장 먼 쪽의 공간으로 향했다. 순간 두 사람의 눈빛이 한차례 번뜩였다. 가장 먼 쪽의 공간에는 그들도 익히 알고 있는 인물들이 서 있었기 때문이다.

수어왕 이철극과 오장로라 불렸던 노고수가 다른 여덟 명의 노인들과 함께 좌우로 늘어선 채 한 명의 인물을 호위하듯 서 있었다.

'암옥주 귀왕 마천!'

두 사람의 머릿속에 동시에 한 사람의 이름이 떠올랐다. 벽이 갈리며 나타난 다섯 개의 공간 중 가장 마지막 공간 중앙에 일 장 높이의 단상이 계단 형태를 이루며 세워져 있었다. 그리고 그 단상의 중앙에 커다란 태사의가 놓여져 있었고, 태사의 위에 한 명의 인물이 허리를 조금 앞으로 숙인 자세로 고검과 추산을 응시하고 있었다.

그리고 고검과 추산 두 사람과 태사의에 앉아 있는 노인의 시선이 마주치는 순간 태사의에 앉아 있던 노인의 눈빛이 번쩍였다. 순간 고검과 추산 두 사람은 심장이 꿰뚫리는 듯한 충격을 받았다.

"제길, 천하팔대고수라더니……!"

추산이 이를 악물며 투덜거렸다. 아마도 노인의 안광을 받아내기 힘들었던 모양이었다. 고검 역시 얼굴에 약간의 홍조가 서렸다. 노인의 안광에 대항하기 위해 급히 승천공을 일으키며 생긴 현상이었다. 하지만 두 사람의 신형은 조금도 흐트러지지 않았다.

그렇게 찰나간의 시간이 지나갔다. 그리고 어느 순간 노인의 고개가 아래위로 끄덕여지더니 마치 곁의 사람에게 속삭이는 듯한 말투로 입을 열었다.

"역시 천검이군. 좋은 제자들을 뒀어."

노인은 속삭이듯 말했지만 그의 말은 화살처럼 날아와 고검과 추산의 귀에 꽂혀들었다.

"하지만 버릇은 없군. 어른을 보았으면 예를 취해야지."

노인이 혀를 차듯 말했다. 시선은 여전히 고검과 추산의 눈을 응시하고 있었다. 그런데 다음 순간 고검의 입가에 비릿한 미소가 지어졌다. 그리고 그의 입이 열렸다.

"암옥이라 하여 대단한 줄 알았는데 별것없군. 겨우 우리 두 사형제를 만나는 데 이렇게 함정까지 준비해야 할 정도였단 말인가?"

혼잣말로 중얼거리듯 말을 흘려내는 고검의 말을 듣던 추산 역시 눈빛을 반짝였다.

"맞아요, 사형. 뭐 천하팔대고수고 천하제일의 금지고 하는 말은 역시 다 과장된 것이었나 봐요. 강호의 소문은 믿을 게 없다더니 손님을 맞이하는 태도가 뒷골목 흑도 나부랭이들과 다를 바가 없네요."

“놈!”

순간 한마디 노성이 터져 나왔다. 태사의에 앉은 노인은 아니었다. 그 앞 계단에 도열한 십여 명의 인물 중 고검과 추산을 잠룡전까지 안내했던 오장로라 불린 노인이 한 걸음 앞으로 나서며 내지른 노성이었다.

“늙은이가 목소리는 크네.”

추산이 비웃듯 중얼거렸다.

“어린 놈이 정말 겁이 없구나.”

오장로라 불린 노인이 계단을 내려서며 다시 노기를 표출하자 태사의에 앉아 있던 노인이 가볍게 손을 들었다. 그러자 오장로가 급히 고개를 숙이고는 다시 본래의 자리로 돌아갔다.

“내가 누군지 알겠느냐?”

오장로가 자신의 자리로 돌아가자 태사의에 앉은 노인이 다시 입을 열었다.

“수어왕 노선배와 같은 분이 모실 인물이라면 귀왕 어른 말고 또 누가 있겠습니까?”

고검이 담담한 목소리로 대답했다.

“맞다. 내가 바로 귀왕 마천이다. 넌 천검의 제자이자 무불장의 장주라지?”

“그렇습니다.”

“왜 암옥엘 왔는가?”

물론 귀왕 마천은 이미 수어왕에게서 고검과 추산이 암옥에 오게 된 경위를 들어 알고 있을 터였다.

"악양 기련장의 육 소저와 암옥, 그리고 옥주님의 하나뿐인 아드님에 대해 의논을 드리고자 왔습니다."

고검이 하나뿐인 아들이라는 말에 힘을 주었다. 순간 귀왕 마천의 눈에 한차례 노기가 스치고 지나갔다.

"하나뿐인 아들이라……."

귀왕 마천이 나직하게 중얼거렸다. 목소리에서 억눌린 노기가 묻어 나왔다. 하지만 고검은 전혀 동요하지 않았다. 그저 묵묵히 귀왕 마천의 시선을 받아낼 뿐이었다.

"겁이 없구나. 아니면 정말 예의가 없는 것인가? 내가 암옥의 옥주가 된 연유를 모르지 않을 터인데……."

귀왕 마천에게는 애초에 십여 세의 나이 차이가 있는 두 명의 아들이 있었다. 그중 큰아들이 과거 백마혈전이 벌어졌을 때 백마에게 죽음으로써 귀왕 마천은 강호로 나왔고, 천하팔대고수가 되었으며, 천하마인들의 지옥인 암옥의 옥주가 된 것이었다. 하지만 아들의 죽음에 대한 빚을 백마의 피로 철저하게 되갚아준 그였지만, 아들의 죽음에 대한 아픔은 여전히 가슴 깊은 곳에 남아 있었다.

해서 귀왕 마천에 대해 조금이라도 알고 있는 고수라면 그의 앞에서 죽은 아들을 언급하는 것이 얼마나 위험한 일인지 잘 알고 있었다. 그런데 고검은 하나뿐인 아들이란 말로 백마혈전에서 죽은 귀왕 마천의 큰아들에 대한 기억을 되살렸던 것이다.

고검의 눈에 멀리서 수어왕 이철극이 고개를 젓는 모습이

들어왔다. 더 이상 귀왕 마천을 자극하지 말라는 무언의 신호였다.

"귀왕께서 암옥의 옥주가 된 연유를 어찌 모르겠습니까?"

고검이 여전히 담담한 목소리로 대답했다.

"그럼에도 그따위 말을 내 앞에서 지껄인단 말이냐? 아무리 천검의 제자라도 나 마천의 심기를 건드리고는 살아남지 못할 것이다."

"예의를 말씀하시니 답변을 드린 것뿐입니다. 제가 이곳에 온 것은 어르신과 어르신의 하나뿐인 아드님이 곤경에 빠지는 것을 막아보기 위해서입니다. 그런데 어른께서는 호의를 갖고 찾아온 사람을 이렇게 함정까지 만들며 악의로 대하시고 계십니다. 그러니 제가 어찌 어른에 대한 예의를 지키길 바라실 수 있겠습니까? 이 고검, 비록 강호의 한낱 청부업자에 지나지 않지만 목숨이 아까워 위협에 몸을 사리는 사람은 아닙니다."

고검의 대답은 마치 귀왕 마천을 훈계하듯 냉랭하다.

'역시 사형은 멋있단 말이야. 하지만 너무 고지식한 면도 있어. 상대를 너무 몰아붙이는군.'

추산은 귀왕 마천을 상대로 당당하게 반박을 해대는 고검을 보며 한편으로는 자랑스럽기도 하고 한편으로는 불안하기도 한 마음으로 고검의 넓은 등을 바라봤다.

고검의 답을 들은 귀왕 마천은 한동안 말을 하지 않았다. 그는 그저 뚫어져라 고검을 바라볼 뿐이었다. 그러다가 어느 순간 가볍게 탄식을 흘려내며 입을 열었다.

"보시게, 일장로. 과연 그 아이와 닮지 않았는가?"

그러자 귀왕 마천을 호위하고 있던 열 명의 인물 중 마천과 가장 가까운 거리에 있던 백발의 노인이 공손하게 대답했다.

"과연 그렇습니다, 옥주. 정말 과거의 대공자와 너무 흡사하군요."

"꺾일지언정 굽히지 않는 기개… 꼭 그 아이가 그랬지."

귀왕 마천이 잠시 고개를 들어 천장에 시선을 두었다가 이내 다시 시선을 고검에게로 향했다.

"이보게, 고 장주. 굽히지 않는 기개는 무인의 자랑이긴 하지만 가끔 스스로의 목숨을 위태롭게도 한다네. 나의 첫째 아들이 백마에게 죽은 이유가 바로 그런 성정 때문일세. 무림이라는 곳은 가끔 허리를 숙이는 융통성도 필요한 곳이야."

그러자 고검이 가볍게 고개를 숙여 보였다.

"어른의 가르침 기억하겠습니다."

"끌끌… 그래도 역시 말속에 뼈가 숨어 있군. 좋아, 타고난 본성이야 어찌 바꿀 수 있겠는가? 그나저나 나와 나의 하나 남은 아들의 안위를 걱정해 암옥까지 왔다고 했는가?"

"그렇습니다."

"흠, 알 수 없는 일이군. 난 천하팔대고수로 내 한 몸 지키기에는 부족함이 없는 무공을 가지고 있고, 보다시피 나를 돕는 인물들도 하나같이 절정의 경지에 이른 고수들이라네. 또한 내 하나 남은 아들 녀석을 말하자면 이 아비보다도 독해 자신의 목숨 걱정할 일은 없는 녀석인데 말이야."

"그 아드님께서 이번에는 제법 큰일을 저지르셨더군요."

"기련장의 그 여아를 납치한 일 말인가?"

"그렇습니다. 전 기련장으로부터 그 일을 해결해 달라는 청부를 받았습니다. 만약 제가 어르신과 아드님의 입장을 고려하지 않았다면 암옥으로 오지 않고 기련장에 모여든 고수들을 이끌고 암옥귀선으로 향했을 겁니다."

"그리 쉽지는 않았을 걸세. 암옥귀선은 천하로부터 불가침의 약속을 받은 배야. 기련장에 모인 고수들이 자네를 따라 암옥귀선에 순순히 올랐을 것 같은가?"

"제게는 몇 가지 증거가 있었지요. 더군다나 기련장은 천하에서 손꼽히는 재력 가문, 암옥귀선에 오를 고수들을 모으는 데는 어려움이 없었을 겁니다. 또한 이 사건을 해결하기 위해 남련의 풍운당과 여러 문파들이 동정호에 몰려와 있습니다. 그들에게 기련장은 무척 중요한 가문이지요."

"자네의 말이 맞을 수도 있지. 기련장의 재물이라면 누구라도 침을 흘릴 만하니까. 하지만 좀 전에도 말했듯이 내 아들녀석은 보통 놈이 아니란 말이야. 그놈이 그에 대한 대비를 하지 않았을 리 없어."

"아드님께서는 아마도 암옥에 돌아올 때까지 자신의 행적을 누군가가 밝혀낼 거란 생각을 하지 못했을 겁니다."

"그러니까, 강호제일의 청부업자인 자네의 능력을 계산에 넣지 못했을 수도 있을 거란 말이군. 흐흠… 맞는 말일 수도 있지. 그래, 그래서 자네는 우리에게 어떤 해결책을 내어놓겠는가?"

"아드님이 암옥에 도착하는 즉시 기련장의 육 소저를 제게 넘겨주십시오. 그러면 전 그녀를 데리고 기련장으로 가겠습니다. 그리고 기련장주를 설득해 이 일에 암옥귀선과 어르신의 아드님이 연관되었다는 사실을 묻어두도록 하겠습니다."

"음… 정말 좋은 제안이군. 하지만 과연 자네의 힘으로 이 모든 일들을 침묵 속에 묻어둘 수 있을까?"

귀왕 마천이 고개를 갸웃거렸다.

"강호에서 어르신과 암옥의 위치를 생각한다면 기련장주도 이 일을 더 이상 확대시키지 않을 겁니다. 그렇다면 이 일의 정확한 내용을 아는 사람이 없으니 당연히 암옥의 위치가 흔들리지는 않을 겁니다."

"흠, 그도 그렇겠군. 하지만 강호에서 비밀이란 언제나 바람을 타고 새어나가게 마련이지."

"그렇다면 귀왕께선 제가 말씀드린 방도보다 더 좋은 방법이 있으십니까?"

"끌끌… 지금 당장은 내게도 방법이 없네. 하지만……!"

귀왕 마천의 눈빛이 한차례 번뜩였다.

"이미 말했지만 내 아들 녀석은 나보다도 심계가 깊어. 분명 어떤 해결책을 가지고 이 일을 시도했을 걸세. 그러니 나로서는 그 아이를 기다려 보는 것도 좋을 것 같네만……."

그러자 고검이 가볍게 고개를 끄덕였다.

"그도 좋겠지요. 하지만 어떤 해결책이 제시된다 하여도 이

일이 강호에 알려지면 암옥은 더 이상 무림으로부터 마인들의
금옥으로 공인받기 힘들 겁니다. 백주대낮에 어떤 이유로든
납치를 자행한 일은 암옥의 정당성을 의심받게 할 테니 말입
니다.”

고검의 말에 귀왕 마천이 고개를 끄덕였다.

“나도 그 사실을 잘 알고 있네. 가능하면 이 일은 강호에 알
려지지 않는 게 최선이야. 또한 그 녀석이 제시하는 방법이란
아마도 겨우 기련장과 암옥 사이의 문제를 해결하는 정도겠
지. 강호 전체를 생각하지는 못했을 거야. 심계가 깊은 아이지
만 아직 시야가 넓지는 못하니… 하지만 난 여전히 그 녀석의
말도 들어보고 싶단 말이야. 지금까지 난 녀석과 대화를 한 이
후 녀석의 말에 설득되지 않았던 때가 없었지. 해서 내 심중에
는 녀석이 돌아올 때까지 기다리고 싶은 마음이 반이고 자네
들의 말대로 일을 처리하고 싶은 생각이 또한 반일세. 해서 말
인데……”

귀왕 마천의 안광이 한차례 폭사했다. 고검과 추산이 다시
금 움찔하며 진기를 끌어올렸다.

“열어라!”

마천의 입에서 짧은 명이 흘러나왔다. 그러자 소동정 쪽으
로 난 벽이 갈라지며 눈부신 햇살이 실내로 파고들었다.

“보시게.”

귀왕 마천이 손을 들어 창밖을 가리켰다. 고검과 추산의 시
선이 자연스럽게 창밖으로 향했다. 그러자 두 사람의 시선에

멀리 등천협을 거슬러 올라 막 소동정으로 접어드는 한 척의 배가 눈에 들어왔다. 암제 마극이 타고 있다는 암옥귀선이었다.

"이제 막 아들놈이 등천협을 벗어났네. 이곳까지 도착하는 것은 대략 반 시진 정도 걸리겠지. 난 아들놈이 내 앞에 나타나 자신의 생각을 주절거리면 그 말을 따르지 않을 자신이 없네. 그러니 자네는 아들놈이 내 앞에 나타나기 전에 내게서 약속을 받아내야 할 걸세. 자, 우린 비록 이렇게 대화를 나누고 있지만 우리 사이의 거리는 이십여 장이나 떨어져 있지. 하지만 약속이란 상대를 눈앞에 두고 해야 하는 법일세. 저 아이가 내 앞에 나타나기 전에 내 앞으로 다가오게나. 그렇다면 난 자네의 말대로 일을 처리함세. 또한 저 아이의 말을 단 한 마디도 듣지 않겠네."

귀왕 마천의 목소리가 마치 생사를 결정하는 판관처럼 엄정했다.

"굳이 제가 그런 수고를 할 필요가 있겠습니까?"

고검이 물었다.

"아마도 그래야 할 걸세. 만약 자네가 내 앞에 오지 않아 내가 저 아이의 말을 듣게 된다면, 그 말 중에 자네들을 제거하자는 말이 있을지 누가 알겠는가?"

마천의 눈에서는 파란 살기조차 흘러나왔다.

"그리된다면 더 이상 암옥도 존재치 않을 겁니다. 천검 사부께서 강호로 내려오실 테니까요!"

“천검… 어려운 적수지. 하지만 싸워보지 못할 것도 없네. 어찌하겠나, 내 제의를 받아들이겠는가? 아니면 같이 내 아들놈의 이야기를 들어보겠는가? 저런, 암옥귀선은 참으로 빠르기도 하지. 이제 보니 반 시진 이전에 도착하겠군.”

귀왕 마천이 슬쩍 창 쪽을 바라보며 말을 흘렸다.

“망할 늙은이!”

추산이 나직하게 욕지거리를 흘려냈다.

“사제, 뒤를 맡아라!”

“사형! 하시려고요?”

추산이 화들짝 놀라 고검에게 소리쳤다.

“일을 해결하는 데 그게 가장 좋은 방법이라면 못할 것도 없지.”

고검이 묵묵히 마검을 잡아가며 대답했다. 그러자 저 멀리서 귀왕 마천의 음울한 목소리가 들려왔다.

“좋아. 과연 천검의 제자다운 기백이다. 어디 천검의 무공을 그 제자를 통해 견식해 보자꾸나.”

마검은 어느새 검집을 벗어나 낮게 으르렁거리고 있었다. 추산이 자연스럽게 고검의 뒤쪽으로 돌아가 검을 들고 섰다. 우뚝 선 두 사형제 앞에 암옥주 귀왕 마천이 마련한 네 개의 관문이 기다리고 있었다.

第九章

비무(比武) 혹은 생사결(生死決)

"암옥사전왕이라 하오."

첫 번째 방을 지키고 서 있던 네 명의 중년 사내들 중 한 명이 무뚝뚝한 음성으로 입을 열었다.

"그들은 내가 제법 공들여 키운 아이들이지. 좋은 상대가 될 걸세."

사내의 말에 뒤이어 멀리서 암옥주 귀왕 마천의 말소리가 들려왔다.

"우린 본래 넷이 함께 움직이오. 우릴 통과해 두 번째 방으로 가면 첫 번째 관문을 통과하는 것이오."

고검과 추산 두 사람을 상대하기 위해 넷이 나선 것을 변명이라도 하듯 처음 사내가 다시 입을 열었다. 그러자 고검이 대답없이 가볍게 고개를 끄덕였다. 순간 사내의 얼굴빛이 변했다. 고검의 반응이 자신들을 무시하는 것으로 느껴진 모양이었다.

"사형, 제가 하나는 맡을게요."

추산이 고검의 뒤에서 나직이 말했다. 그러자 고검이 천천히 고개를 저었다.

"넷 모두 내가 상대하마. 넌 다만 내 뒤를 지켜주면 된다."

"하지만 상대는 넷이라고요."

"네게 신경 쓰는 것보다는 넷을 상대하는 것이 낫다."

"쳇, 결국 내가 짐이라는 말이군요. 알았어요. 전 뒤에서 구경이나 하지요. 하지만 제가 뒤에 있다는 것을 항상 기억하세요."

"오냐. 뒤가 든든하니 마음껏 싸울 수 있겠구나."

고검의 입가에 작은 미소가 어렸다. 비록 짐이 될지도 모르는 사제이나 이상하게도 추산이 뒤에 있다는 것이 적지 않게 힘이 되는 고검이었다. 고검이 그 기분 그대로 한 걸음 앞으로 나서며 손에 들고 있던 마검을 들어 암옥사천왕을 겨누었다.

"비무이기는 하나 검에는 눈이 없으니 조심하시오."

처음 입을 열었던 사내가 차가운 음성으로 고검을 향해 경고를 했다. 그러나 고검은 여전히 가볍게 고개를 끄덕일 뿐이었다. 순간 사내의 입에서 차가운 일갈이 터져 나왔다.

"발도(拔刀)!"

시린 도신이 순식간에 네 사내의 도갑에서 모습을 드러냈다. 모두 반 장을 넘는 장도(長刀)들! 하지만 네 사내의 손에서 장도는 회초리처럼 가볍게 움직였다.

순식간에 공간을 점유한 사 인의 도기가 고검의 두 팔과 두 다리를 향해 번개처럼 날아왔다. 완벽에 가까운 합격진, 평생 함께 수련해야만 이를 수 있는 경지였다.

하지만 고검은 여전히 검을 수평으로 든 채 미동도 하지 않았다. 어쩌면 완벽한 상대의 합공에 빈틈을 찾지 못했기 때문인지도 몰랐다. 그러는 사이 암옥사천왕의 공세는 어느새 고검의 코앞까지 다가와 있었다.

스슥!

순간 고검의 발이 미끄러지듯 움직였다. 그러자 암옥사천왕의 도기와 고검의 거리가 다시 일 장 이상 벌어졌다. 고검은 어느새 자신이 들어섰던 첫 번째 방의 입구까지 밀려나 있었고 덩달아 추산은 방 밖으로 물러나 있었다.

"물러만 나서는 어찌 관문을 통과할까?"

암옥사천왕의 입에서 비웃음이 깃든 음성이 흘러나왔다. 그리곤 뒤로 물러난 고검을 완전히 방 밖으로 밀어내려는 듯 재차 고검을 향해 네 사람의 도기가 돌진해 왔다. 순간 고검의 눈이 반짝였다.

'빈틈!'

방심은 언제나 허점을 만든다. 고검의 후퇴로 자신감을 얻은 암옥사천왕의 합격진에 방심으로 인한 미세한 균열이 만들어졌다. 그리고 고검은 그 빈틈을 놓치지 않았다.

파앗!

고검의 마검이 번개처럼 앞으로 그어졌다. 그것은 베는 것도 아니고 찌르는 것도 아닌 가장 짧은 거리를 베어내며 전진하는 창술과도 같은 검초였다. 하지만 그 짧은 초식에서 순간적으로 묵빛 검기가 만들어지더니 이내 기이한 각도를 그리면서 암옥사천왕이 만들어낸 도기를 향해 파고들었다.

쩌적!

한겨울 강을 메운 얼음이 제 무게에 겨워 갈라지는 듯한 소리가 터져 나왔다. 순간 고검의 검이 지나간 자리에 미세한 균열이 생기는 듯하더니 단단해 보이던 암옥사천왕의 합격진이 한순간에 흐트러졌다.

팟!

그리고 그 균열의 틈으로 고검의 신형이 날아들었다.

"어딜!"

진세가 흐트러지는 와중에도 암옥사천왕의 시선은 여전히 고검에게 머물러 있었다. 한 자루의 도가 암옥사천왕을 스쳐 지나는 고검의 어깨 위에 떨어져 내렸다. 순간 고검의 신형이 급하게 회전했다.

쩡!

그리고 어느새 곧추세워진 고검의 마검 위에 한 자루의 도가 거칠게 부딪쳤다 튕겨져 나갔다. 고검의 몸은 뒤로 움직이고 있었다. 하지만 그의 신형은 뒤를 향해 돌아서 있어 고검은 다음 관문을 향해 뒷걸음질치듯 이동하는 셈이었다.

“그렇게 쉽게 갈 수는 없다.”

흐트러진 진세를 바로잡은 암옥사천왕이 노성을 터뜨리며 다시 고검을 향해 날아들려 할 때 고검이 번개처럼 마검을 열십자로 베어냈다.

웅!

순간 마검으로부터 무거운 파공음이 흘러나오더니 이내 묵빛 검기가 네 가닥으로 나눠지면서 암옥사천왕을 향해 뻗어나갔다. 검기는 처음에는 느릿하게 움직였지만 어느 순간 빛처럼 빠른 속도를 냈으므로 막 합격진을 새로 정비하던 암옥사천왕으로서는 미처 고검을 향해 공세를 가할 기회를 잡기도 전에 먼저 고검의 공격을 막아내야 할 처지가 되어버렸다.

콰콰쾅!

또다시 벽력 치는 소리가 장내에 울려 퍼졌다.

“웃!”

그리고 다시 한 번 암옥사천왕의 진세가 흐트러졌다. 더군다나 이번에는 고검의 공세에 제법 충격을 받았는지 그들의 신형이 각기 서너 걸음 뒤로 물러나 있었다. 순간 고검이 허공으로 몸을 솟구치더니 한 바퀴 몸을 회전한 후 바람처럼 첫 번째 방을 지나 두 번째 방문턱에 날아내렸다.

“좋구나. 과연 천검의 제자다. 하지만 두 번째 관문은 그리 쉽지 않을 것이다.”

멀리서 암옥주 귀왕 마천의 목소리가 들려왔다. 그리고 그 사이 자신들의 패배를 믿을 수 없다는 듯 망연자실 서 있는 암옥사천왕을 스쳐 지난 추산이 고검의 뒤에 다가와 섰다.

"사형, 다친 곳은 없어요?"

"난 괜찮다."

대답을 하면서도 고검의 눈은 두 번째 관문을 지키고 서 있는 두 사내에게 고정되어 있었다.

"암옥사천왕의 합격진은 본 옥에서도 열 손가락 안에 드는 절기인데 단번에 그것을 통과하다니 과연 강호의 명성이 헛된 것이 아니군. 듣기로 무불장주의 무공이 자신의 사부에 근접하고 있다던가?"

두 사내 중 한 사내가 조금은 음울한 목소리로 입을 열었다.

"갈 길이 급하니 실례를 무릅쓰고 선배들의 존성대명을 여쭙겠습니다."

"껄껄, 존함씩이나… 그저 암옥에서 옥졸이나 하는 사람들인데, 하지만 물으니 답할 수밖에. 예전에 강호에선 우릴 지옥이견이라 불렀지. 난 조마라 하고 이쪽은 내 아우인 조귀라 한다네."

순간 고검의 눈에 이채가 서렸다.

'지옥이견이라면 백마혈전 당시 암옥주를 호위하던 두 명의 고수를 일컫는 말인데… 그렇다면 이들이 바로 그들이란 말인가?

과거 백마혈전 당시 암옥주 귀왕 마천이 강호를 호령할 때 항상 그의 곁에는 두 명의 젊은 고수가 따르고 있었다. 그들은 독특한 무공과 마천에 대한 무조건적인 충성심으로 유명세를 탔는데 강호인들은 그런 그들을 귀왕 마천을 따르는 두 마리 충견이라는 뜻에서 지옥이견이라 불렀었다.

백마혈전이 끝난 이후 그들은 마천을 따라 암옥으로 돌아왔고, 이후에는 강호에 그 모습을 보이지 않았다. 그런 지옥이견이 지금 두 번째 관문을 지키는 상대로 고검과 추산 앞에 모습을 드러낸 것이다.

'이들 두 사람은 기이한 괴공(怪功)을 사용하는 자들이라 했던가?'

고검이 애써 가뭇한 기억 속에 남아 있는 지옥이견에 대한 정보를 떠올리려는 순간 지옥이견이 먼저 움직이기 시작했다.

"사람들은 우릴 지옥을 지키는 두 마리 개라고 하지. 물론 듣기 좋은 별호는 아니지만 아주 틀렸다고도 볼 수 없는 말이지. 왜냐하면 우린 싸움에 임해서는 그야말로 미친개라고 할 수 있으니 말일세. 그러니 조심하게나."

어느새 스스로를 조마라 밝힌 사내가 고검의 목줄기를 향해 손을 뻗어내며 중얼거렸다.

사악!

온몸에 소름이 돋는 파공음, 조마의 손으로부터 흘러나온 파공음에 고검이 급히 몸을 틀었다.

팟!

순간 고검의 목이 있던 자리를 날카로운 빛이 스치고 지나갔다. 그리고 고검은 보았다. 어느새 조마의 손에 들려 있는 한 자루 낫을. 조마의 팔목에는 제법 굵은 쇠줄이 묶여져 있었고 쇠줄의 끝에는 한 자루 낫이 퍼런 날을 드러낸 채 매달려 있었던 것이다.

"나도 인사를 하지. 난 조귀라 한다네."

쉐에액—

지금껏 말이 없던 지옥이견의 또 다른 일인, 조귀의 말소리가 흘러나오는 순간 갑자기 고검의 오른쪽 어깨 뒤로부터 날카로운 파공음이 들려왔다. 어느새 조마와 마찬가지로 손목에 쇠줄을 달아맨 조귀가 줄 끝에 달린 작은 작두 모양의 도로 공격을 가해왔던 것이다.

깡!

순간 날카로운 격돌음이 허공으로 퍼져 나갔다.

"제길, 정말 투견 같은 자들이군요."

추산이 검을 들어 고검을 향해 날아드는 조귀의 괴도를 막아내며 흘려낸 소리였다.

"넌 뒤로 물러나 있거라!"

"또 혼자서 상대하시게요?"

추산의 말에 고검이 고개를 끄덕였다.

"헤헤, 제가 생각한 것보다는 별 볼일 없는 자들인가 보군요. 사형이 홀로 상대를 하시겠다니. 알았어요. 전 구경이나 하죠 뭐!"

추산이 담담한 고검의 눈에서 자신감을 읽었는지 순순히 뒤로 물러나 첫 번째 방과 두 번째 방 사이의 난간에 올라섰다. 그의 뒤쪽에는 어느새 정신을 차린 암옥사천왕이 고검과 추산을 노려보고 있었지만 일단 첫 번째 방을 통과한 두 사람을 향해 더 이상의 공격을 가하지는 않았다.

"혼자 우리 둘을 상대하는 자를 우린 지금껏 만나보지 못했다."

추산이 물러나는 것을 본 조마가 고검을 향해 음울한 목소리로 말을 건넸다.

"언제나 처음은 있는 법이지요."

고검이 담담한 목소리로 말을 흘려내는가 싶더니 순식간에 신형을 날려 조마를 향해 닥쳐들며 일검을 뻗어냈다.

"기습을!"

조마의 입에 한가닥 조소가 서렸다. 강호의 노련한 고수가 어찌 이런 기습을 대비치 않았겠는가 하는 표정이었다.

윙!

그리고 다음 순간, 공포스런 낫을 단 쇠줄이 회전을 시작했다. 쇠줄은 번개처럼 조마를 향해 날아드는 고검의 마검을 휘감았다.

차라랑!

고검의 마검을 휘어 감은 쇠줄에서 날카로운 마찰음이 일어났다.

"검이 없으니 무엇으로 나의 도를 상대할 것인가?"

조마의 쇠줄에 고검의 마검이 제압당한 것을 목도한 조귀가 비릿한 비웃음을 흘려내며 고검을 향해 예의 그 괴도를 던져냈다.

꽝!

폭발하듯 던져진 괴도가 전광석화처럼 고검의 이마를 향해 폭사했다. 마검이 조마의 쇠줄에 걸려 있는 상황에서 조귀의 괴도 공격을 받은 고검의 형세가 일순 위태로워 보였다. 하지만 다음 순간 고검의 입에서 담담한 목소리가 흘러나왔다.

"나에겐 아직 한 팔과 두 다리가 남아 있습니다."

검을 들지 않은 고검의 왼손이 무서운 속도로 허공을 휘저었다. 그의 신형은 거의 뒤쪽으로 눕혀져 있었는데 그 위를 조귀가 던져 낸 괴도가 스치듯 지나갔다. 그 순간 고검의 왼팔이 조귀의 괴도가 매달려 있는 쇠줄을 번개처럼 낚아챘다. 그리곤 쇠줄을 쥔 고검의 왼손에 승천공의 막강한 공력이 모여들었다.

"엇!"

조귀의 입에서 다급성이 터져 나왔다. 동시에 그의 신형이 미처 준비할 사이도 없이 고검 쪽을 향해 딸려왔다. 그러자 고검의 신형이 다시 한 번 회전했다.

웅!

팽이처럼 돌아가는 그의 신형에서 거친 바람 소리가 일어나더니 어느새 그의 한쪽 발이 자신을 향해 딸려오고 있는 조귀의 머리를 향해 닥쳐들었다.

"흡!"

조귀의 입에서 다시금 다급성이 흘러나왔다. 자신의 머리를 향해 날아드는 고검의 발꿈치에 실린 가공할 공력을 본능적으로 깨달았기 때문이다. 만약 준비없이 그 일격을 맞는다면 그의 머리는 수박 터지듯 부서져 버릴 터였다.

"그렇게는……!"

조귀가 입술을 깨물며 재빨리 몸을 틀어 고검의 발차기를 피해내려 했다.

웅!

다행히 고검의 발은 조귀의 귓불을 스치고 지나갔다.

"잇!"

고검의 발을 피해낸 조귀가 입술을 깨물며 쇠줄이 달린 오른손에 공력을 불어넣었다. 고검의 손에서 괴도를 빼내기 위한 것이었다. 그런데 다음 순간 조귀는 섬뜩한 위기감에 몸을 떨었다. 자신의 얼굴 위에 만들어지는 또 하나의 그림자, 그 그림자에 서린 선율적인 진기. 조귀가 머리를 옆으로 젖히며 재빨리 고개를 들었다. 그리고 그 순간 그는 자신의 머리를 향해 떨어져 내리는 고검의 또 다른 발꿈치를 볼 수 있었다.

팍!

앞서 조귀의 귀밑을 스치고 지나간 고검의 오른발에 연이어 조귀의 정수리를 노리고 떨어져 내린 고검의 왼발이 가까스로 고개를 돌려낸 조귀의 옆머리를 스치고 지나 정확하게 조귀의 오른쪽 어깨 위에 꽂혀 내렸다. 고검의 공격을 받으면서도 조귀는 팔에 쇠줄이 연결되어 있었으므로 뒤로 물러날 수조차 없었다.

"윽!"

억눌린 듯한 신음성이 조귀의 입을 통해 흘러나왔다. 동시에 그의 신형이 아래로 꺼지듯 폭 내려앉았다. 무너져 내리는 조귀의 앞가슴을 고검의 오른발이 가볍게 밀어냈다. 동시에 고검의 손에 잡혀 있던 쇠줄이 자유를 찾았다.

지지직!

애써 신형을 바로 세우려는 조귀의 노력에도 불구하고 그의 몸은 바닥을 스치며 뒤로 날아가더니 이내 중심을 잃고 한바탕 바닥을 뒹굴었다. 그리고 구르기를 멈춘 뒤에도 그는 다시 고검을 향해 달려들 생각을 하지 못하고 그저 멍하니 뒤엉켜 있는 조마와 고검을 바라볼 뿐이었다.

"가겠습니다."

고검이 놀란 눈으로 자신을 바라보고 있는 조마를 보며 가볍게 미소를 지어냈다. 동시에 그의 오른손이 무섭게 회전했다.

차르릉!

마검을 감고 있던 조마의 쇠줄이 격렬한 마찰음을 일으키더니 순식간에 마검이 조마의 쇠줄에서 벗어났다.

스슥!

그리고 그 순간 고검의 신형이 바람처럼 움직여 조마의 곁을 스쳐 지나 세 번째 관문으로 들어서고 있었다.

"허허, 지옥이견의 기병이 오늘은 오히려 자신들의 발목을 잡았군. 적의 병기를 자신에게 유리하게 이용하는 순발력, 역시 수많은 강호 경험이 아니면 불가능한 일일 것이다. 높은 무공에 기민한 순발력… 과연 강호 제일의 기재라 하여도 손색이 없군."

다시금 멀리서 귀왕 마천의 감탄 소리가 들려왔다. 하지만 고검은 귀왕 마천의 말을 듣고 있지 않았다. 그의 시선은 세 번째 관문을 지키고 있는 또 다른 두 사람의 노인을 응시하고 있었다. 어느새 날아온 추산이 그의 곁에 내려서고 있었다.

멀리서 은은하게 사람들의 함성 소리가 들려왔다. 암옥 어디에 저렇게 많은 사람들이 숨어 있었을까? 추산이 고개를 갸웃거렸다. 그와 고검이 수어왕 이철극을 따라 암옥에 들어왔을 때의 정경이란 말 그대로 마인들의 지옥으로서의 묘한 침묵이 감도는 암옥이었다. 그런데 지금 소동정를 향해 열린 창 쪽으로부터 수십, 아니, 수백인의 함성 소리가 들려오고 있었다. 암옥귀선의 귀환을 환영하는 소리일 터, 고검과 추산에게 주어진 시간은 그리 오래 남아 있지 않다는 의미이기도 했다. 추산의 시선이 자연스럽게 고검에게로 향했다.

고검은 여전히 눈앞에 서 있는 두 명의 노인을 응시하고 있었다.

'사형이 긴장을 하나?

추산의 몸이 덩달아 경직됐다. 추산은 이 고독한 사형이 무슨 일이든 좀체 긴장하는 법이 없는 인물임을 알고 있었다. 그런데 지금 암옥의 제왕이 마련한 세 번째 관문에 이르러서 사형 고검이 긴장하고 있는 것이다.

‘제길! 저 노인들의 생김새는 확실히 특이하군. 지옥이견이라 불린 사내들보다도 더 이상해. 어떻게 이놈의 동네에는 하나같이 괴이하게 생긴 자들만 모여 있는 것일까? 아무리 마인들을 가두는 마옥이라고 하지만 오히려 지키는 자들이 더 마인들 같으니……’

추산이 내심 혀를 차고 있을 때 고검의 왼손이 그의 등 뒤로 향하더니 가볍게 손짓을 했다. 물러나라는 신호였다.

‘이크, 사형이 정말 제대로 한판하려는 모양이군. 그렇다면 가까이 있을 수 없지.’

추산이 고검의 손짓에 황급히 뒤로 물러났다.

“우린 본래 네 사람이 한 몸과 같이 살아온 사람들이라네. 그런데 지금 두 사람은 암옥귀선에 타고 있네. 덕분에 우리 두 사람이 자넬 막아서게 된 걸세. 그리고 나머지 두 사람이 암옥귀선에 타고 있다는 말에서 알아챘겠지만 우린 암옥에 든 이후 줄곧 암제 곁을 지켜온 사람들일세. 즉, 자네가 암제에 앞서 옥주님 앞에 서는 것을 원치 않는 사람들이란 말이지. 해서 말인데… 목숨을 걸어야 할 걸세.”

노인 중 가느다란 수염이 코밑에서 입 옆을 지나 가슴까지 두 줄기로 이어진 자의 입에서 제법 긴 말이 흘러나왔다. 그러자 고검이 대답없이 가볍게 고개를 끄덕이며 천천히 마검을 들어 올렸다. 그도 그에게 주어진 시간이 그리 많지 않다는 것을 알고 있기 때문이다.

“흘흘. 성정이 급하군. 하긴 자네에겐 시간이 그리 많지 않지. 하지만 살아남는 정도로도 만족해야 할 걸세. 우린 자네의 발을 하루 종일이라도 묶어둘 자신이 있으니까.”

“결과를 말하고자 한다면 도검을 나눈 이후에 해도 늦지 않을 겁니다.”

고검이 담담한 목소리로 입을 열었다. 그리고 그 순간 고검이 들고 있는 마검의 검끝에 작은 이슬방울이 생겨나고 있었다.

“후후, 좋은 기백이군. 하지만 보지 않아도 결과를 알 수 있는 일도 존재하는 법이라네. 혹, 본의 아니게 자네의 목숨을 취할 수도 있으니 검을 섞기 전에 미리 알려주지. 우린 과거 장강사마신이라 불리던 사람들일세. 난 오성이라 하고 이쪽은 오신이라 하지. 그나마 다행으로 알게. 장강사마신 네 사람 중 우리 둘은 그나마 약한 축이라네. 일, 월 두 형님이 이곳에 있었다면 자넨 분명 목숨을 부지하지 못했을 걸세.”

오성이라 자칭한 노인의 말이 끝나는 순간 고검의 검이 움직였다. 그의 검끝에서 작은 구슬 모양의 빛 덩어리가 떨어져 나왔다. 순간 장강사마신의 두 고수, 오성과 오신이라 자신들을 밝힌 노인들의 눈에 이채가 서렸다.

진기를 검끝에 담아 허공에 띄우는 이 기이한 절기는 그들조차도 생전 처음 대하는 검공이었다. 하지만 어쨌든 무형의 진기를 유형의 빛 덩어리로 만들었다는 것 자체가 이미 상승의 경지에 이른 무인이라는 것을 말해주는 것이었다.

“어린 나이에 대단하구나.”

오성과 오신 두 노고수가 각기 검을 뽑아 들며 감탄사를 흘려냈다. 그런데 바로 그 순간, 고검의 검이 재차 움직였다.

동시에 고검의 눈앞까지 떠올랐던 빛 덩어리가 서서히 두 노인을 향해 다가가기 시작했다. 하지만 그 속도는 너무도 느려 두 노고수는 여유있게 다가오는 빛 덩어리를 향해 자신들의 검을 뻗어낼 수 있을 정도였다. 그런데 빛이 거의 두 사람의 일 장 거리까지 접근했을 때 갑자기 고검의 검이 번개처럼 일직선으로 그어졌다.

팟!

마검에서 미세한 파공음이 일어났다. 그리고 고검의 검이 장강사마신의 두 고수를 향해 다가가던 빛을 정확하게 이등분했다. 동시에 고검의 검이 재차 아래에서 위로 그어졌다.

파앙!

순간 철궁에서 쏘아진 강전처럼 두 개로 갈린 빛 덩어리가 폭발하듯 오성과 오신 두 사람을 향해 무서운 속도로 닥쳐들었다.

투퉁!

"음!"

두 개로 나누어진 빛이 장강사마신의 검과 충돌하면서 화려한 불꽃을 일으켰다. 그리고 그 와중에 두 고수의 입에서 나직한 신음성이 흘러나왔다.

두 노고수의 눈에 경악의 빛이 떠올랐다. 과거 암옥주 귀왕 마천에게 패하기 전까지 장강사마신은 패배를 모르는 고수들

이었다. 특히나 장강에서 장강사마신은 말 그대로 신적인 존
재로 추앙받는 자들이었다. 그런데 지금 비록 물이 아니라 뭍
이라 하더라도 이제 갓 서른을 넘긴 고검의 공세에 두 사람이
밀렸다는 것은 그들로서는 상상치도 못했던 결과였다.

그런데 더욱 그들의 얼굴을 찌푸리게 하는 일이 일어났다.
길을 막는 것으로만 한다면 영원히 잡아둘 수 있다고 자신했
던 고검이 어느새 두 사람의 사이를 지나쳐 네 번째 관문으로
치달아가고 있었던 것이다.

"어딜!"

고검에게 받은 충격으로부터 황급히 정신을 차린 오성, 오
신 두 노고수가 노성을 터뜨리며 이미 자신들 사이를 지나친
고검의 등을 향해 강력한 일검을 뻗어냈다. 순간 고검의 신형
이 둥실 허공으로 떠오르더니 반쯤 몸을 돌려 자신의 등을 향
해 날아든 두 사람의 검기를 향해 가볍게 마검을 그어댔다.

창!

경쾌한 검음이 장내에 울려 퍼졌다. 동시에 고검의 신형이
상대의 공세에 밀린 듯 바람처럼 뒤쪽으로 날아갔다. 언뜻 보
면 고검이 두 노고수의 공세에 밀린 상황, 그러나 알고 보면 고
검이 날아간 방향은 네 번째 관문이 있는 방향이었다. 고검은
상대의 힘을 이용해 힘들이지 않고 장강사마신의 두 고수가
지키는 세 번째 관문을 통과해 네 번째 관문에 도달한 것이다.

"좋은 가르침 감사합니다."

고검이 장강사마신의 두 노고수를 향해 가볍게 포권을 해

보이고는 미련없이 몸을 돌려 네 번째 관문으로 들어섰다. 그러자 네 번째 관문 너머에서 다시 귀왕 마천의 목소리가 들려왔다.

"껄껄껄. 오늘 자네들 두 사람이 무불장의 젊은 장주에게 톡톡히 망신을 당했구만. 이제 마지막인가? 하지만 고 장주, 이번에는 쉽지 않을 걸세. 네 번째 관문을 지키는 귀 노제는 그리 호락호락한 사람이 아니거든!"

마천의 자신감에 찬 경고를 들으며 고검이 네 번째 관문을 지키고 있는 자를 바라봤다.

'이 노인은?'

고검의 눈에 이채가 서렸다. 네 번째 관문을 지키고 있는 인물은 그도 익히 알고 있는 인물이었기 때문이다.

"저 곱추노인이 네 번째 관문을 지키는 사람일 거라고는 생각도 못했어요."

어느새 다가온 추산도 놀란 음성으로 말했다.

"끌끌. 나도 자네들이 세 개의 관문을 통과해 나와 마주 설 거라고는 생각지 못했네."

처음 잠룡전에 고검과 추산이 들었을 때 그들의 안내를 맡았던 기괴한 외모의 곱추노인, 그가 바로 귀왕 마천이 고검과 추산을 위해 마련한 관문 중 마지막 관문을 지키는 인물이었다.

"우우우우!"

그때 갑자기 건물 밖에서 한차례 함성이 일어났다. 순간 고검의 눈이 차갑게 가라앉았다.

"고인을 몰라뵌 점 나중에 사과드리지요. 하지만 지금은 이 후배에게 시간이 많지 않군요."

함성 소리는 암옥귀선에 타고 있던 암제 마극과 암옥사자들이 하선하고 있다는 의미일 것이다. 고검의 말처럼 그에게는 결코 시간이 많지 않았다.

"자네의 잘못이 아닐세. 외모가 이러하니 어찌 다른 사람에게 존중받기를 바라겠는가? 더군다나 난 별호도 없이 그저 귀살이란 이름을 가지고 있는 불구 노인에 지나지 않는다네. 하지만 일단 옥주께 이 관문을 지키라는 명을 받았으니 어쩔 수 있겠는가? 자, 시간이 많지 않다니 인사는 이쯤에서 끝내고 와 보시게. 나도 천하팔대고수 천검의 제자가 펼치는 검공을 무척 보고 싶었다네."

곱추노인 귀살이 살짝 자신의 굽은 어깨와 허리를 펴는 듯한 자세를 취하며 두 팔을 옆으로 벌렸다. 그러자 작고 추레하던 노인의 기세가 한순간에 급변했다.

'고수다!'

고검과 추산 두 사람의 머릿속에 동시에 고수라는 한 단어가 떠올랐다.

"사형!"

추산이 얼떨결에 고검을 불렀다.

"물러나 있거라. 걱정할 것 없다."

고검이 안심시키듯 추산에게 말했다. 그제야 추산이 마음을 진정시키며 몇 걸음 뒤로 물러났다.

'아무리 그래도 사형을 막지는 못할 거야. 사형은 이미 사부님의 반열에 올랐다고 했으니까.'

추산의 마음속에 새삼스럽게 고검에 대한 믿음이 솟아올랐다. 그러자 한순간 추산은 마음이 편해지는 것을 느꼈다.

'이런 기회는 흔치 않지. 사형이나 사부님이나 언제나 고수들의 대결을 보고 무리를 탐구하라고 했으니 이건 놓칠 수 없는 기회야. 어디 저 곱추노인이 얼마나 대단한 인물인지 볼까?'

여유를 되찾은 추산이 고검과 그 앞을 막아선 곱추노인에게 시선을 고정시켰다.

시간이 급한 것은 고검이었으므로 먼저 움직인 사람 역시 고검이었다. 고검은 마치 상대의 무공을 알아보려는 듯 가볍게 일초를 뻗어냈다. 그런데 가볍게 보였던 고검의 일초가 곱추노인의 앞에 다가가자 갑자기 폭발할 듯한 파공음을 일으키며 벼락처럼 곱추노인을 쓸어갔다.

그러나 곱추노인은 급작스럽게 변한 고검의 초식에 전혀 당황하지 않고 두 손으로 둥근 원 모양을 그려내더니 슬쩍 몸을 비키며 고검의 검기를 향해 가볍게 두 손을 밀어냈다.

퉁!

그러자 고검이 만들어낸 검기가 북치는 듯한 소리를 내며 방향이 틀어져 허공으로 꺾여 올라갔다.

'대단한 공력이다. 순수한 진기만으로 검기의 방향을 바꾸다니.'

고검이 내심 감탄하며 이번에는 위에서 아래를 향해 일격필살의 기세로 검을 내리그었다.

우웅!

순간 막강한 공력이 실린 검기가 해일처럼 곱추노인 귀살을 향해 몰려갔다.

"기 싸움이라면 나도 바라던 바일세."

곱추노인의 입가에 진득한 미소가 만들어졌다. 그리고 어느새 그의 두 손에 투명한 진기의 막이 드러나는가 싶더니 번개처럼 양손으로 고검의 검을 양옆에서 잡아갔다.

쿠쿵!

"정말 괴물 같은 늙은이구나. 사형의 검을 맨손으로 잡아내다니……."

추산도 노인의 무공에 질린 듯 자신도 모르게 탄성을 흘려냈다. 고검의 검은 비록 그리 빠르지는 않았지만 막강한 공력이 깃들어 있어서 보통 고수가 아니라면 절대 맨손으로 막아낼 수 없는 일초였다. 그런데 곱추노인 귀살은 능숙하게 고검의 검을 잡아내고 있었다. 그것은 그의 공력이 극고의 경지에 올랐음은 물론 맨손으로 펼치는 그의 수공 또한 절대의 경지에 이르렀음을 의미하는 것이었다.

그렇게 절정의 경지에 오른 두 사람이 부딪치자 싸움은 초식이 아닌 공력 싸움으로 이어지기 시작했다.

그리고 두 사람이 공력 대결을 벌이기 시작한 지 채 일각이 지나지 않아 잠룡전 밖에서 들려오던 함성 소리는 점점 가깝게 다가오고 있었다. 추산이 급히 고개를 돌려 창밖을 보니 멀리 암옥귀선에서 하선한 일단의 인물들이 잠룡전을 향해 다가오는 것이 눈에 들어왔다.

"제길, 잘못하면 늦겠어!"

추산이 불안한 시선으로 다시 고검과 귀살에게로 고개를 돌렸을 때 귀살의 입가에 언뜻 미소가 그려지고 있었다. 서로 공력을 겨루고 있었기에 입을 열 수는 없었지만 귀살의 표정으로 볼 때 이렇게 공력 대결로 시간을 보낸다면 암제 마극이 잠룡전에 들 때까지 고검을 잡아둘 수 있다고 확신하는 것이 분명했다.

'급한 쪽은 나란 건가?'

귀살의 미소를 보며 고검이 생각했다. 그리곤 이내 귀살의 생각에 동의했다. 아마도 일각 안에 승부를 보지 못하면 그는 암제 마극보다 먼저 귀왕 마천 앞에 서는 것을 포기해야 할 것이다.

'그렇게 할 수는 없지. 암옥까지 왔는데 아무 소득 없이 돌아갈 수 없다. 아니, 아무 소득 없이 돌아가는 것은 고사하고 거래가 틀어지면 살아서 이곳을 벗어나기도 힘들 것이다.'

고검이 슬쩍 어금니를 깨물었다. 세상에는 가끔 무리를 해서라도 끝을 봐야 하는 일이 있게 마련이었다.

고검이 단전 깊은 곳에 남아 있던 마지막 공력을 끌어올렸다. 그러자 단전에서 시작된 작은 진기의 불씨가 한순간에 그의 혈도를 타고 흐르더니 두 팔을 지나 마검에 이르렀다. 찢어지는 듯한 단전의 통증.

'아마도 수십 일은 정양을 해야겠군.'

무리하게 끌어올린 진기로 내상이 생겨나고 있음을 알면서도 고검은 진기의 운용을 멈추지 않았다. 그의 손에 도달한 진기는 마검으로 전달되더니 곱추노인 귀살이 잡고 있는 검신을 지나 검끝에 이르렀다. 그리고 그 순간 마검의 끝에 작은 빛이 생겨나기 시작했다.

빛은 너무도 미약해 처음 생겨났을 때는 장내의 사람 중 누구도 그 빛의 존재를 눈치 챈 사람이 없었다. 하지만 그 빛으로부터 흘러나오는 무형의 진기는 그것과 가장 가까이 있는 곱추노인 귀실의 육감을 지극했다.

귀살의 눈에 의혹의 빛이 서렸다. 상대는 분명 자신과 공력의 대결을 벌이느라 어떤 다른 행동도 취할 수 없건만, 알 수 없는 위기감이 그의 이마에 와 닿는 것이었다.

그리고 다음 순간 그는 자신의 얼굴이 조금 따뜻해지는 것을 느꼈다. 그리고 그때 귀왕 마천의 목소리가 들려왔다.

"사람의 목숨은 안 되네."

그것은 고검을 향한 경고였다.

'과연 천하팔대고수, 이미 내가 하려는 바를 눈치 챘군. 그러나 이건 너무 불공평하군. 지금까지 관문을 지키던 자들은 분명 내가 죽는 것에 아랑곳하지 않았는데 자신의 식솔이 죽

으면 안 된다니… 하지만 잠시 누워 있는 정도는 괜찮겠지.'

고검이 비릿한 미소를 흘려냈다. 그리고 그 순간 빛이 마검의 끝을 떠나갔다.

"악!"

조용하던 장내에 벽력같은 비명 소리가 터져 나왔다. 동시에 마검을 잡고 있던 곱추노인의 신형이 실 끊어진 연처럼 뒤쪽을 날아갔다. 그리고 그 순간 귀왕 마천의 한 손이 급히 앞으로 들려졌다. 그리고 그의 손에서 희미한 아지랑이 같은 기운이 흘러나오더니 뒤로 날아가는 곱추노인 귀살의 등에 와 닿았다. 그러자 그대로 대전 바닥에 처박힐 것 같던 귀살의 몸이 한순간 출렁거리다가 부드럽게 대전 바닥에 내려앉는 것이었다.

'과연 천하팔대고수, 만약 그가 지금 손을 쓴다면 우리 사형제는 죽음을 면치 못하리라!'

고검이 귀왕 마천의 무공에 경악하는 사이 귀왕 마천의 신형이 태사의에서 붕 떠올랐다. 그러더니 마치 전혀 중력의 영향을 받지 않는 사람처럼 허공을 격하고 날아와 고검과 귀살 사이에 내려섰다.

"죽지는 않을 겁니다."

고검이 자신 앞에 내려서는 귀왕 마천을 보며 담담한 어조로 말했다. 그런 고검을 귀왕 마천이 일순간 분노 섞인 시선으로 바라보다 차츰 노기를 가라앉히며 중얼거렸다.

"죽지는 않겠지. 하지만 몇 달은 움직이지 못하겠지."

"한쪽이 죽지 않게 하는 것만으로도 제게는 벅찬 비무였습니다."

그러자 마천이 고검의 신형을 한차례 쓸어보더니 천천히 고개를 끄덕였다.

"자네도 좋은 상태는 아니군."

"하지만 아드님보다 먼저 옥주님 앞에 섰군요."

고검의 말이 끝나자마자 잠룡전의 문이 열리며 일단의 인물들이 잠룡전 안으로 쏟아져 들어왔다. 암제 마극이 그를 수행했던 암옥의 고수들과 함께 금마문에서 인계받은 광동육마 두 사람을 앞세우고 잠룡전 안으로 들어서고 있었다.

"아버님!"

음울한 목소리가 대전에 낮게 깔렸다. 그는 어두웠다. 어두워도 너무도 어두워시 마치 그림자가 말을 하는 것 같았다. 강호에 알려진 그의 나이는 삼십대 후반, 하지만 음울한 그의 외모 때문인지 고검과 추산은 귀왕 마천 앞에 허리를 숙이는 그의 나이가 오십은 넘은 것처럼 느껴졌다.

자신의 주변에 있는 빛까지도 흡수할 것 같은 인물 암제 마극, 그가 귀왕 마천에게 인사를 올리고는 천천히 고검과 추산을 돌아봤다.

'분위기와는 다르게 제법 괜찮게 생겼는걸?'

추산이 마극의 얼굴을 대면하며 느낀 첫 번째 감정은 그가 어두운 분위기와 음울한 목소리와는 다르게 무척 잘생겼다는 것이다. 그가 입고 있는 옷과 그의 분위기, 그를 따르는 사람들

까지 모두 칙칙한 어둠의 색을 가지고 있었지만 그의 얼굴만
큼은 눈처럼 희고 두 눈은 어둠 속에서 빛나는 보석처럼 반짝
거렸다.

"너보다 먼저 온 손님이 있구나."

귀왕 마천이 덤덤한 목소리로 말했다. 그 또한 이해할 수 없
는 일이었다. 고검과 추산은 암제 마극이 강호에 벌인 일로 그
가 귀왕 마천에게 호된 질책을 받으리라 생각했지만 마천은
딱히 마극에게 노한 감정을 드러내지 않았던 것이다.

"아버님께 드릴 말씀이 있습니다."

암제 마극이 여전히 고검과 추산에게서 시선을 떼지 않고
말했다.

"네가 강호에서 한 일이라면 이미 들어 알고 있다."

"제 입으로 직접 말씀드리고 싶습니다만……."

"글쎄다. 나도 네 이야기를 듣고 싶지만 난 이미 여기 무불
장주와 한 가지 거래를 하고 말았구나."

"거래라시면……?"

암제 마극이 천천히 귀왕 마천에게 시선을 돌렸다.

"그는 내가 그를 위해 준비한 네 개의 관문을 모두 통과했
다. 네가 이 잠룡전에 들기 전에 말이다. 난 그에게 약속을 했
지. 너보다 먼저 내가 만든 관문을 통과하면 네가 강호에서 데
리고 온 여인을 되돌려보내기로 말이다."

순간, 암제 마극의 투명한 눈에서 짙은 한광이 흘러나오기
시작했다. 그것은 분노의 빛이었다. 분노의 대상이 누구인지

는 확실치 않았다. 자신의 일을 두고 거래를 한 마천에 대한 분노인지 아니면 자신의 일을 그르치려 하는 고검과 추산에 대한 분노인지. 하지만 일단 암제 마극의 눈에서 한광이 흘러나오기 시작하자 장내의 공기는 차갑게 식어버리고 알 수 없는 긴장감이 잠룡전을 휘감기 시작했다.

'문제가 있었던가?

고검이 암제 마극의 변화를 보며 생각했다. 암제 마극이 흘려내는 한광은 무공에 의해 만들어진 것이 아니었다. 고검은 단번에 암제 마극이 흘려내는 한광이 순수하게 그의 분노에 의해 만들어진 선천적인 기운이라는 것을 알 수 있었다. 그리고 인간이 선천적으로 이런 분노의 기운을 만들어낼 수 있다는 것은 그가 정상적인 정신세계를 가지고 있지 않다는 것을 의미한다.

'광인이로군. 저런 자들은 대부분 자신만의 세계에 빠져 지내는 족속들이지. 그래서 누군가 자신의 세계를 침범하면 격렬한 분노를 나타낸단 말씀이야.'

추산 역시 고검과 같은 생각을 하고 있었다.

암제 마극의 눈동자는 끊임없이 흔들렸다. 어찌 보면 지금의 상황에 대한 분노를 참을 수 없어 자신을 주체하지 못하는 듯한 모습, 그런 그가 억지로 감정을 억누르며 입을 열었다.

"불공평하군요."

"뭐가 말이냐?"

나직한 뇌까림에 귀왕 마천이 여전히 무덤덤한 목소리로 물었다. 그는 암제 마극의 이런 모습에 익숙한 듯 보였다.

"저와 관계된 일에 저를 빼고 내기를 하셨으니 말입니다."

"네가 빠진 것은 아니다. 네가 무불장주가 관문을 통과하기 전에 이곳에 도착했다면 난 그가 아닌 너의 이야기를 들었을 것이다. 그러니 사실 너도 이 거래의 당사자였던 게지."

"하지만 전 그 사실을 몰랐지요."

"후, 그런들 어쩌겠느냐? 이 아비는 이미 그와 거래를 하였고, 그는 거래를 성사시켰다. 그녀를 돌려주거라."

순간 다시 한차례 마극의 눈에서 한광이 흘러나왔다. 하지만 잠시 후 그 한광이 거짓말처럼 사라지며 그의 입꼬리가 살짝 말려 올라갔다.

"아버님, 잠시 제 말을 들어보십시오. 그녀를 데리고 온 일은 우리 암옥에도 득이 되면 되었지 실이 되지는 않을 겁니다."

마극은 마천을 설득할 자신이 있어 보였다. 그러자 마천이 천천히 고개를 저었다.

"네 말을 듣지 않겠다. 물론 나도 너처럼 심기가 깊은 아이가 아무 생각 없이 이 일을 저질렀으리라고는 생각지 않는다. 넌 분명 이 상황을 타개할 묘책을 가지고 있겠지. 하지만 난 네 생각을 듣지 않으련다. 그것이 나와 무불장주가 애초에 정한 약속이었다."

순간 마극의 표정이 다시 급변했다. 다시금 짙은 분노가 그의 얼굴을 뒤덮었다.

"저자들은 감히 암옥귀선에 침입한 자들입니다. 그들은 거래의 대상이 아니라 척살의 대상입니다."

그러자 마천이 마극을 보며 물었다.

"넌 그들의 사부가 누군지 아느냐?"

"무불장주의 사부라면 당연히 알고 있지요. 천하에서 제일 가는 황금충, 천검이 아닙니까?"

다분히 냉소가 담긴 대답에 고검과 추산의 표정이 살짝 굳어졌다. 마천이 그런 두 사람을 흘깃 보며 다시 입을 열었다.

"이 두 사람이 암옥귀선에 오른 일을 추궁하려면 천검의 동의가 있어야 할 것이다. 하지만 지금 상황에서 보자면 그들을 추궁할 수 없을 것 같구나. 왜냐하면 그 일을 추궁하자면 당연히 네가 그녀를 데리고 온 일이 먼저 거론될 것이기 때문이다. 그리되면 죄를 추궁당하는 쪽은 그들이 아니라 너와 암옥이 될 것이다. 그러니 그녀를 돌려주거라."

그러자 마극의 입가에 비릿한 미소가 지어졌다.

"아버님, 천검을 두려워하시는 겁니까? 후후, 그런 일이라면 걱정하지 마십시오. 제겐 저 두 사람을 제거하고도 천검의 반격을 막아낼 충분한 자신이 있습니다. 더불어 이번 사건을 이용해 본 암옥이 또 다른 천하의 패자로 등극할 계획도 말입니다."

마극의 표정에서 강한 자신감이 묻어났다. 그러자 마천의 눈빛도 흔들렸다. 고검의 손에 서서히 힘이 들어가기 시작했다.

第十章

암옥(暗獄),
또 다른 하늘을 꿈꾸는 자들

추산은 다른 것을 보고 있었다. 사람의 눈이 투영해 내는 수많은 감정 중 추산은 두려움을 담은 눈에 익숙했었다. 아주 오랜 기억 속에 남아 있는 수백, 수천의 죽음들. 추산이 무림의 전쟁터를 떠돌며 죽은 자들의 도검을 모아 팔아 생계를 이어나가던 어린 시절, 그는 죽은 자들의 눈에서 언제나 두려움을 보았다. 처음엔 그 눈빛들이 두려움을 담고 있다는 것을 알지 못했다. 하지만 그가 무림의 전쟁터를 떠도는 시간이 많아질수록 그는 어느덧 죽은 자들의 눈동자가 담고 있는 감정이 두려움이라는 것을 알 수 있었다.

'두려움이 없는 눈빛은 겨우 백에 하나였을까? 아니, 천에 하나였는지도 모르겠군. 그래서 난 네놈의 눈빛이 무얼 담고

있는지 잘 알고 있지.'

추산이 뚫어져라 마극을 응시했다. 마극의 얼굴은 자신감에 넘쳐 있었다. 그는 자신의 말에 자신의 아버지인 귀왕 마천이 흔들렸다는 것을 알아챈 듯했다. 그리고 일단 암옥주의 마음이 흔들렸다면 마극은 그의 마음을 움직여 눈앞의 이 불유쾌한 방해꾼을 제거할 수 있다고 확신하는 듯했다. 하지만 추산은 그의 눈에서 또한 깊이 내재된 두려움을 읽고 있었다.

'노인네가 지조가 없어! 그리고 당신 아들은 어쩌면 조금 똑똑한 겁쟁이에 지나지 않을지도 모른다구.'

추산은 고검의 손이 마검의 손잡이를 꽉 움켜잡는 것을 보았다. 사형 고검도 귀왕 마천이 마음을 바꿀지 모른다고 생각하고 있는 것이 분명했다. 추산이 살짝 고개를 저었다.

'사형은 역시 고지식한 면이 있어. 지금 귀왕 마천과 부딪쳐서는 일 푼의 승산도 없다. 그는 천하팔대고수일뿐더러 사형은 지나친 진기 사용으로 지쳐 있어. 이자들이 일을 벌이기로 작정한다면 반드시 우리 두 사람을 죽일 것이다. 오히려 그 편이 나중에 사부와의 일을 풀어나가는 데 유리할 테니까. 정면 대결을 펼친다면 우리 두 사형제는 반드시 이 암옥에서 살아나가지 못할 터, 하지만 난 사형처럼 고지식하지 않지. 또한 난 이미 네 녀석의 심장이 사실은 그리 강하지 않다는 것을 알아챘다고, 이 망할 녀석아!'

추산의 발이 아주 조금씩 움직이기 시작했다.

"고 장주, 세상에서 가장 약한 것이 뭐라고 생각하는가?"

문득 귀왕 마천이 입을 열었다. 순간 고검의 안색이 어두워졌다. 귀왕 마천의 심경에 변화가 일어나고 있다는 것을 깨달은 것이다.

"사람의 마음이겠지요."

고검이 대답했다. 그러자 귀왕 마천이 고개를 끄덕였다.

"역시 뛰어난 사람이야. 맞았네. 세상에서 가장 약한 것은 바로 사람의 마음이지. 재물에, 권력에, 여자에… 인간의 마음은 끊임없이 흔들리지. 믿을 수 없는 것이 바로 사람의 마음일세. 내가 왜 이런 말을 하는지 알겠는가?"

"옥주께서는 아마도 저와의 약조를 깨실 모양이군요."

"흠, 역시 짐작하고 있군. 그렇네. 난 갑자기 내 아들의 이야기를 들어보고 싶은 마음이 생겼다네."

"옥주께선 천하필대고수이십니다."

"끌끌끌… 그렇지. 난 천하팔대고수 중 한 명이지. 당연히 내가 뱉은 말에 책임을 져야 하는 사람이고. 하지만… 난 나의 큰아들이 백마혈전에 휘말려 목숨을 잃은 이후 저 아이의 말을 들어주지 않은 적이 없다네. 물론 그래서 저 아이가 이렇게 곤란한 일을 만들었겠지만 말이야. 부정(父情)이 천하팔대고수의 명예보다 중하다면 대답이 될까? 더군다나 저 아이는 이번 일로 본옥이 또 다른 천하의 패자로 등극할 수 있다고 말하지 않는가?"

마지막 말을 내뱉으며 귀왕 마천의 안광이 한차례 번득였다.

'역시 야망이 있는 인물이었던가? 그렇다면 천하사패는 그를 잘못 알고 있었군. 그는 결코 강호의 권력에 초연한 인물이

아니었어.'

고검은 일이 크게 잘못되어 가고 있다는 것을 깨달았다. 모든 것은 귀왕 마천이 은거의 삶을 사는 인물이라는 것을 가정하고 진행되어 왔다. 그런데 만약 귀왕 마천의 가슴속에 남모를 야망이 숨겨져 있다면 상황은 전혀 다른 곳으로 흘러갈 수 있었다.

'기련장의 재물은 그가 욕심낼 만한 것이지. 아니, 혹 이 일은 애초부터 그도 알고 있었던 일이 아닐까?'

고검의 마음속에 뭉게구름처럼 의혹이 생겨나고 있을 때 귀왕 마천이 천천히 고개를 돌려 암제 마극을 바라봤다.

"아들아!"

"예, 아버님!"

"넌 오늘 이 아비를 자신이 한 말조차 지키지 못하는 실없는 사람으로 만들어 버렸구나."

나무라듯 말하는 마천에게 마극이 의미심장한 미소를 지어 보였다.

"하지만 그 때문에 아버지께서는 생각지도 못한 큰 선물을 얻게 되실 겁니다."

"큰 선물이라……."

"바로 기련장이지요."

"기련장?"

"그렇습니다. 전 이미 그녀의 마음을 상당 부분 돌려놓았습니다. 저에게 조금의 시간만 더 주신다면 전 그녀의 마음을 얻을 자신이 있습니다. 결국 전 수년간 마음에 두었던 여인을 얻을 것이고, 아버님은 기련장이라는 무시하지 못할 강호의 재력 가문을 얻게 될 것입니다. 전 이미 나중을 대비해 기련장주에게 제법 귀중한 선물을 보내놓기까지 했지요. 이 자리에서 이들을 죽이고 제게 일 년의 시간을 주십시오. 좋은 며느리와 천하제일의 재력가를 얻으실 수 있을 겁니다."

"이들이 죽어야 하는 이유는?"

만약 육초초의 마음을 얻을 수 있다면 굳이 고검과 추산을 죽일 이유가 없지 않느냐는 말이었다. 그러자 마극의 눈에 살기가 스치고 지나갔다.

"전 강호에 제가 흉악한 납치범으로 알려지길 원치 않습니다. 물론 그건 본 옥이나 아버님의 명성에도 좋지 않겠지요. 그것보다는 암옥귀선을 타고 귀향하는 도중 괴물 혹은 괴인들에게 납치된 육 소저를 구한 강호 영웅으로 알려지길 원합니다. 그리된다면 아무리 천검이라 하여도 쉽게 암옥을 추궁하지는 못할 겁니다. 이 두 사람의 죽음은 그저 사고쯤으로 해두지요. 괴물이든, 괴인이든 그들이 죽을 이유는 충분하니 말입니다."

암제 마극의 입가에 비릿한 미소가 지어졌다. 그는 자신의 아버지가 자신의 의견을 받아들일 것이라 확신하는 듯 보였다.

"껄껄껄, 과연 네 머리는 비상하구나. 애초부터 그녀의 마음을 얻을 수 있다는 확신을 가지고 일을 꾸민 것이냐?"

"그렇습니다, 아버님. 전 지난 오 년 동안 그녀의 모든 것을 연구했지요. 그녀가 좋아하는 음식부터 그녀의 마음을 흔들 수 있는 모든 조건까지 말입니다. 그래서 그녀의 마음을 얻을 수 있는 확신이 섰기에 이번 일을 실행에 옮긴 겁니다. 물론 여기 두 사람의 죽음은 계산에 없었던 것이지요.”

귀왕 마천이 천천히 고개를 끄덕였다.

“어떤가? 내 아들의 생각이?”

귀왕 마천이 고검에게 물었다.

“사부께서는 이미 제가 알고 있는 사실들을 알고 계시지요.”

“하하하, 천검이 무서운 인물이란 건 알아. 하지만 자넨 이걸 알아야 하네. 나 귀왕 마천 역시 천하팔대고수란 사실 말일세. 그리고 세력으로 말하자면 암옥은 천하의 그 어떤 문파에도 뒤지지 않는다고 자신할 수 있네. 천검이 나선다 해도 물러설 이유가 없다는 말일세.”

귀왕 마천에게는 자신과 암옥에 대한 자신감이 넘쳐흘렀다.

“이것이 옥주님의 마지막 결론입니까?”

고검이 차가운 시선으로 귀왕 마천을 보며 물었다. 그러자 귀왕의 눈빛 역시 차갑게 식으며 무겁게 고개를 끄덕였다.

“그렇다네. 아쉽지만 자네들은 이곳에서 죽어줘야겠네. 날 원망치는 말게. 자네도 강호의 생리를 알고 있을 테니. 원망을 하려거든 자네들의 뛰어남을 원망하게나. 자네들은 이곳까지 오는 것이 아니었어.”

이제 귀왕 마천의 눈에서는 살기조차 흐르고 있었다. 고검이 슬쩍 시선을 돌려 수어왕 이철극을 바라봤다. 고검과 추산 두 사형제의 안전을 약속한 것은 수어왕 이철극이었기 때문이다. 하지만 이철극은 애써 고검의 시선을 외면했다.

'내기가 상해 공력이 부족하다. 탈출하기가 쉽지 않겠어. 하지만……'

고검이 마검을 꽉 움켜쥐었다. 그의 눈에 은은한 빛이 감돌기 시작했다. 그러자 귀왕 마천이 천천히 자신의 옆구리에서 짙은 묵색 도를 꺼내 들기 시작했다.

"반항하겠다는 건가? 지금껏 암옥에서 살아나간 마인은 없었지. 아니, 과연 잠룡전이나 벗어날 수 있을까?"

"암옥의 신화에 도전하는 것도 나쁘지는 않겠지요."

고검이 마검을 수평으로 기울였다. 그의 검끝에 작은 빛 덩어리가 생겨나기 시작했다.

"아까운 일이야. 자네 같은 인재를 내 손으로 거둬야 하다니……"

귀왕 마천의 묵도도 천천히 고검을 향해 기울어졌다. 그리고 다음 순간 두 사람의 시선이 허공에서 엉켜들었다.

팟!

고검은 그가 지금껏 시전한 초식 중 가장 간결하면서도 빠르게 마검을 그어냈다. 순간 그의 검끝에 매달렸던 투명한 빛 덩어리가 번개처럼 귀왕 마천을 향해 날아갔다.

"절정의 검공. 하지만 아직 천하팔대고수를 이길 수는 없다네. 더군다나 자넨 지쳐 있어!"

귀왕 마천의 목소리가 장내에 울려 퍼지고 그의 묵도가 검은 구름을 만들며 횡으로 그어졌다.

콰콰쾅!

잠룡전을 부숴 버릴 듯한 굉음이 고검과 마천 사이에서 만들어졌다. 고검이 만들어낸 투명한 빛 덩어리가 마천의 도에 막혀 사방으로 비산했다. 그 때문에 순간 장내가 눈을 뜰 수 없을 정도의 밝은 빛으로 가득 찼다. 그리고 그 순간 추산이 움직였다.

"음……!"

고검의 입에서 억눌린 듯한 신음성이 흘러나왔다. 그의 신형이 비틀거리며 대여섯 걸음 뒤로 물러났다. 그리고 그런 고검을 향해 역시 핏기 없는 안색이 된 귀왕 마천의 도가 밀려들어 왔다.

'최훈가? 사제는……?'

고검이 부챗살처럼 퍼져 들어오는 마천의 도기를 바라보며 문득 추산을 떠올렸다. 순간 마치 그런 고검의 마음이 통하기라도 한 듯 불현듯 추산의 외침이 들려왔다.

"멈춰!"

그리고 동시에 한 사람의 비명 소리가 들려왔다.

"악!"

그러자 고검의 전신을 난도질할 것처럼 닥쳐들던 마천의 도기가 씻은 듯 사라졌다.

"놈!"

그리고 마천의 입에서 극도로 분노한 외침이 흘러나왔다.

"흥! 함부로 욕지거리 내뱉지 마쇼. 일을 이렇게 만든 사람은 우리가 아니라 바로 당신 아니오?"

"사제!"

추산의 냉랭한 대꾸에 뒤이어 고검의 놀란 음성이 흘러나왔다. 그런 고검에게 추산이 재빨리 눈짓을 보냈다. 그러자 고검이 추산의 의도를 알아채고는 미끄러지듯 신형을 이동시켜 추산의 곁에 마검을 빼 들고 우뚝 섰다.

"이잇!"

그런 두 사형제의 앞에는 암제 마극이 무릎을 꿇고 있었는데 그의 목덜미에는 추산의 검이 닿아 있었다. 고검과 귀왕 마천이 일대격돌을 하는 사이 추산은 바람처럼 몸을 날려 두 고수의 격돌을 득의한 표정으로 지켜보고 있던 암제 마극을 제압했던 것이다. 기실 암제 마극의 무공은 그의 심기에 비하자면 믿기지 않을 만큼 약했다. 추산은 암제 마극의 눈 속에서 두려움을 읽어낸 후 그의 무공이 어쩌면 그리 강하지 않을 것이라 추측했고, 절체절명의 순간 그를 제압했던 것이다

"감히 그 아이를 건드리다니……."

귀왕 마천이 짙은 살기를 뿜어내며 추산을 노려봤다. 동시에 그가 고검과 추산을 향해 무겁게 발걸음을 떼어냈다.

"멈춰요. 하나밖에 남지 않은 아들이 죽는 것을 보기 싫다면!"

추산이 냉랭하게 경고성을 발하며 들고 있던 검을 한 푼 앞으로 내밀었다. 그러자 미세한 소음이 일어나며 암제 마극의 목덜미에서 한줄기 피가 흘러내렸다.

"아버지!"

자신의 목을 타고 흘러내리는 핏줄기를 목격한 마극이 다급히 귀왕 마천을 불렀다. 그런 그의 눈은 공포에 사로잡혀 있었

고, 온몸은 사시나무 떨 듯 떨고 있었다.

"걱정 마라, 너에게는 어떤 일도 일어나지 않을 테니."

귀왕 마천이 안심시키듯 마극에게 말했다. 그러자 암제 마극의 떨림이 조금 줄어들었다. 그는 아마도 자신의 아버지가 반드시 자신을 구해줄 거라 확신하는 모양이었다. 그도 그럴 것이 귀왕 마천은 암옥의 제왕일 뿐 아니라 천하팔대고수가 아니던가? 또한 어려서부터 자신의 말이라면 무엇이든 들어주던 사람이 아니던가.

"경고하건대 그 아이에게서 떨어져라."

귀왕 마천이 추산을 보며 노기를 담은 목소리로 말했다. 그러자 추산이 살짝 고개를 갸웃거리며 대답했다.

"할 말이 그것밖에 없습니까?"

추산의 음성 역시 더할 수 없이 싸늘했다. 평소 장난스럽던 그의 얼굴은 무겁게 굳어 있었고 두 눈에서는 싸늘한 안광이 흘러나오고 있었다.

"그 아이에게서 물러난다면 너희 두 사람의 목숨을 살려주마!"

"핫하하!"

귀왕 마천의 말에 추산이 호탕한 웃음을 터뜨렸다. 그리곤 비웃듯 마천을 보며 말했다.

"당신의 말은 이미 신용을 잃은 지 오래요."

"어린 놈이 말이 지나치구나."

"핫하하. 이보시오, 귀왕 어른. 약속을 어기고 우리 두 사형제의 목숨까지 노린 노인네를 믿으라는 것은 너무 지나친 요구가 아니겠소? 그러니 시시껄렁한 이야기들은 그만 늘어놓고 우리 실질적인 이야기를 나눠보십시다. 시간이 오래 걸릴수록 귀왕 어른의 이 귀한 자식이 겪어야 하는 고초는 더해가지 않겠소?"

말을 마치며 추산이 오른발을 들어 암제 마극의 등을 걸어 찼다.

"윽! 이, 이놈이!"

마극이 고통을 견디지 못하고 욕지거리를 내뱉으며 추산을 돌아보려 하자 추산의 발이 다시 한 번 암제 마극의 옆구리를 걸어찼다.

퍽!

"컥!"

급소를 가격당한 암제 마극의 얼굴이 숨을 쉴 수가 없는 고통으로 일그러졌다. 그런 마극을 보며 추산이 차가운 목소리로 냉갈했다.

"이 망할 놈아! 애초에 네놈이 육 소저를 납치하지 않았다면 이런 일도 없었을 것 아니냐? 아니지, 그것까지는 좋다 이거야. 그런데 우리 사형께서 네 아버지의 체면을 보아 적절한 타협책을 내놓았으면 그대로 따를 일이지, 왜 잔머리를 굴려 우리 목숨을 위협한단 말이냐? 생각 같아서는 네 녀석을 죽여 버리고 싶지만 대단한 노인을 아비로 두어 목숨이나 부지하는 줄 알고 입 닥치고 있거라. 그리고 귀왕 어른, 시간 오래 끌지 맙시다. 당신의 아들은 생각보다 공력도 약할뿐더러 심장도

약한 듯하니 자칫 겁에 질려 제풀에 죽을지도 모르겠소이다."

거리낌없이 쏘아대는 추산의 추궁에 천하팔대고수 귀왕 마천도 할 말을 잃었는지 잠시 말을 않고 있다가 추산의 곁에서 마검을 빼 들고 주변을 경계하고 있는 고검을 보며 말했다.

"자네의 어린 사제가 세상 물정 모르고 날뛰는 꼴을 그대로 두고 볼 것인가?"

그러자 고검이 심한 내상으로 창백해진 얼굴에 흐릿한 미소를 지으며 대답했다.

"본시 누군가와 거래를 하는 데 있어서는 제 사제가 이 못난 사형보다는 백배 낫지요."

"헷헤! 들었소, 암옥주 어르신? 우리 사형이 나에게 이 일을 맡기겠다는 말 말이오."

추산이 조롱하듯 말하자 마천이 잠시 노기 서린 눈으로 두 사형제를 노려보다 한숨을 내쉬며 입을 열었다.

"휴, 좋아. 원하는 게 뭐냐?"

그러자 추산이 고개를 끄덕였다.

"흠, 이제야 이야기가 되겠군. 지금 이 상황에서 우리가 원하는 게 뭐가 있겠소? 먼저 애초에 한 약속을 지켜주시오."

"기련장의 그 여아를 돌려달라는 것 말이냐?"

"그렇소."

"그러면 그 아이를 놓아주겠느냐?"

"물론 그것만으로는 부족하오. 본시 약속을 어긴 쪽은 그만한 대가를 치러야 하는 법이 아니겠소?"

"그래, 또 원하는 게 뭐냐?"

"기련장의 육 소저를 내어주고 우릴 동정호까지 태우고 갈 배를 내주시오. 물론 험한 등천협을 통과할 수 있는 배라야 할 거요."

그러자 귀왕 마천이 고개를 끄덕였다.

"좋다. 네가 원하는 바를 들어주겠다. 하지만 내게도 조건이 있다."

"조건을 내세울 처지가 아닐 텐데……."

"이 조건이 수락되지 않으면 비록 내 아들을 잃을지언정 너희들을 보내줄 수 없다."

순간 암제 마극의 얼굴이 파랗게 질려 귀왕 마천을 불렀다.

"아버지!"

하지만 귀왕 마천도 이번만큼은 자신의 아들을 보지 않고 단호한 시선으로 추산을 응시하고 있었다.

"좋소. 어디 그 조건이란 게 뭐요?"

"처음 약속대로 기련장의 여식을 내주는 대신 이번 일에 대한 소문이 강호에 나면 안 된다는 것이다."

추산이 고검을 돌아봤다. 그러자 고검이 입을 열었다.

"애초의 약속대로 될 겁니다."

고검의 말에 귀왕 마천이 고개를 끄덕였다.

"자네의 사제라면 모르지만 자네의 말이라면 신뢰할 수 있겠지. 좋아. 너희들의 요구는 모두 들어주겠다. 그러니 이제 그만 내 못난 아들을 놓아주거라."

그러자 추산이 웃으며 대답했다.

"하하, 귀왕 어른께서는 거래의 기본을 모르시는군요."

거래가 성사되자 어느새 추산의 말투가 변해 있었다.

"거래의 기본을 모른다고?"

"그래요. 본시 거래란 주고받는 것이 동시에 이루어져야 하는 것이죠. 그러니 귀왕 어른의 아들이 어르신의 품에 돌아가는 것은 우리가 동정호에 도착한 이후가 되어야 맞는 말이 되지요."

"결국 날 믿지 못하겠다는 것이군."

"당연한 일 아닌가요? 속는 것은 한 번으로 족하지요."

"끙. 어쩔 수 없군. 내가 저지른 일이 있으니 그 또한 네 요구를 수락하마. 그런데 언제 떠날 텐가?"

"어찌 이 무서운 곳에 한시라도 머물길 바라겠습니까? 지금 즉시 떠나지요."

"좋아. 손님들이 떠날 배를 준비하라!"

귀왕 마천의 서늘한 명이 잠룡전에 울려 퍼졌다.

*　　　*　　　*

암옥을 품고 있는 소동정의 수많은 동혈 중 한곳으로부터 암옥귀선의 삼분지 일쯤 되는 크기의 흑선이 소동정으로 밀려나왔다. 고검과 추산은 암제 마극을 앞에 두고 흑선이 동굴로부터 나오는 광경을 지켜보고 있었다.

"정말 알 수 없는 곳이군요. 처음에는 동굴에 마인들의 탈주

를 막는 기관들이 설치되어 있을 줄 알았는데 저런 배를 숨겨
두고 있었다니. 도대체 암옥은 뭘 하는 곳일까요? 정말 그저
강호의 마인들을 가두는 금옥일 뿐일까요?"
　추산이 짙은 의구심을 담은 눈으로 흑선을 바라보며 중얼거
렸다.
　"그런 것은 이곳을 벗어난 이후에 고민해도 늦지 않다. 아
니, 솔직히 말하자면 암옥이 그저 마인들을 가두는 감옥이든
아니면 강호를 상대로 은밀히 야심을 키워 나가는 세력이든
그거야 우리가 알 바는 아니지."
　"하지만 이자들이 야심을 숨기고 있다면 그건 강호무림에
큰 풍파를 몰고 올 겁니다."
　"우리 무불장은 강호의 풍파를 걱정할 만큼 강하지도 의롭
지도 않다. 우린 그저 청부사일 뿐이야. 그들이 강호에 나와
사패와 경쟁한다고 해서 우리에게 달라질 것은 없다."
　"사형은 강호라는 곳이 어떻게 흘러가든 전혀 관심이 없는
건가요?"
　"강호에 관심이 없다기보다는 인간이 하는 일에 관심이 없
다고 봐야겠지. 인간이 하는 일이라면 아무리 특별난 사람이
라 하더라도 다 거기서 거기인 법이다."
　"이제 보니 사형은 무척 염세적이군요."
　"부인하진 않겠다."
　"하지만 그래선 세상 사는 재미가 없어요, 사형. 이자들이
무슨 일을 할지, 그게 강호에 어떤 영향을 미칠지, 사패에서는

어떻게 대응할지, 뭐 그런 걸 생각하는 것도 재밌지 않나요?"

"후후, 난 사제와 다르니까."

"그럼 사형에게 관심있는 건 도대체 뭔가요?"

"글쎄다. 지금 내게 관심거리라면 나와 사제가 이곳을 무사히 빠져나가 이번 청부를 마무리 짓는 것이다. 그리고 설연장의 식구들과 무불장 식구들의 안부 정도일까?"

두 사형제가 대화를 나누는 사이 어느새 흑선은 그들의 눈앞에 다가와 있었다. 그리곤 어디서 나타났는지 흑선의 뒤쪽으로 다섯 척의 배가 더 늘어서 있었는데 그중 한 척은 암제 마극이 타고 있던 암옥귀선이었다.

고검과 추산 앞에 멈춘 흑선에서 사다리가 내려져 두 사람의 발끝 아래 세워졌다.

"자, 자네들이 타고 갈 배네. 작기는 하지만 등천협을 통과해 동정호까지 가는 데에는 큰 무리가 없을 걸세."

두 사형제와 십여 장 떨어진 곳에서 귀왕 마천이 말했다.

"교대로 배를 몰 사람 두 사람만 남고 다른 이들은 모두 하선시켜 주십시오."

추산이 마천에게 소리쳤다.

"두 사람으로 동정호까지 배를 몰란 말인가? 아무리 흑선의 크기가 작다고 하더라도 그건 무릴세. 더군다나 자네들은 그 험난한 등천협을 지나야 하지 않는가?"

"그러니 실력있는 뱃사람을 붙여주시기 바랍니다. 마침 바람도 적당히 불고 상류로 거슬러 오르는 것이 아니라 하류로 내려가는 것이니 두 사람으로도 충분할 겁니다.”

“허허, 자넨 정말 나이답지 않게 용의주도하군. 알겠네. 진평, 진오 두 사람만 남고 다른 사람들은 모두 하선하라!”

귀왕 마천이 흑선을 향해 명을 내리자 흑선에 타고 있던 십여 명의 인물 중 두 사람만 남고 나머지 사람들이 신속하게 흑선을 떠났다.

‘역시 무공을 익히고 있었어. 더군다나 암옥주씩이나 되는 사람이 일개 배몰이꾼의 이름을 기억하고 있을 리 없지. 아마도 흑선에 남긴 저 두 진가는 제법 고강한 무공을 익히고 있는 자들일 거야. 조심해야겠지.’

추산이 내심 흑선에 남은 두 사람을 눈여겨보고 있을 때 이번에는 고검이 입을 열었다.

“이제 육 소저를 만나고 싶군요.”

그러자 귀왕 마천이 묵묵히 고개를 끄덕였다.

“알겠네. 육 소저를 데려와라!”

귀왕의 명이 있자 암옥의 고수들 뒤쪽에서 잠시 소란이 일더니 이내 한 명의 여인이 두 여인의 부축을 받으며 장내에 모습을 드러냈다. 여인이 모습을 드러내자 음울하던 장내에 화사한 기운이 감돌았다. 한 떨기 도화꽃 같은 아름다움을 지닌 여인으로 인해 일어난 변화였다.

“흠, 과연 이자가 욕심낼 만한 미모군요.”

“그녀는 강남제일미로 꼽히는 여인이다.”

고검이 대답했다.

"헤, 예쁜 것이 모두 좋은 건 아니군요. 이런 수난을 겪었으니 말이에요."

두 사람이 이야기를 나누는 사이 세 명의 여인이 귀왕 마천의 곁을 지나쳐 고검과 추산 두 사람 앞에 다가왔다. 육초초는 오랜 기간 납치되었던 여인답지 않게 담담했으며, 두 눈에서는 생기가 흘러넘치고 있었다.

"보기 좋지 않군요."

육초초가 암제 마극을 보며 말했다. 그러자 지금껏 추산에게 제압된 채 의기소침해 있던 마극이 애써 얼굴색을 변화시키며 당당한 목소리로 말했다.

"육 소저, 내 진심을 알아주기 바라오."

그러자 육초초가 조용히 한숨을 내쉬며 대답했다.

"물론 마 대협의 마음을 모르는 바는 아니에요. 하지만 어쨌든 마 대협께서 이번에 벌이신 일은 그 방법이 무척 잘못된 것이었어요."

'마 대협? 이제 보니 이 여자는 녀석의 말처럼 그동안 이 녀석에게 제법 반한 모양이군.'

추산이 슬쩍 육초초를 훑어보며 생각했다.

"알고 있소. 하지만 그런 방법이 아니라면 어찌 내가 육 소저에게 내 마음을 전할 수 있었겠소."

"정식으로 청혼을 했어야지요."

그러자 마극이 고개를 저었다.

"과연 내가 육 소저에게 청혼을 했다면 육 소저가 그 청혼을 받아들였겠소이까? 비록 암옥의 명성이 대단하다고는 하나 천하사패에 뒤지는 것은 어쩔 수 없소. 거기다 육 소저는 남련십육문 상관세가의 상관홍으로부터 청혼을 받은 상태였소. 그러니 나에겐 달리 방법이 없었소이다. 난 다만 육 소저에게 내 진심을 전할 시간이 필요했을 뿐이오. 나에게도 이번 일은 쉬운 결정이 아니었소. 난 평생 이 암옥을 벗어난 적이 없었소. 이번까지 단 세 번만 강호에 나갔을 뿐이오. 두 번째 강호행에서 육 소저를 보았고 세 번째 강호행에서 육 소저를 데려왔소. 그런데 이제 네 번째 강호행에서 육 소저를 떠나보내게 되는구려."

마극의 목소리가 애잔한 감정을 싣고 허공으로 퍼져 갔다. 그리고 그 순간 고검과 추산은 육초초의 동공이 한차례 흔들리는 것을 놓치지 않았다.

'비록 우리가 이 여인을 기련장에 데려간다 해도 이번 일의 끝은 그 결말을 짐작하기 어렵겠군. 하지만 어쨌든 청부는 완수해야 하니 이들을 기련장까지 데려가야 한다. 그 뒤의 일은 그들 스스로 결정할 것이다.'

고검이 내심 생각을 하며 추산에게 고개를 돌리자 추산은 마극을 경멸하는 듯한 눈으로 바라보고 있다가 고검의 눈길을 느끼고는 고검을 바라봤다.

"가자꾸나."

"그러죠, 사형! 육 소저, 배에 오르세요. 기련장으로 돌아갈 겁니다."

그러자 육초초가 마극에게서 눈을 돌려 고검과 추산 두 사람을 번갈아 바라보며 물었다.

"들리는 말에 의하면 무불장의 고수 분들이 절 데리러 오셨다던데, 두 분이 바로 그분들인가요?"

그러자 고검이 고개를 끄덕였다.

"그렇습니다. 난 무불장주 고검이라 하고, 이쪽은 내 사제인 추산이라 하지요. 육 소저는 이제 집으로 가시게 될 겁니다."

그러자 육초초가 가볍게 고개를 숙여 보였다.

"이렇게 저 때문에 수고를 해주셔서 뭐라 감사의 말씀을 드려야 할지 모르겠군요."

"신경 쓰지 마세요. 돈 받고 하는 일인데요 뭐."

추산이 심드렁하게 대답하고는 앞에 선 마극의 등을 손으로 떠밀었다.

"자, 당신이 먼저 올라가지."

그러자 마극이 화난 표정으로 추산을 돌아보다가 이내 어쩔 수 없다는 듯 먼저 흑선에 오르기 시작했다.

"마 대협께 너무 무례하군요."

그러자 고검이 씁쓸한 미소를 지었다.

"그 때문에 우리 사형제는 제법 곤란한 일을 겪었지요. 그리고 그는 우리에겐 그저 육 소저를 납치한 인물일 뿐입니다."

그러자 육초초가 고검의 시선을 피하며 대답했다.

"그렇군요. 두 분께 마 대협은 그저 납치범일 뿐이군요."

소동정에서 등천협 쪽으로 순풍이 불어 배는 미끄러지듯 물살을 가르며 하류를 향해 움직였다. 그들의 뒤쪽으로 여전히 다섯 척의 배가 뒤따르고 있었다. 그중 암옥귀선 위에는 수어왕 이철극이 올라 있었다. 고검 등이 탄 배가 등천협에 가까이 가자 고검이 이철극을 보며 소리쳤다.

"이제 그만 배를 돌리시지요! 등천협을 벗어나면 사람들의 시선을 끌 수 있습니다!"

그러자 수어왕 이철극이 고개를 끄덕였다.

"알겠네! 하지만 암옥귀선은 자네들을 따라 움직일 걸세! 혹여라도 무슨 불상사가 생기지 않도록 말일세!"

그러자 추산이 소리쳤다.

"흥! 누구처럼 약속을 어기진 않아요!"

추산의 대꾸에 수어왕 이철극이 씁쓸한 미소를 지으며 대답했다.

"물론 자네들 두 사형제가 약속을 어길 사람들이라고는 생각지 않네. 하지만 강호의 일은 항상 변화가 많으니 우리도 만약을 준비하는 걸세."

"원하신다면 그리하십시오."

고검이 고개를 끄덕였다. 그러자 수어왕 이철극이 다른 배들을 향해 소리쳤다.

"배를 물려라! 암옥귀선만 등천협을 통과한다!"

그러자 흑선의 뒤를 따르던 네 척의 배에서 은은한 북소리가 울려 퍼지더니 이내 배들이 방향을 틀기 시작했다. 그런데 바로 그때였다. 네 척의 배가 방향을 트는 그 순간 고검의 눈이 반짝였다.

'저자는?

방향을 트는 네 척의 배 중 한곳의 선실에서 모습을 드러낸 한 명의 인물, 그의 시선도 역시 고검을 향해 있었는데, 고검의 시선이 자신과 부딪치자 그가 황급히 몸을 돌려 다시 선실 안으로 사라지는 것이었다.

'분명 어디선가 본 인물이다. 낯이 익어!'

고검이 방금 전 스치듯 본 인물에 대한 의혹에 사로잡혀 있을 때 그들이 타고 있던 흑선은 드디어 등천협의 격류로 접어들고 있었다.

*   *   *

"괴물은 어떻게 만든 거요?"

계속되는 뱃길에 무료했던지 어느 날 불쑥 추산이 마극에게 물었다. 그러자 마극이 불쾌한 표정을 짓다가 냉랭하게 입을 열었다.

"암옥에는 전설적인 수공의 달인들이 많다."

"장강사마신과 수어왕을 말하는 거요?"

"그렇다."

"하지만 그들은 당신과 동행하지 않았지 않소? 아! 그러고 보니 장강사마신의 두 명은 동행했다고 했군."

"장강사마신 네 어른은 암옥에 들어오신 이후 줄곧 나의 곁을 지켜주신 분들이다. 이번 강호행에는 오일, 오월 두 분께서 나와 함께 동행하셨다."

"그럼 그 두 사람이 괴물을 만든 거요? 하지만 그렇다면 괴물의 크기가 너무 큰데?"

"어찌 그분들이 손수 그런 일에 나서시겠느냐? 그분들은 각기 두 사람씩의 후인을 키우셨다. 그 여덟 사람이 동정호의 괴수를 만들어낸 것이지."

"동정호에서 날 추격했던 인물들도 그들이겠군."

고검이 말하자 마극이 고개를 끄덕이며 낮게 중얼거렸다.

"그때 너희들을 제거했어야 했는데……."

"흥! 수어왕만 아니었으면 오히려 그들이 몰살됐을걸!"

추산이 콧방귀를 뀌며 퉁명스럽게 대꾸했다.

한 척의 나룻배가 무서운 속도로 흑선을 향해 다가왔다. 고검과 추산이 탄 흑선이 동정호에 완전히 들어선 이후의 일이었다. 고검과 추산, 그리고 마극과 육초초가 나란히 흑선의 난간에 서서 다가오는 나룻배를 바라보고 있었다.

나룻배에는 한 명의 노인이 타고 있었는데 그의 양손이 한 번씩 휘저어질 때마다 나룻배는 탄력을 받아 죽죽 앞으로 밀려나갔다. 공력을 떨쳐 내 배를 미는 신묘한 기술, 절정의 공력을 소유한 고수가 아니라면 감히 시도할 수 없는 배몰이였다.

"누구죠?"

육초초가 놀란 눈빛을 발하며 물었다. 그러자 추산이 득의

한 웃음을 지으며 대답했다.

"누구긴요. 바로 우리의 못생긴 사부님이죠."

추산의 말이 끝남과 동시에 나룻배의 노인이 허공으로 솟구쳤다. 그리곤 수장을 격해 가볍게 네 사람이 서 있는 갑판으로 내려섰다.

"스승님!"

고검과 추산이 동시에 허리를 숙여 배 안으로 날아든 노인을 맞이했다. 허름한 마의에 오 척 단신, 그리고 주름 가득한 추레한 얼굴… 천검 능운백이었다.

"수고들 했다."

능운백이 대견한 듯 두 제자를 보며 미소를 지어 보였다.

"직접 하산하실 줄은 몰랐어요."

추산이 능운백을 보며 말하자 능운백이 고개를 저었다.

"너희들은 무척 위험한 도박을 했어. 암옥과 암옥의 제왕은 너희 두 사람이 감당하기 어려운 상대다. 이렇게 살아 나온 것은 너희들의 운이 좋았기 때문이다. 이 사부는 미 부인으로부터 너희들의 소식을 듣는 순간 가슴이 철렁 내려앉더구나. 해서 그 즉시 강호로 나온 것이다."

"헤헤, 사실 좀 위험하긴 했어요. 이 양반 때문에요."

추산이 암제 마극을 가리켰다.

"흠. 이놈이 바로 이번 사단을 일으킨 마극이란 놈이냐?"

"예, 사부님!"

추산이 대답하자 능운백의 손이 번개처럼 암제 마극의 뺨을

후려쳤다.

"큭… 이, 이게 무슨 짓입니까?"

마극이 갑작스런 능운백의 손찌검에 놀라 터진 입술을 부르르 떨며 소리쳤다.

"이 망할 녀석아! 네 녀석 때문에 나의 두 제자가 죽을 뻔했는데 그럼 이 정도 매질도 못한단 말이냐? 그리고 이런 놈을 뭘 이렇게 편하게 놓아뒀어. 마혈을 짚어 어느 선실에 처박아 둘 것이지."

능운백의 말에 마극이 겁에 질린 눈빛으로 한 걸음 뒤로 물러났다. 그 모습을 못마땅한 눈으로 보고 있던 능운백이 고개를 들어 멀리 뒤쪽에 보이는 암옥귀선을 응시하며 물었다.

"누가 타고 있느냐?"

"수어왕이 타고 있습니다."

"그가 이놈을 도와 이번 일을 꾸민 자냐?"

"그가 아니라 장강사마신이 괴물을 만든 자들입니다."

"장강사마신! 그자들이 암옥에 있었더냐?"

"암옥주에게 패한 이후 그곳에 정착한 모양입니다."

"허허… 그늘에 가려져 있던 암옥에 천하의 고수들이 모여들고 있었던가?"

능운백이 걱정스런 눈빛으로 암옥귀선을 보며 중얼거렸다. 그러자 고검 역시 어두운 낯빛으로 입을 열었다.

"아마도 암옥은 더 이상 마인들의 옥으로만 남아 있을 것 같지는 않습니다."

"왜 그런 생각을 했느냐?"

"암옥을 출발하기 전 한 사람을 보았습니다."

"누굴 보았기에 그리 심각한 것이냐?"

"지난번 마혼령의 청부를 수행하러 가다 황하에서 황룡무적단(黃龍無敵團)을 만난 적이 있지요."

"그래, 그랬다고 했었지."

"그때 황룡무적단을 이끌던 석달개란 인물이 있었습니다."

"그런데?"

"암옥을 떠나기 전 마주쳤던 인물이 누구인가 곰곰이 생각해 보니 바로 그인 듯합니다."

그러자 천검 능운백이 낮은 침음성을 흘려냈다.

"으음… 일이 그렇게 연결되나? 마혼령의 일 이후 황룡무적단은 황하에서 자취를 감췄지. 순식간에 황하를 장악했던 그들이 또한 한날한시에 종적을 감춰 강호의 기사로 알려졌는데 그 배후에 암옥이 있었던가?"

이후 고검과 능운백 두 사람의 침묵이 길어졌다. 그리고 얼마 후 불쑥 고검이 입을 열었다.

"암옥이 움직일까요?"

"어쩌면……."

"그들이 천하사패의 세상에서 버텨낼 수 있을까요?"

"그들이 만약 황하와 장강 두 곳의 수로를 장악한다면 그들은 능히 강호오패의 시대를 열 수 있을 것이다. 왜냐하면 그 중심에는 암옥의 제왕 귀왕 마천이 있으니까."

　　　　*　　　*　　　*

　몇 달 뒤 강호의 남쪽으로부터 시작된 소문이 알음알음 강호 전체에 퍼져 나갔다.

　희대의 괴사였던 기련장 육초초의 실종 사건이 해결됐다는 소식이었다. 그리고 소문의 중심에는 이번 일에 참여한 수많은 강호고수들에 앞서 무불장의 두 사형제 고검과 추산의 이름이 언급되고 있었다.

　무불장주 고검의 명성이야 이미 강호에 널리 퍼져 있었으므로 사람들은 그의 사제라고 알려진 추산이라는 인물에 관심을 보였다. 들리는 소문에 의하면 그는 고강한 무공에 더해 어린 나이에 어울리지 않게 뛰어난 심계를 지닌 인물이라고 전해졌다.

　이 두 사형제가 남련의 풍운당과 상관세가, 그리고 금마문에 앞서 괴물을 흉내 내어 육초초를 납치한 일단의 괴인들을 제거하고 육초초를 구해냈다고 했다. 그리고 그들을 도운 한 사내의 이름도 언급됐다. 바로 암옥의 제왕 마천의 아들 암제 마극이 두 사람을 도와 육초초를 구해낸 인물로 강호에 알려진 것이다.

　"참 나, 이게 무슨 황당한 상황이에요?"

　추산이 투덜거렸다.

　"강호사란 다 그런 것이란다."

　능운백이 마차 안에 길게 누운 자세로 대답했다. 마차를 몰고 있던 고검은 말없이 입가에 작은 미소를 흘려냈다.

"하지만 이건 해도 너무한 것 아니에요? 그 망할 자식이 갑자기 육 소저를 구한 영웅으로 둔갑하다니요. 더군다나 그 아름다운 육 소저와 혼인을 한다지 않아요. 육 소저를 구한 영웅이란 말에 그녀에게 눈독을 들이고 있던 상관세가의 상관홍조차 군말없이 물러났고 말이에요."

"이미 그녀가 그에게 마음을 열었는데 달리 무슨 말이 필요하겠느냐? 더군다나 은밀히 야망을 키워온 암옥과 남련십육문의 끊임없는 욕망의 대상이 되어온 기련장 모두 서로를 필요로 하는 처지였지."

"제길, 그래도 그 겁쟁이 녀석이 영웅이 된 것은 너무한 일이에요."

"후후, 그가 겁쟁이란 사실을 몇이나 알고 있겠느냐? 세상사는 다 그런 것이다. 진실은 언제나 거짓에 가려져 있는 법이지. 그리고 진실을 가린 그 거짓이 세상을 움직이는 법이란다. 자, 이제 그런 골치 아픈 이야기는 그만 하고, 검아, 무불장은 아직 멀었느냐?"

"다 왔습니다, 사부님!"

"그래? 천화 년이 분란이나 일으키지 않고 있는지 걱정이군."

마차는 천천히 개봉성의 북쪽을 향하고 있었다. 멀리 고즈넉한 모습의 무불장이 모습을 드러내고 있었다.

孤劍秋山
세 번째 이야기…

한 사내가 항주의 어스름한 골목을 비틀거리며 걸어나오고 있었다. 밤이 깊어 환락으로 북적거리던 골목에도 인적이 끊긴 지 오래였다.

그의 손에는 한 자가량의 작은 소검이 들려 있었다. 그런데 달빛에 번뜩이는 검날을 타고 시뻘건 선혈이 뚝뚝 떨어져 내리고 있었다. 검을 들지 않은 왼손은 몸을 지탱하기 위해 골목을 따라 담장을 짚어나가고 있었는데 무엇인가를 꽉 움켜쥐고 있었다. 움켜쥔 왼손으로부터도 역시 선혈이 흘러내리고 있었다.

"으흐흐흐!"

사내의 입에서 끊임없이 나직한 신음성이 흘러나오고 있

었다.

그렇게 한동안 골목을 따라 걸은 사내의 앞을 검은 물결이 내려다 보이는 절벽이 가로막았다. 광활한 밤바다에 막혀 사내가 걸음을 멈췄다. 그리곤 천천히 자신이 걸어온 골목을 되돌아봤다. 무척 지쳐 있는 몸이었지만 그의 눈은 활화산처럼 타오르고 있었다.

그때 갑자기 그가 지나온 골목이 소란스러워졌다. 그리고 잠시 후 골목으로부터 십여 명의 사내가 노성을 터뜨리며 뛰어나왔다.

"놈이 저기 있다! 잡아라!"

사내들의 신형은 바람처럼 빨라 순식간에 피투성이 사내의 면전으로 닥쳐들었다. 하지만 사내는 자신을 추격하는 인물들을 보고도 전혀 동요치 않았다. 대신 그는 나직한 목소리로 중얼거렸다.

"연아, 이 오라비를 용서해라. 오늘 내가 할 수 있는 것은 겨우 너의 목숨을 끊어주는 것뿐! 하지만 약속하마. 내가 살아남는다면 오늘의 이 혈한을 반드시 천배, 만 배로 되돌려주겠다. 부디 저승에서라도 이 오라비에게 힘을 주기 바란다."

사내의 말이 끝났을 때 이미 그를 추격하던 사내들의 손은 사내를 잡아오고 있었다. 그 순간 사내의 몸이 허공으로 솟구쳤다.

"어엇! 이놈이?"

허공으로 솟구친 사내의 몸이 절벽을 타고 떨어져 내려 차가운 바닷물 속으로 처박혔다.

"망할 놈, 죽으려고 작정을 했구나. 감히 망혼벽에서 몸을 날리다니!"

십 년 전 그날, 항주 환락가의 최대 기루 오향루의 어린 기녀 수연이 한 사내에게 죽임을 당했다. 그리고 그녀를 죽인 사내는 사람들이 망혼벽이라 부르는 절벽에서 뛰어내려 스스로 목숨을 끊었다.

제三화 '백일검' 편이 4권에서 이어집니다.

초등학생이 반드시 읽어야 할 좋은 책 49권

각 학년별로 초등학생이 반드시 읽어야할 좋은 책을 선정하여 통합논술의 기본이 되는 '올바른 독서법'을 일깨워 줍니다.

교과서와 함께하는
초등학교 통합논술

초등1학년 | 값 12,000원 / 초등2학년 | 값 9,500원 / 초등3학년 | 값 11,000원 / 초등4학년 | 값 9,500원 / 초등5학년 | 값 9,500원 / 초등6학년 | 값 11,000원

♣ 혼자 할 수 있어요.

엄마가 책 읽는 방법을 가르쳐 주어도 좋아요.
독서지도하는 선생님이 가르쳐 주어도 좋답니다.
"초등 교과서와 함께하는 **통합논술 시리즈**"는
아이 스스로 독서할수 있도록 꾸며진 책이에요.
엄마와 선생님은 요령만 가르쳐 주시면 된답니다.

♣ 교과서의 중요한 내용이 총정리되어 있어요.

각 학년별로 중요한 교과 내용이 함께 수록되어 있어요.
초등학생은 교과서 내용을 충실하게 공부해야 합니다.
아울러 그와 병행한 독서가 대단히 중요하지요.
"초등 교과서와 함께하는 **통합논술 시리즈**"는
두가지 방법 모두 알려준답니다.

♣ 이 책은 훌륭하신 선생님들이 함께 쓰신 책이랍니다.

동화작가 선생님들이 쓰셨어요. 소설가 선생님도 쓰셨답니다.
국어 논술독서지도 선생님들도 함께 쓰셨지요.
"초등 교과서와 함께하는 **통합논술 시리즈**"는
엄마의 마음으로 모든 선생님들이 함께 꾸민 책이랍니다.

입소문을 통해 아는 분은 다 알고 계십니다!
올 한해 공인중개사 최고의 화제작!

1~2권 합본 | 이용훈 지음
3~4권 합본 | 이용훈 지음
5~6권 합본 | 이용훈 지음
용어해설 | 이용훈 지음

수험생 기본 필독서
만화 공인중개사

제목 : 만화공인중개사 쓰신 분에게 감사드립니다.

학원을 두 달 다녔어요 근데 과연 그 숫자 외우기 그런 게 몇 문제나 나올까 생각을 했어요
아니라는 생각이 드네요. 학원강의를 뒤로하고 서점을 갔어요. 내 머리에 가장 이해될 수 있는
책이 없나 하구요. 거기서 만화를 발견했어요. 무조건 세 번 봤어요. 3개월 걸렸어요. 문제집을 보라고
했는데 그건 시행을 못했어요. 근데 합격을 했네요.
어떻게 감사의 말을 해야 될지……:
도서관에서 만화책 들고 다니니까 사람들이 비웃더라구요. 만화책으로 공인중개사를 공부한다고
미친 사람처럼 보더라구요. 근데 그거 다 감수하고 했던 내가 자랑스럽습니다.
어떻게 감사의 말을 해야 할지… 정말 감사합니다.
부디 행복하세요 제 나이 41살에 좋은 스승을 만난 것 같습니다.
엎드려 감사드립니다.

-본사 홈페이지에 독자분이 올린 메일 中 에서 발췌-